우리 고전 다시 읽기

보한집

구인환(서울대 명예교수) 엮음

머리말

   수천년 동안 한 민족이 국가의 체제를 갖추어 연면한 역사와 전통을 계속해 왔다는 것은 인류 역사를 살펴봐도 그렇게 흔한 일이 아니다. 그리고 그 민족이 고유한 문자를 가지고 후세에 길이 전할 문헌을 남겼다는 것은 더욱 흔한 일이 아닐 것이다.
   이러한 면에서 볼 때 우리 한민족은 세계 어느 나라와 비교해도 손색없고, 자랑스러운 역사와 전통을 이어왔다. 우리 한민족은 5천 여 년의 기나긴 역사를 통하여 수많은 외세의 침략을 받아 백척간두의 국난을 겪으면서도 우리의 역사, 한민족 고유의 전통을 면면히 이어온 슬기로운 조상이 있었다. 이러한 까닭으로 오늘날 빛나는 민족의 문화 유산을 이어받은 것이다.
   고전 문학(古典文學)이란 실용성을 잃고도 여전히 존재할 만한 값어치가 있고, 시대와 사회는 변해도 항상 시대를 초월하여 혈연의 외침으로 우리의 공감대를 울려 주기에 충분한 문화적 유산이다. 그러므로 오늘을 사는 우리들은 조상의 얼이 담긴 옛

문헌을 잘 간직하여 먼 후손들에게까지 길이 이어주어야 할 사명감을 가져야 할 것이다.

　고전 문학, 특히 국문학(國文學)을 규정하는 기준이 국어요, 나라 글자라면 우리 민족의 생활 감정을 표현한 국문 작품이야말로 진정한 국문학이 된다 할 것이다.

　그러나 우리 고유 문자의 탄생은 오랜 민족 역사에 비해 훨씬 후대에 이루어졌다. 이 까닭으로 우리 민족은 일찍부터 외국의 문자, 즉 한자가 들어와서 사용했다. 이처럼 우리 선조들이 고유 문자가 없음을 한탄할 때에, 세종조에 와서 마침 인재를 얻어 훈민정음이 창제되었다. 하지만 여전히 한자가 독보적인 행세를 하여 이 땅에 화려한 꽃을 피웠다. 따라서 표현한 문자는 다를지언정 한자로 된 작품도 역시 우리 민족의 생활 감정을 나타낸 우리의 문학 작품이다. 이러한 귀결로 국·한문 작품을 '고전 문학'으로 묶어 함께 싣기로 했다.

우리 글이 창제된 이후에도 우리 선조들의 손으로 쓰여진 서책이 수만 권에 달한다. 그 가운데에서 국문학상 뛰어난 몇몇 작품을 선정하는 것은 물론 산재해 있는 문헌의 자료를 수집하기 위해 숨어 간직되어 있는 작품을 찾아내는 것도 여간 어려운 일이 아니었다. 그럼에도 이만한 성과를 거두고 이만한 고전 문학 작품을 추리는 것은 현재를 삼는 우리의 당연한 책임이자 의무이다. 다만 한정된 지면과 미처 찾아내지 못한 더 많은 작품이 실리지 못한 것이 아쉬울 따름이다.

엮은이 씀

차례

보한집 · 13

작품 해설 · 231

보한집

서(序)

  글이란 도(道)를 밟는 문(門)이므로 도리에 맞지 않는 말은 쓰지 않는 것이다. 그러나 기운을 돋우어 말을 활발히 하여 사람들을 감동시키려면 때로는 험괴(險怪)한 말도 하게 된다. 하물며 시(詩)를 지음에는 비흥(比興)[1] 풍유(風喩)[2]를 근본으로 하는 것이니, 따라서 문체가 반드시 기궤(奇詭)함을 띤 후에야 그 기운이 장대하고 그 뜻이 오묘하며 그 말이 분명하게 되어 사람의 마음을 감동시켜 깨닫게 하고, 깊고 오묘한 뜻을 나타내어 결국은 올바른 길로 돌아가게 하는 것이다.

  만일 남의 것을 흉내내어 지나치게 꾸미려고 하는 것은 유자(儒者)[3]의 하는 일이 아니다. 비록 시인에게는 갈고 다듬는 네 가지 격식이 있으나, 그중에서 취할 것은 다만 구절을 다듬고 뜻을 수련시키는 것뿐이다. 그런데 지금 사람들은 성률(聲律)과

---

1) 《시경》의 수사법이니, 곧 비유로 재미있게 설명한 것.
2) 일부러 본 뜻을 숨기고 비유되는 말만으로 본 뜻을 미루어 생각하게끔 하는 방법.
3) 유도(儒道)를 닦는 선비. 유생.

장구(章句)[1])를 숭상하여 글귀를 다듬는 데는 반드시 새롭게만 하려고 하여 그 말이 생소해지고 대구(對句)를 연마시키는 데는 반드시 비슷한 것을 가지고 만들기 때문에 그 뜻이 옹졸해져서 웅걸(雄傑)[2])하고 노숙한 풍취가 이로 인하여 상실된다.

우리 본조(本朝)에서 인문(人文)을 교화(敎化)하여 육성함에 어질고 영특한 인재들이 가끔 나와 풍화(風化)[3])를 도와서 선양하였으니, 광종(光宗)[4]) 현덕(顯德) 5년[5])에 비로소 춘위(春闈)를 열어 문학하는 어질고 선량한 선비들을 뽑으니 늙은 학자와 문인(文人)들이 모여 많이 왔는데, 왕융(王融)[6])·조익(趙翼)·서희(徐熙)[7])·김책(金策) 같은 이가 왔으니 이는 다 재질이 뛰어난 사람들이다.

그 뒤 경종(景宗)에서 현종(顯宗)을 거치는 몇 대(代) 동안에는 이몽유(李夢游)·유방헌(柳邦憲)이 문장[文]으로 뛰어났고, 정배걸(鄭倍傑)·고응(高凝)은 사부(詞賦)[8])로써 진출하였으며, 문헌공(文獻公) 최충(崔冲)은 유학(儒學)을 일으켜 세상에 이름을 떨치니 우리의 도(道)가 대단히 발전하였다.

문종대(文宗代)에 이르러서는 음운의 학문과 문물이 찬연하고 성대히 갖추어졌다. 그때 총재(冢宰)인 최유선(崔惟善)은 왕을

---

1) 글의 장을 나누고 구를 가르는 일.
2) 재지와 용력이 뛰어남.
3) 도덕적으로 인도하는 교훈.
4) 고려 제4대 왕. 태조의 제3왕자. 노비안검법을 제정.
5) 968년.
6) 중국 서진 때의 죽림칠현 중 한 사람.
7) 고려 초기의 공신. 성종 12년 거란이 침입했을 때 중군사로 적의 본거지에 들어가 적장 소손녕과 담판하고 유리한 강화를 맺고 돌아옴.
8) 운을 달아 지은 한문시의 총칭.

보좌하는 인재로서 저술이 정묘하였으며 평장사(平章事)[9] 이정공(李靖恭)과 최석(崔奭), 참정(參政)인 문정(文政) 이영간(李靈幹)과 정유산(鄭惟産), 학사(學士) 김행경(金行瓊)·노탄(盧坦) 등 많은 인물들이 함께 나타났으니 문왕은 그들로 인하여 나라를 평안하게 다스릴 수 있었다.

그 뒤에 박인량(朴寅亮)·최사제(崔思濟)·최사량(崔思諒)·이오(李䫨)·김양감(金良鑑)·정문(鄭文)·김연(金緣)·김상우(金商祐)·김부식(金富軾)·권적(權適)·고당유(高唐愈)·김부철(金富轍)·김부일(金富佾)·홍관(洪灌)·인빈(印份)·최윤의(崔允儀)·유희(劉羲)·정지상(鄭知常)·채보문(蔡寶文)·박호(朴浩)·박춘령(朴椿齡)·임종비(林宗庇)·예낙동(芮樂同)·최함(崔諴)·김정(金精)·문숙공(文淑公) 부자(父子)·오세재(吳世才) 형제·학사(學士) 이인로(李仁老)·문공(文公) 유승일(兪升日)·정숙공(貞肅公) 김인경(金仁鏡)·문순공(文順公)·이규보(李奎報)·승제(承制) 이공로(李公老)·한림(翰林) 김극기(金克己)·간의군(諫議君) 김완(金緩)·사관(史館) 이윤보(李允甫)·보궐(補闕) 진화(陳澕)·사성(司成) 유충기(劉冲基)와 이백순(李百順)·함순(咸淳)·임춘(林椿)·윤우일(尹宇一)·손득지(孫得之)·안순지(安淳之) 등과 같은 인물이 금과 돌처럼 사이사이 일어나 별과 달같이 서로 빛을 발하니 한문(漢文)과 당시(唐詩)가 이렇게 하여 더욱 성행하였다.

그런데 고금의 명현(名賢)으로서 문집을 엮어 놓은 사람은 다

---

9) 고려 중서문하성의 정2품 벼슬.

만 수십 명밖에 이르지 못하였으니, 그 밖에 좋은 문장이나 뛰어난 시는 모두 없어져 버려 전해지지 않고 있다.
　학사 이인로가 그러한 시문을 대강 수집하여 책을 엮어 내니 그 이름을 《파한집(破閑集)》이라고 하였다. 그러나 진양공(晉陽公)은 그 책이 수록된 범위가 너무 간략하다고 하여 나에게 그 책을 속작(續作) 보충하라고 명령을 내렸다. 그래서 나는 없어져 버리거나, 잊혀진 나머지를 가까스로 찾아서 신체시(新體詩)[1]로 약간의 연(聯)을 얻었다. 혹 부도(浮屠)[2]나 아녀자들의 작품에 있어서는 한두 가지 담소의 자료가 될 만한 것은 그 시가 비록 훌륭하지 않아도 실었다. 그리하여 모두 1부 3권을 만들었는데 미처 출판할 기회를 찾지 못하였다가 이제 시중상주국(侍中上柱國) 최공(崔公)이 선친의 뜻을 추모하여 그 책을 찾으므로 삼가 써서 드렸다.
　갑인년(1254) 4월 수태위(守太尉) 최자(崔滋)[3]가 서문을 썼다.

---

1) 중국의 수·당나라 이후에 확립된 5언·7언의 율시·배율·절구의 총칭.
2) 이름난 중이 죽은 뒤에 그 유골을 안치해서 세운 둥근 돌탑.
3) 고려 강종·고종 때의 학자. 고종 때 중서문하 평장사 등을 지냈는데, 학식과 행정이 겸비해서 치적이 많았음.

상 권

   지추(知樞) 손변(孫抃)이 태조(太祖)의 성제(聖制)를 나에게 보여 주며,
   "이것을《보한집(補閑集)》에 싣는 것이 당연하지요."
하고 말하였다. 이에 나는 이렇게 대답하였다.
   "이 책은 그저 자질구레한 여러 글들을 모아 한가로운 시간을 소일하는 데 제공해 보려는 것이지 훌륭한 책을 만들자는 뜻이 아닙니다."
   지추가 다시 묻기를,
   "유신(儒臣)으로서 성훈(聖訓)[4] 편찬을 사양함이 옳은가요?"
하고 말하였다. 나는 지추의 이 말을 듣고 급히 이 글을《보한집》의 서문에 싣기로 하였다. 태조는 전쟁 후 간과(干戈)로 나라를 세우려던 시기에 음양설(陰陽說)[5]과 불교에 깊은 뜻을 두

---

4) 성인이나 임금님의 교훈.
5) 우주나 인간 사회의 모든 현상을 음·양의 두 원리의 소장으로부터 설명함. 여기서 소장이란 쇠해서 사라지는 것과 성해서 자라나는 것을 뜻함.

었다. 참모(參謀)[1] 최응(崔凝)이 태조에게 간하여 아뢰기를,

"전해 오는 말에, 나라가 혼란할 때에는 문치(文治)[2]에 힘을 써 인심을 얻는다고 하였으니, 왕자의 지위에 있는 사람은 비록 전쟁에 처해 있다 하더라도 반드시 문덕(文德)을 닦아야 하는 것인데 불교 음양설 따위에 의지하여 천하를 얻은 사람이 있다는 말은 듣지 못하였습니다."

태조는 최응의 말을 듣고,

"그 말을 내가 왜 모르겠소? 그러나 우리 나라 산수(山水)의 신령함과 기이함에다 또한 황폐하고 편벽된 지역에 위치해 있으므로 백성들의 성품이 토속적인 불신(佛神)을 좋아하고 그로 인하여 행복과 이익을 얻으려고 하고 있소. 그러나 지금은 전쟁이 끝나지 않아 안정을 찾지 못한 채 미래에 대한 안위도 알 수 없는 형편이라 밤낮으로 두려워하며 어찌할 바를 모르고 있소. 그래서 부처님의 은밀한 도우심과 산수의 신령한 기운으로 하여 잠시나마 안정을 얻을까 하는 것뿐이오. 그런데 어찌 음양설이나 불도(佛道)로써 나라를 다스리며 인심을 얻는 대도(大道)로 삼겠소. 난이 평정되고 백성들이 안정을 얻게 되면 바로 풍속을 고쳐서 아름답게 교화(敎化)할 수 있을 것이오."

장흥(長興)[3] 58년 갑오년[4]에 태조는 후백제(後百濟)를 쳐서 크게 이겨 하내(下內)의 30여 군(郡)을 차지하였고, 발해(渤海) 백성들도 모두 귀순해 왔으니 태조는 곧 유사(有司)에게 명하여

---

1) 군의에 참여하는 고급 지휘관의 막료로서, 작전·옹병 기타 일체의 계획과 지도를 맡은 장교.
2) 학문과 법령으로써 세상을 다스림.
3) 후당 명종 때의 연호.
4) 934년.

개태사(開泰寺)⁵⁾를 창건하여 화엄도장(華嚴道場)⁶⁾으로 삼았으며, 친히 발원문(發願文)⁷⁾을 짓고 손수 붓을 들어 이를 기록하였으니, 대강 말하면 이러하다.

'사람이 태어나서 수많은 재앙을 만나는데 이러한 재앙을 극복하기는 심히 힘든 일이다. 현토군(玄兎郡)⁸⁾도 군사들이 에워싸고 진한(辰韓) 지방도 재앙으로 시끄러우며 사람들은 자기 마음대로 살지 못하고 집안은 평안하고 완전함이 없었다. 하늘에 맹세하노니 재앙을 평정하고 도탄에 빠져 있는 백성들을 구제할 것이며, 마을에선 자유롭게 농사 짓게 하며 누에 치기를 장려할 것이며, 위로 부처의 힘을 의지하고 다음으로는 하늘의 신비한 위엄에 의지하겠다. 지난 24년 동안 화살과 돌을 무릅쓰고 물에서 싸우고 불로써 싸웠으며, 천리 원정길에 올라 남부와 동부를 정벌하였고, 창과 방패를 베개 삼아 잠을 이루었다. 병신(丙申)년 가을 9월에는 숭선성(崇善城) 근처에서 백제의 군사들과 싸웠는데 한 번 큰소리로 외치매 흉악한 무리들이 기왓장처럼 무너졌으며, 또다시 북을 치매 흉한 무리들은 얼음처럼 녹아 사라져 가니 승리의 노래 소리가 하늘에 울려 퍼지고 기뻐 부르짖는 소리는 온 땅을 진동시켰다. 관포(灌蒲)에서 날뛰던 도적들과 계동(溪洞)의 좀도둑 무리들은 자기들 스스로 허물을 뉘우치고 새로운 마음으로 귀순해 왔다. 나는 간사함을 물리치며, 악을 없애고 약한 자를 도와 쓰러지려는 자를 붙들어 세웠다.

---

5) 고려 태조가 지은 절. 충청남도 논산에 있음.
6) 만행 만덕을 닦아 덕과를 장엄하게 하는 일.
7) 보살이 수행의 목적인 원망을 밝히고 그 달성을 맹세하는 일을 적은 글.
8) 한사군의 하나. 동가강, 곧 지금의 혼하 유역에 둠.

그들의 죄는 조금도 다스리지 않았으며, 조그만 풀 한 포기도 다치지 않게 하였다. 부처님의 거룩하신 덕으로 유지되는 그 은공과 산신령님의 은혜를 갚기 위하여 사국(司局)[1]에 특명을 내려 연궁(蓮宮)을 짓게 하여 산 이름을 천호(天護)라 하고 그 절을 개태(開泰)라 이름하였다. 부처님의 위엄이 우리를 둘러싸 보호하고 하늘이 돌보아 주기를 간절히 원하였다.'

청태(淸泰) 2년에 신라 경순왕(敬順王)이 조정에 나와 글을 올렸다. 그 글의 내용을 대강 보면,

'일본의 화란(禍亂)이 장차 일어나려 하며 역대 임금들의 운수도 이미 기우는 모양입니다마는 다행스럽게도 천자(天子)의 광명을 바라보고 조정 신하의 예를 올리기를 원하나이다.'
하였다.

3년에는 백제 왕 견훤이 조정에 들어왔는데 태조는 그에게 남궁(南宮)에 기거(起居)토록 허락하고 그의 아들 신검(神劍)[2]의 죄를 물었다. 그 뒤에 최원(崔遠)이 임금님을 받들어 축하의 표를 지어 아뢰었는데, 그 개략은 이러하다.

'신검이 멸망의 길을 스스로 취한 것은 그의 죄가 천지간에 용납할 수 없기 때문이고 신라의 왕이 스스로 와서 복종하고 조회한 것은 훌륭한 덕이 변방에까지 미쳤기 때문입니다. 명석한 나라의 관리들은 일찍이 삼국에 자주 들어오고 반역자들의 반란은 이제 남부 지방에서 평정되고 있습니다. 이는 폐하께서 이웃 나라의 위급함을 들으시고 급히 그들을 구해 주신 것은 어짊

---

1) 공조, 즉 산택·공장·영조 등에 관한 일을 맡아보던 기관으로, 토목 공사를 맡은 관청.
2) 후백제의 제2대 왕. 견훤의 장자로, 자기 아버지가 제4자 금강에게 양위하려는 기색을 알게 되자, 부하 능환과 공모해서 견훤을 금산 불사에 가두고 왕이 되었음.

과 용맹스러움이며, 이웃 왕이 오매 그를 극진히 대우하시고 온갖 친절을 다하셨으니 이는 지혜와 믿음을 갖춘 것입니다. 견훤이 폐하를 의심하였던 혐의에도 불구하고 그에게 은혜와 신뢰로써 대한 것은 관용과 어짊이요, 반역자들을 치시고 고생하는 백성들을 위로하고 어루만져 준 것은 의리에 밝고 사랑이 많은 때문입니다. 이와 같이 국가 제왕의 전통을 인·의·예·지·신 오상(五常)으로 전하시니 어찌 세세토록 그 자손들이 선왕의 뜻을 받들지 않겠습니까?'

태조는 태어날 때부터 문장과 필법에 뛰어났는데 문장필법이란 제왕가(帝王家)에 있어서는 일종의 여사(餘事)에 속하는 것이었기 때문에 그것을 아름답게 하는 것이 없었고 편지 글과 훈서(訓書), 그리고 최원의 표문을 보면 그의 덕성이 얼마나 훌륭하였는가를 넉넉히 짐작할 수가 있다.

광종(光宗)은 유아(儒雅)³⁾한 것을 숭상하였던고로 어질고 선량한 문인들을 등용하였다. 그때에 함원전(含元殿)에는 현학(玄鶴)들이 모여들어 모두 찬가를 지었다. 학사(學士) 조익(趙翼)은,

'높이 날아오르는 기운찬 저 학은 양(陽)의 정기(情氣)를 받은 듯하다. 흰 것이 있어 너의 떳떳함을 보여 주고 희지도 않고, 누렇지도 않고, 검은 빛은 바로 너의 의상(衣裳)이구나. 짐승의 빛이 가히 어떤 상서(祥瑞)⁴⁾를 나타내랴만, 오직 내 임금의 덕이 어떠한 왕보다 뛰어나서 문학을 숭상하고 도(道)를 귀중하게 여기시어 현량한 선비를 급히 등용하니, 너의 온통 검

---

3) 시문을 짓고 읊는 풍류의 도.
4) 복되고 길한 일이 일어날 징조.

은 빛깔이 분명히 어떤 상서를 나타내고 있도다. 함원전이 엄숙하고 화목함을 품고 있으며, 하늘을 바라보고 높이 날아가니 문덕(文德)의 광휘함을 바라본 것이 어찌 주나라 왕실의 봉황(鳳凰)뿐이겠는가. 마시고 쪼는 모습이 법도를 따르고, 날아가는 것에도 광채가 도누나. 깃에 모든 복이 깃들어 천지 사방이 창성하리니 억만년 대대로 한없는 복이 펼쳐지리라.'

학사(學士) 쌍기(雙冀)가 춘위(春闈)에서 과거를 보면서 이 현학(玄鶴)이 어떤 상서로움을 품고 있다는 내용의 현학정상(玄鶴呈祥)이란 네 글자를 시제(詩題)로 삼았다.

왕륜사(王輪寺)[1]의 중 삼중자(三重子)가 좀먹고 떨어진 책 한 권을 소매에 넣어 가지고 와서 내게 보여 주었는데 그 책은 바로 광종(光宗) 시대의 시중(侍中)[2]인 문정공(文貞公) 최승로(崔承老)가 지은 것으로서 궁중의 잡다한 것을 쓴 시고(詩稿) 등속이었다. 국초(國初)의 글이 다행히 없어지지 않고 지금까지 내려온 것을 아깝게 여겨서 그중에서 사운절구(四韻絶句) 네 수를 뽑아 여기에 수록한다.

'장생전후백엽두견화(長生殿後百葉杜鵑花)'란 제목의 응제시(應製詩)[3]를 살펴보면,

'작년 일찍이 붉은 난간을 가득히 채워 피었더니 오늘도 꽃다운 모습 변함없구나. 이 꽃이 만년 세세토록 길이 피어나서 미미한 신하지만 거룩한 임금의 기쁨을 오래도록 받들게 하소서.'

---

1) 고려 태조 왕건이 지은 개경 십찰 중의 하나. 경기도 송학산에 있음.
2) 고려 때 광평성 내사문하성·중서문하성·문하부의 으뜸 벼슬.
3) 임금의 특명에 의해 임시로 보이던 과거. 또는 임금의 명령에 의해 시를 지음.

라고 노래하였고, 또 '동지신죽(東池新竹)'이라는 제목의 시에서는 이르기를,

　'비단 같은 껍질이 열리며 분 바른 듯 하얀 마디가 분명한데 나직이 바라보니 연로(輦路)에는 푸르른 그늘이 드리웠네. 임금 노시는 데는 하필 하늘의 풍악을 구할 것인가? 옥 구르는 소리가 가을 바람결에 들려오네.'
라고 노래하였다.

　〈백제진백작(百濟進白鵲)〉에서는,

　'새하얀 날개로 울며 날아가기를 좋아하느냐. 강남(江南)에서 날아왔다니 겨우 열흘 노정이구나. 맑고 깨끗한 너의 깃털은 비할 바 없는데 다만 상서를 띠고 날아와 이 태평세월을 더욱 맑게 빛내 주누나.'
라고 노래하였다.

　〈사선장입당문자겸반내고주과(謝宣獎入唐文字兼頒內庫酒果)〉의 시에서는,

　'다행스럽게도 천 년 만에 지존(至尊)[4]을 만나, 저주 없이 외람되게도 서원(西垣)[5]에 있네. 문장(文章)에서야 감히 여러 선비들을 따르랴마는, 임금의 깊은 사랑을 모름지기 후배에게 자랑해 보이리라. 지극한 감명으로 다만 눈물 흘릴 뿐 크나큰 기쁨에는 오히려 말이 없네. 은혜 갚을 길을 헤아려 보나 끝내 얻을 수 없나니, 오직 임금의 장수를 빌면서 성은(聖恩)에 절할 뿐이네.'
라고 노래하였다.

---

4) 임금님을 공경해서 일컫는 말.
5) 사간원으로, 임금에게 간하는 일을 맡은 관청.

또한 중양절(重陽節)의 연회시 임금께서 친히 지은 시는 아름다움을 노래한 것으로서 이로 미루어 보아 광종은 붓을 놀림에 재치가 있었고, 문장에는 광채가 있었음을 알 수 있다. 그때는 금나라의 호랑이가 굴복하지 않아 세상이 태평하지 못하였고 학문에 정진할 여가도 없는 시기였는데 임금의 시 짓는 솜씨가 이와 같았으니 더구나 오랜 평화가 계속된 태평세월을 맞아 잔치 때를 당하면 어찌 황죽(黃竹)·백운(白雲)의 작품을 많이 남기지 않았겠는가.

그러나 《보한집(補閑集)》에 실린 글은 모두 경대부(卿大夫)·고승(高僧)[1]과 일사(逸士) 들의 작품이니, 어찌 임금의 문장이 이들과 같은 계열에서 비평받을 수 있겠는가? 그래서 마땅히 따로 편찬 수록하여 하늘을 우러러보듯이 그 뛰어난 작품을 대하도록 하는 것이다.

성종(成宗) 15년 8월에 임금의 행차가 동경(東京)에 이르러 죄수들을 사면해 주라는 명령을 내리고 유사(有司)에게 칙령을 내려 뛰어나고 기이한 재능을 가지고도 은거하고 있는 이들을 모두 찾아보도록 하였고, 호적을 모아 정리하고 안팎의 의부(義夫)·절부(節婦)·효자(孝子)·순손(順孫)을 찾아내어 마을 입구의 문에 그 덕행 사실을 기록하여 여러 사람에게 알리고 그들의 선행을 표창하고 물건을 등급에 따라 하사하였다.

그때 경순왕(敬順王)이 조정에 드는 날에 오직 앉았던 사람들은 이미 늙었기 때문이었다. 그런데도 벼슬 없이 지내며 숨어사는 선비들을 위하여 시를 짓고 이를 내상(內相)[2] 왕융(王融)

---

1) 학식이 많고 행실이 훌륭한 중.
2) 고려 때 지신사와 승선을 일컫는 말.

에게 주었으니,

'하늘에서 번지는 빛이 별을 굴리고, 일패(日斾)와 용기(龍旗)는 바다를 도네. 낙엽진³⁾ 계림(鷄林)⁴⁾은 일찍이 삭막한데, 연기와 꽃 상원(上園)에는 지금 다시 봄이다. 여염집의 광채는 충신과 효자를 나타내고 골짜기의 소란함은 은둔 거사들을 찾아내는 소리로구나. 옛날 주나라 백이(伯夷)⁵⁾가 걷던 길을 따라 가진 못하지만, 한의(漢儀)의 새로운 모습 이제 다시 대하게 되었구나.'

임금님께서 동경을 떠나 홍례부(興禮府)를 지나시는 길에 대화루(大和樓)에서 머물러 여러 신하들과 더불어 노래를 즐겨 부르니 이로써 세상에 전해지게 된 것이다.

인헌공(仁憲公) 강감찬(姜邯贊)⁶⁾은 대평(大平) 7년 임오년⁷⁾에 갑과(甲科) 장원이 되었고, 현종(顯宗) 통화(統和) 27년 기유년⁸⁾에 한림학사(翰林學士)로 올라갔다.

이해 11월에 글안(契丹)의 성종(聖宗)이 친히 군사를 지휘하

---

3) 신라의 최치원은 그것을 알고 반드시 명령을 받아 글을 올렸다. 거기에 '계림에는 누른 잎이요[鷄林黃葉], 작령에는 푸른 솔[鵲嶺靑松]'이라는 말이 있었다. 신라의 왕이 이 말을 듣고 그를 미워하므로 마침내 가족을 거느리고 가야산 해인사에 들어가 죽었다. 그 감식의 밝음을 그 글에서 볼 수 있으므로 신라 사람들은 깊이 감복하고 그의 살던 집을 상서장이라고 했다. 그 뒤에 이능봉·오세재·안순지 등 인격이 고결한 선비들이 서로 이어 그곳에서 살았음.
4) 신라 탈해왕 때부터 한때 부르던 그 나라 이름.
5) 중국 은나라의 처사. 무왕이 은나라를 치려는 것을 말리다가 듣지 않으므로, 주나라의 곡식 먹기를 부끄럽게 여겨 수양산에 들어가 고사리를 캐어 먹으며 숨어 살다가 굶어 죽음.
6) 고려 때의 공신. 금주 9년에 글안의 장수 소손녕이 쳐들어왔을 때 적군을 대파시켰음.
7) 977년.
8) 1011년.

여 침입해 왔는데, 그때 임금은 금성(錦城)¹⁾으로 피난하여 하공진(河拱辰)²⁾을 시켜 강화에 응하리라 하고 그들을 돌아가도록 하였으니 이에 성종은 군대를 거두어 돌아갔는데 그 모든 계략이 강감찬 장군으로부터 나온 것이어서 임금은 시로써 그를 위로하고 칭찬하셨다.

'경술년에 오랑캐의 난리가 일어나 병기(兵器)가 한강까지 깊숙이 들어왔구나. 그때에 강군(姜君)의 계략을 쓰지 않았더라면 온 나라 백성이 모두 오랑캐가 될 뻔하였구나.'

오늘날 세상에 전해 오기를 한 사신(使臣)이 밤에 시흥군(始興郡)으로 들어서는데 큰 별이 어떤 집으로 떨어지는 것을 보고 사신은 이상히 여겨 곧 관리를 보내어 그 집을 잘 살펴보도록 하였더니 그 집에서는 마침 부인이 사내아이를 낳고 있었는데 사신은 이 일을 이상히 여겨 그 아이를 데려다가 길렀으니 그 아이가 곧 강감찬이며, 후에 정승까지 지냈다.

송(宋)나라 사신 중에 뛰어난 식별력이 있는 어떤 이가 강공을 보고 하는 말이,

"문곡성(文曲星)³⁾이 사라진 지가 오래 되어 그 별이 어디에 있는지 알 수가 없었는데, 오늘의 강공이 바로 문곡성이시군요."

하며, 곧 뜰 아래로 내려가 예(禮)를 차렸다⁴⁾고 한다.

문헌공(文憲公) 최충(崔冲)은 두 아들을 두었는데 그들에게 항

---

1) 나주.
2) 고려 8대 현종 때의 충신. 글안의 성종에게 피살됨.
3) 고대 중국에서 운명을 판단할 때 이용한, 아홉 개의 별 중 넷째.
4) 이 이야기는 매우 황당하다. 그러나 고금의 진신들이 서로 전해 내려오고 또 임상국 댁에 그 기록이 있기 때문에 여기 싣는다.

상 훈계하여 말하기를,

"선비가 권세로 출세하려면 유종(有終)의 미를 거두기가 어려우나 글을 연마하여 학문을 쌓으면 경사가 있는 법이다. 나는 다행히 글로 인해 드러낸 바 되었고, 슬기와 근신으로 세상을 마치게 되었다."

고 하고, 이어 자손을 훈계하는 글을 써서 후세에 전하도록 하였는데 중엽에 이르러 그 책은 잃어버려 시 두 편이 남아 있을 뿐이다. 그중에서,

'집에는 대대로 볼 만한 물건이 없고, 오직 아주 귀중한 보물을 하나 간직해 오고 있나니 문장(文章)은 비단과 같고, 그 덕행(德行)은 마치 규장(珪璋)[5]과 같구나. 오늘날 너희들에게 부탁하노니 먼 훗날에도 잊지 말아라. 이것을 잘 이용하면 대대로 더욱 번성하리라.'

고 하였다.

문헌공의 손자 중서령(中書令)[6] 사추(思諏)는 훈검문(訓儉文)을 지어 평장사(平章事)인 아들 진(溱)에게 주고 진의 손자 지(持)는 그 훈검문을 나에게 보여 주었으나 이미 30여 년 전이라 기억이 희미하여, 생각나는 것은 다만 오조영공상용목기(吾祖令公常用木器)의 여덟 자만을 기억할 뿐이다.

그 나머지는 잊어버렸고, 그 두루마리 책자를 지금은 어느 후손이 간직하고 있는지조차도 모른다.

문헌공(文憲公)은 성종(成宗) 25년 을사(乙巳)[7]에 급제하여 춘

---

5) 독으로 만든 귀중한 그릇. 곧 훌륭한 인물을 가리킴.
6) 고려 때 중서문하성의 종1품 벼슬.
7) 육십갑자의 마흔 둘째.

관(春官)[1]이 되었고, 다시금 갑과(甲科)에 장원을 하여 그의 직위가 내사령(內史令)[2]에 달하였다. 그의 아들 문화공(文和公) 유선(惟善)은 현종(顯宗) 22년 경오(庚午)에 어시을과(御試乙科)에 장원급제하였다.

문종(文宗) 7년 신축(辛丑)에 내사령에서 중서령(中書令)으로 되니, 부자가 모두 중서령을 지내고, 둘째 아들 유길(惟吉)은 그렇듯 훌륭한 가문의 덕으로 영전을 거듭하여 사공(司空) 좌복야(左僕射)[3]를 지내고 상서령(尙書令)까지 되었다.

22년 정미(丁未)에 임금은 나라의 원로들에게 연회를 베풀어 주었는데 문화공 형제는 문헌공을 부축하며 들어오니 이는 당시 사람들의 큰 경사거리가 되었다. 한림학사 김행경(金行瓊)이 시를 지어서 그들을 축하하였으니,

'자수(紫綬)[4]와 금장(金章)이 아들과 손자에게까지도 매어졌나니 구장(鳩杖)[5]을 함께 하고 황은(皇恩)에 취하였구나. 상서령이 중서령을 시중들었는가 하였더니 을과(乙科)의 장원이 갑과(甲科)의 장원을 부축하는구나. 일찍이 세상에 드문 네 사람이 나타났다고 들었는데 지금은 한 집안에 두 공(公)이 나타나는구나. 한 집안에 한 명의 재상 있기도 드물거늘 대대로 장원급제를 하였으니 가장 존경할 만하도다. 관리들은 매일처럼 그들의 이야기로 떠들어 대고 오늘의 조정 주변은 더욱 그들의 얘기로 어수선하구나. 그들의 뛰어난 업적은 청사(靑史)에 길이 빛나리

---

1) 조선의 예조에 해당함.
2) 국가의 법전을 관장하던 벼슬.
3) 고려 때 모든 관리를 통솔하던 상서성 안의 벼슬.
4) 정3품 당상관 이상의 관원이 차던 호패의 자색 술.
5) 지팡이 머리에 비둘기를 새긴 노인의 지팡이.

니 비록 천 개의 붓이 다 닳아도 모두 기록하지 못하리라.'
라고 하였다.

중승(中丞)6) 정서(鄭敍)7)의 《잡서(雜書)》에 시중(侍中) 최유선(崔惟善)의 〈규정시(閨情詩)〉가 실려 있는데,

'근심스런 빗발 속에 꾀꼬리는 새벽녘에 울어대고, 한들거리는 버들은 맑은 날에 한봄을 놀리듯 쳐다보누나.'

또, 빗〔櫛〕을 노래한 소시(梳詩)도 《잡서》에 실려 있는데,

'쓰려면 의당히 머리에 꽂아야 하거늘 왜 갑(匣) 속에 넣어두었던가.'

정서의 이 시로써 그의 영특한 재주를 알 수 있으며, 그의 직위가 최고였다는 것을 짐작할 수 있다.

이제 《시중집(侍中集)》을 보면 머리에 빗을 더하여 꽂는다는 '加首'(가수)라는 글귀가 많이 나오는데 정중승은 왜 하필이면 이 구절을 택하여 기록하고 그의 직위가 최고였다는 것을 알았던가?

정공(鄭公)이 처음으로 현종 22년 대평(大平) 10년에 임금 앞에서 보는 과거에 응시하였으니 이에 임금은 시신(侍臣)에게 말하였다.

"나라의 이름을 빛낼 만한 문장이다. 꽃과 달은 문장의 말미(末尾)하고나 어울릴 수 있는데, 이제 나는 그의 빠르고 재치 있는 문장력을 시험해 보리라."

여기에 '군은 배와 같다〔君猶舟〕'라는 부(賦)의 제목을 내렸다. 정공이 바로 부를 지어 바야흐로 종이에 옮겨 쓰려 하는데

---

6) 고려 때 어사대의 종4품. 또는 사헌부의 종3품 벼슬.
7) 고려 인종 때의 문관·시인. 호는 과정. 적소에서 읊은 〈정과정〉은 유명함.

또 '어원종선도(御苑種仙桃)'라는 시제를 주었다. 정공은 즉시 시를 써 내려 갔으니,

  '임금님 동산에 새로 심은 복숭아는 신선이 사는 낭원에서 옮긴 것이요, 그 뿌리는 신선이 사는 단지 위에 내리고 그림자는 궁중의 뜰 안에 어리었네. 어린 잎사귀들은 한 폭의 그림처럼 보이고, 터질 듯한 꽃망울은 마치 불타오르는 듯하네. 그 기품이야 계성수(鷄省樹)보다 훨씬 더 높고, 그 향기는 수로연(獸爐烟)보다 더욱 그윽하도다. 하늘이 가까우매 봄은 먼저 익어 가고, 맑은 새벽 기운 머금은 이슬 모습은 선연하도다. 이는 분명 천도를 가지고 있다는 서왕모(西王母)[1]가 준 것이니 임금의 거룩한 수명은 천년을 더 살으소서.'

  이리하여 시와 부가 모두 임금의 마음에 흡족하여 현종은 친히 장원으로 급제시키고 한림(翰林)에 들게 하여 바로 칠품(七品)의 벼슬을 내려 주었다.

  이듬해 경진(庚辰)[2]에는 예부원외랑(禮部員外郞)[3]과 장고(掌誥)[4]를 겸직하고 여러 번 직위를 바꾸다 중서령(中書令)에 달하여 죽으니, 뒷날 묘당(廟堂)[5]에서 제사를 지내게 해주었다. 이렇게 하여 그의 시가 그의 신하들 중에서 가장 뛰어나게 되리라는 징조였다는 것을 알 수 있다.

  경원(慶源) 이씨(李氏)는 국초부터 대대로 높은 벼슬을 지내오다가 창화공(昌和公) 자연(子淵)에 이르렀고 그의 아들 호(顥)

---

1) 중국 신화에 나오는 여신. 천도를 가지고 있다고 함.
2) 육십갑자 중의 열 일곱째.
3) 고려 때 육부의 하나. 의례·제향·조회·교빙·학교·과거의 정사를 맡아봄.
4) 왕의 모든 글을 맡아 적는 벼슬 이름.
5) 조종의 영을 모신 곳.

는 경원백(慶源伯)이 되었으며, 정(頲)·의(顗)·안(顔) 3형제는 모두 재상이 되었다. 또 세 딸이 있었는데 하나는 인예태후(仁睿太后)가 되었고, 나머지 두 사람도 모두 비(妃)로 봉해졌다.

이자연의 아우 이자상(李子祥)은 복야(僕射)[6]를 지내고 두 아들을 두었는데 두 아들 예(預)와 오(䫋)도 모두 재상이 되었고, 또 그 손자들은 모두 종실(宗室)과 혼인하여 귀족으로서 번창함이 고금에 비할 데가 없었다. 의(顗)가 처으로 사간원(司諫院)[7]에 있을 때 음양설을 믿는 자들이 각기 자기 나름대로의 도참설을 고집하고 또한 보비설(補裨說)도 주장하였다.

임금이 그에게 물었을 때 의가 대답하기를,

"음양이란 본래 역(易)에서 비롯된 것이온데 역에는 지리의 도움이 후세에도 미친다는 것은 말하지 않았습니다. 후세에 와서 위선자들이 그것을 곡해(曲解)하고 문자로 만들어 많은 사람들을 어지럽히고 있습니다. 거기에다 그 도참설(圖讖說)이란 것은 황당무계하기 이를 데 없이 취할 바가 조금도 없습니다."

하고 대답하니 임금님께서도 옳다고 생각하셨다. 정·의·오의 후손들은 지금까지도 더욱 많이 번성하여 이름을 떨치고 있다. 창화공(昌和公)은 장원이 되어 재상까지 오른 사람이므로 언제나 과거를 보게 하여 인재를 등용하였으니 평장(平章) 최석(崔奭)·평장 김양감(金良鑑)·참정(參政) 최사훈(崔思訓)·박인량(朴寅亮)·학사(學士) 최택(崔澤)·위제만(魏齊萬) 등이 모두 그 밑에서 수학한 문하생들이었다. 어떤 사람들이 시를 지어,

---

6) 중국 당나라와 송나라의 재상 이름.
7) 임금에게 간하는 일을 맡아보던 관청.

'뜰 아래 지란(芝蘭)¹⁾은 세 사람의 재상들이요, 문앞의 도리(桃李)²⁾는 열 사람의 공경(公卿)이구나.'
라고 하였다.

최문헌공(崔文憲公)이 과거를 열어 시험보게 하며, 열 네 사람을 선발하게 되었는데 김무체(金無滯)·이종현(李從現)·홍덕성(洪德盛) 세 사람이 을과에 급제하여 모두 상서(尙書)가 되었고, 이상정(李尙廷)·최상(崔尙)·최유부(崔有孚)는 참정(參政)이 되었고, 김창숙(金昌淑)·김정(金正)·김양찬(金良贊)·오학린(吳學麟)은 모두 학사(學士)가 되었으니 이름을 모두 상서방(尙書牓)이라 불렀다.

대강(大康) 9년 계해(癸亥)에는 과거에 급제하고도 모든 관직에 오르지 아니하였으니 이자현(李資玄)·곽여(郭輿)는 모두가 관직을 버리고 처사(處士)가 되었던바, 그들을 처사방(處士牓)이라고 부르게 되었다. 그때에 익살맞은 한 중이 있어 과거 보는 자들을 희롱하여 말하기를,

"상서방에 오를 것이지 처사과(處士科)에는 오르지 말 것이다."
하였다.

양숙공(良淑公) 이유(李濡)의 문하에 4방이 있었으니 이는 문정공(文正公)·문안공(文安公)·문순공(文順公)과 한(韓)·진(陳)의 두 추밀(樞密)³⁾이었다. 사성(司成)⁴⁾ 유충기(劉冲基)와 아

---

1) 영지와 난초. 모두 향초임. 남의 귀한 아들.
2) 남이 천거한 어진 사람을 비유하는 말.
3) 군정에 관한 중요한 기밀.
4) 태자를 가리키는 벼슬.

경(亞卿)5) 윤우일(尹宇一)은 같은 나이였다.

평장(平章) 김창(金敞)·추밀 이중민(李中敏)·복야 최승선(崔承宣)은 급제하였다. 왕이(王儞)·김규(金珪)·갈남성(葛南成) 등 세 명의 경(卿)은 역시 운치 있는 사람이었다. 오늘날의 참지정사(參知政事) 최인(崔璘)·지문하성사(知門下省事)6) 홍균(洪鈞)·수사공좌복야(守司空左僕射) 손변(孫抃)·추밀원사(樞密院使) 조수(趙脩)·우복야한림학사(右僕射翰林學士) 이순목(李淳牧)·우승선한림학사(右承宣翰林學士) 윤유공(尹有功)·형부상서학사(刑部尙書學士) 송국첨(宋國瞻)·병부상서학사(兵部尙書學士) 김효인(金孝印)·좌간의대부아위경(左諫議大夫衙尉卿) 하천단(河川旦)과 나 자신은 모두 영렬공(英烈公)이 관장하였던 과거에 급제하여 사람들이 번성한 문하생이라고 불렀다.

문하생으로서 제사를 관장하는 관직인 종백(宗伯)에게 가서는 부자간의 예를 지켰다.

당(唐)나라 때에 배호(裵皞)는 세 번이나 지공거(知貢擧)7)로 추천을 받았는데 그의 문하생 중에 마윤손(馬胤孫)이 또한 과거를 관장하였다. 그 과거에서 새로운 문하생을 얻어 마윤손은 그를 데리고 배호를 찾아뵈었다. 배호는 한 구를 지었는데,

'세 번씩이나 예를 맡아 과거를 관장하였더니 나이는 80이 되었고 제자의 문하생에 또 그 문하생을 보는구나.'
라고 하였다.

우리 조정의 학사 한언국(韓彦國)이 문하생을 데리고 문숙공

---

5) 경의 다음 벼슬. 곧 6조의 참판들.
6) 고려 중서문하성의 종2품 벼슬.
7) 고려 때 과거의 고시관.

(文淑公) 최유청(崔惟淸)을 찾아뵙고 시를 지어 이르기를,

 '연이어 나를 찾으니 이 얼마나 기쁜 일인가. 기쁘게도 문하생과, 문하생의 문하생을 또 보는구나.'
라고 하였다.

양숙공(良淑公)은 의종·명종·신종 3대에 걸쳐 국구(國舅)[1]가 되었고 그의 직위는 재상에까지 올랐으니, 그의 문하생 조문정공(趙文正公)이 벼슬이 사성(司成)이 되어 과거를 열게 되었는데, 그의 새로운 문하생을 데리고 양숙공을 찾아 인사를 드렸더니 이인로(李仁老)가 이를 축하하는 시를 지었다.

 '10년이나 황각(黃閣)의 재상으로 있으면서 태평성대를 이루게 하고, 네 번이나 과거를 열어 홀로 관장하였구나. 원래 국사(國士)는 국사의 은혜를 갚는 것이니 문하생이 또 그 문하생을 보는구나.'

양숙공의 아들인 평장사(平章事) 경숙(景肅)은 네 번이나 과거를 관장하였더니 몇 해 동안 10여 인의 문하생을 관직에 오르게 하였다. 이들 가운데 세 명의 장군과 한 명의 낭장(郞將)이 포함되어 있었으니 이것은 참으로 일찍이 못 들어 본 일이었다.

운각학사(芸閣學士) 유경(柳璥)은 급제한 후 16년이 되어 사마시(司馬試)[2]를 관장하고, 그 이튿날 문하생을 데리고 스승을 찾아뵈었다. 또 이 때에 평장은 대사(大師)라는 관직을 끝으로 벼슬을 그만두었다.

양숙공의 조카들 중에서도 두 명의 재상과 추밀이 나왔으며, 여러 종제(從弟)와 조카들도 또한 경대부가 되었는데, 이들은

---

1) 국왕의 장인. 왕후의 아버지.
2) 조선 시대 때 과거의 하나. 일종의 자격 시험으로, 생원과와 진사과가 있었음.

양숙공의 문하생으로 과거에 급제한 문하생들과 같이 뜰 앞에 서 있고 유경은 그의 문하생들을 거느리고 와서 뜰 아래서 인사를 하니 평장은 마루 위에 앉아 있고, 영관(伶官)[3]은 풍악을 울리었다. 이 광경을 보고 모든 사람들은 칭찬을 금치 못하고 더 나아가서는 눈물까지 흘리기도 하였다.

이 때 한림 임계일(林桂一)은 시를 지어 축하하였는데,

'두 부(府)의 관리들은 뜰 아래의 균태(鈞台)에서 절을 하고 한꺼번에 뛰어난 인재들이 문 앞으로 모여드네. 뛰어난 문하생과 번성한 자손들의 빼어남을 앉아서 바라보니 이러한 경사가 세세토록 이어진다는 소식 듣기를 바라노라.'

예숙공(譽肅公) 최석(崔奭)의 아버지는 태조(太祖)를 도와 공을 세웠다. 예숙공은 장원으로 급제하여 평장사(平章事)가 되었고 그의 아들 문숙공(文肅公) 유청(惟淸)은 유수(留守)가 되어 남도(南都)로 부임하려는 날 가마 아래 서 있던 유청의 두 아들에게 이런 시로써 훈계하였다.

'우리 집안은 청렴 결백하여 남겨 줄 물건은 없고 다만 경서(經書)[4] 1만 권을 보존하고 있으니, 너희들은 앞으로 책 읽기에 열심을 다하고, 입신 출세하여 임금을 도와 존엄하게 하라.'

문숙공은 이 시에 스스로 풀이하되,

'임금이 존엄하면 나라가 옳게 다스려지며, 나라가 바르게 다스려진다면 가정이 편안하게 되며, 몸이 편하고 몸이 편하게 되면 더 이상 바랄 것이 없다.'

고 말하였으니 두 아들은 과연 선비로서 재상의 지위에 올랐다.

---

3) 음악을 맡아보던 관리.
4) 유교의 경전. 사서오경.

맏아들은 정안공(鄭安公) 당(譡)이며, 지금 판추(判樞)인 인(璘)은 그의 손자이고, 둘째 아들은 문의공(文懿公) 선(詵)이며, 지금의 시중(侍中) 종준(宗峻)·복야(僕射) 종재(宗梓)·승선(承宣) 종번(宗蕃)이 전부 그의 아들들이다.

복야가 시중에게 답한 시에,

'3대가 다 평장사를 지내더니, 형은 시중이 되고, 사위 셋은 모두 재상이 되었구나. 한 사람은 용두로 장원 급제를 하였고, 두 사람은 똑같이 도끼를 받아[1] 상부원수(上副元帥)가 되었네. 대대로 선(善)을 쌓더니 그 자손들에게 경사가 잇달았구나. 높은 벼슬이 조정에 가득 찼으니 그 자손의 융성함을!'
이라고 하였다.

《문숙공가집(文肅公歌集)》은 항간에 많이 나돌고 있으나 여기에는 아들을 교훈한 글 한 편만을 적는다.

문종(文宗)이 임금으로 즉위한 지 11년 만인 청녕(淸寧) 2년 병신(丙申)에 흥왕사(興王寺)[2]를 창건하였는데 그는 흥왕사의 규모를 매우 웅장 화려하게 하려고 노력하였지만 이 때에 지주사인 문화공(文和公)이 문종에게 간하기를,

"옛날 당 태종(唐太宗)은 신령스럽고 영무(英武)[3]하여 수천백 년 이래로 견줄 만한 사람이 드물었습니다. 태종은 함부로 도첩(度牒)[4]을 내주어 중이 되는 것을 허락하지 않았으며, 사원을 짓지 못하도록 하였고, 고조(高祖)의 뜻을 받들어 왕업을 더욱

---

1) 출전하는 대장에게 왕이 도끼를 주어 군중을 다스리게 했음.
2) 고려 시대의 큰 절. 경기도 개풍군 진봉면 흥왕리에 있음.
3) 영민하고 용맹스러움.
4) 새로 중이 되었을 때 나라에서 주는 허가증. 입적 또는 환속을 하면 다시 반납함.

굳건히 하였습니다. 그런데 이제 폐하께서 선대의 쌓은 업적을 받들어 천하를 평정하려면 마땅히 아껴 쓰고 백성을 사랑하셔야 될 줄 아옵니다. 그래야 선대에 쌓아 놓은 업적을 후대에 공고히 전하실 수 있을 것입니다. 그러하온데 백성들의 재산과 역량을 탕진하여 급하지 않은 곳에 많은 돈을 들여 나라의 기반을 위태롭게 하려고 하십니까. 신(臣)은 적이 회의를 품게 되는 일이옵니다."
라고 하였다. 이에 문종은 부드러운 모습으로 조서를 내려서 대답하였다.

"경의 말은 진심으로 충성된 말이나 짐이 이미 일을 저질러 놓았으니 이제 다시 돌이켜 고칠 수가 없구나."
하고 대답하셨다.

뒤에 문종이 한가한 때를 만나 공이 문종을 모시고 시정(時政)을 논할 때에 문종은 조용히 공을 위로하며 말하기를,

"간하는 것은 진실로 충성된 일이나 결과적으로는 아첨하는 말을 좋아하게 되기 쉽군."

공은 즉시 이렇게 대답하였다.

"나라를 새로이 창업한다는 일은 도리어 쉬운 일입니다. 그러나 이미 이룩한 업을 지켜 내려온다는 것은 쉬운 일이 아닙니다. 비록 우하(虞夏)의 남이 부른 노래에 답하는 노래라 할지라도 어찌 이러한 문답에서 더하리요."

참정(參政) 이영간(李靈幹)이 나주(羅州) 법륜사(法輪寺)를 보고 시를 짓기를,

'저녁 경치가 서늘한 가을 바람과 잘 어울리는데 한 번 절 방에서 잘 때마다 한 번씩 주름을 펴는구나. 별들은 그 빛이 밤이

깊어질수록 더욱 휘황찬란해지고, 누대(樓臺)[1]에 달이 드리워져 그림자 흩어져 버렸도다. 여섯 개의 빛나는 자등(慈燈)은 밝고, 만고에 길이 내려온 거룩한 자취가 기이하구나. 좋은 인연을 맺는다는 것이 무엇이냐. 향 피우고 앉아 부처님을 공양하네.'
하였다. 어떤 이는 이 시(詩)의 끝 구절이 정묘하지 못하다고 하며, '야(也)'자를 사용한 것은 더욱 거칠다고 하였으니, 이는 잘못된 것이다.

공(公)이 임금과 함께 박연폭포에서 놀았을 적에 갑자기 비바람이 사납게 일어서 앉아 있던 돌이 흔들려서 임금을 놀라게 하였다. 그러자 공은 곧 칙서(勅書)[2]를 지어 연못 속에 던지고, 용(龍)의 죄를 꾸짖어 벌을 주려고 하였더니 용은 즉시 깨닫고 그 등을 드러내어 곤장(棍杖)을 맞았으니 공이 글을 짓는 것은 매우 신기(神奇)하여 측량할 수가 없는데, 어찌 이 작은 시속의 한 글자의 잘되고 못됨을 가지고 공의 실력을 가름할 수 있을 것인가.

문종(文宗) 대강(大康) 7년 신유(辛酉)에 양평공(良平公) 최사제(崔思齊)가 사신으로 송(宋)에 들어가게 되어 배 위에서 시를 짓기를,

'하늘과 땅에 무슨 경계가 있으리요마는 강과 산이 스스로 다르게 생겼구나. 그대로 송(宋)나라가 멀다고 하지 말라. 고개를 돌리고 보면 한 돛 바람이 가네.'
라고 하였다.

---

1) 누각과 대사.
2) 임금이 어느 특정인에게 훈계하거나 알릴 일을 적은 글.

보궐(補闕)³⁾ 진화(陳澕)가 서장관(書狀官)⁴⁾으로 대금(大金)에 들어갈 때,

'서쪽 중국은 이미 쓸쓸하고 북쪽 산채는 아직도 혼몽하도다. 앉아서 동트기를 기다리다 보니 동쪽 하늘이 붉어지려 하네.'

라고 하였다. 계사(癸巳)년 봄 조정에서는 대금 황제가 하남으로 파천(播遷)하였다는 소식을 접하고 기거주(起居注)⁵⁾ 최인(崔璘)과 내시(內侍) 권술(權述) 및 나를 보내어 행재소(行在所)로 가서 문안을 드리도록 하였다. 그때 달단(韃靼)⁶⁾의 길이 막혀 나무로 만든 사다리 길로 해서 철산포(鐵山浦)를 지나 요(遼)의 해주진(海州津)에 다다랐다. 그때 권(權)이 시를 짓되,

'구천(九天)은 옮겨 가고 사해는 슬퍼하는데 뱃길을 누구에게 물어 볼 것인가. 만리에 자욱한 안개와 물결에 갈 곳이 아득하구나.'

나는 작년에 부추사(副樞使)로서 사신으로 몽고(蒙古)에 갔다가 홍중부(興中府)에 닿아 유숙하게 되었는데, 한 절간의 벽 위에 써 있는 한 시구를 보았는데 그 시에는,

'사해(四海)가 모두 여우와 토끼의 소굴이 되어 버렸고, 온 나라 안은 오히려 개나 양의 하늘을 우러러보는도다. 인간의 즐거운 세상은 어디에 있을까. 나의 삶을 마음대로 살지 못함이 한스럽구나.'

---

3) 고려 때 중서문하성의 벼슬.
4) 외국 가는 사신에게 딸려 보내는 벼슬아치.
5) 임금 좌우에 시종해서 그 언행을 기록하던 벼슬.
6) 예전에 만주 흥안령 서쪽 기슭이나 음산 산맥 부근에 살던 몽고 민족의 한 부족인 타타르의 칭호.

하였다.

　최(崔)의 시에서 천리를 멀다고 하지 않는 뜻이 있으며, 진화의 시에서 막좌(幕佐)[1]로서 조정에 들어가면서 '북쪽의 산채는 혼몽하도다' 한 것은 예의가 아니다. 또 권(權)의 시에 말은 비록 '아득하다'고 하였으나 뜻 속에는 바삐 문안을 드리러 가는 뜻을 지녔으며 홍중부의 절구 한 수는 나그네가 지은 것이니 말이 과장된들 무슨 허물이 있겠는가?

　예종(睿宗)은 임금으로 있는 동안 장구(章句)를 숭상하고 연회를 베풀어 노는 것을 좋아하였는데 그때에 증조부(曾祖父) 상서(尙書) 최약(崔瀹)은 윤각(綸閣)에 있으면서 임금께 글을 올렸으니 이르기를,

　'옛날 당(唐)나라의 문종(文宗)이 시학사(詩學士)를 두려고 할 때 재상이 삼가 아뢰기를, '시인들 중에는 경솔한 자가 많고 이치를 아는 데에 어두우므로 만약 그들에게 하문하신다면 임금의 총명을 어지럽힐까 두렵습니다' 라고 하니 문종은 그 일을 그쳤다. 제왕은 마땅히 경술(經術)[2]을 좋아하여, 날마다 유아(儒雅)들과 경사(經史)를 토론하여 정사에 대해 묻고 백성을 교화(敎化)시켜 미풍양속을 이루기에 겨를이 없을 터이온데, 어찌 어린아이들처럼 벌레를 쪼아 새기는 것을 일삼고 경솔하고 방탕한 사신(使臣)들과 풍월(風月)이나 읊어서 임금님의 순수하고 올바른 마음을 잃어버릴 수가 있겠나이까.'

하니 임금님께서는 이를 부드럽게 받아들이셨다. 그때 한 사신이 틈을 보아 말하기를,

---

[1] 주장이 거느리는 장교 및 종사관.
[2] 유가의 경서에 관한 학문.

"그 사람이 말하는 유아(儒雅)란 따로 누구를 말하는 것이겠습니까? 약(瀹)은 풍월을 잘못하여 사람들이 서로 노래하고 답하는 것을 즐기지 못하기 때문에 이러한 말을 하게 된 것이옵니다."

라 하니 임금님께서는 화를 내시고 그를 춘주 부사(春州副使)로 좌천(左遷)[3]시켰으니 그가 바야흐로 춘주로 좌천되어 떠날 때 어떤 사람이 송별시로 화답하기를,

'우리 집은 대대로 크게 임금의 은총을 입어 충성스럽고 맑은 기운을 이어받아 가문을 무너뜨리지 않으려 하였노라. 다만 반딧불의 빛을 잡아 거룩한 햇빛에 도움을 주고자 감히 좁은 식견으로 의논을 하였을 뿐이로다. 풍월에 업적이 없음을 스스로 부끄러워하노니, 구름 낀 하늘을 돌아보매 이미 정신을 잃은 듯하도다. 놀라서 땀을 씻기도 전에 또한 감격의 눈물을 흘리는 것은 좌천되어 귀양가면서도 붉은 수레를 탈 수 있기 때문이로다.'

하였다. 무릇 큰 군사를 일으키고 원수(元帥)를 임명할 때에는 반드시 선비 출신의 유장(儒將)을 임명하여야 한다.

서도(西都)[4]에서 반란이 일어났을 때 문열공(文烈公)이 원수가 되었는데, 그때는 태평세월이 오래 계속되었기 때문에 여러 무사들도 군사를 다스리는 것에 대해서 잘 몰랐다. 공(公)이 옛 시를 막사(幕舍) 안에서 조용히 읊기를,

'백록파(白鹿坡) 기슭의 백만 군대가 있는데, 벽유당(碧油幢)

---

3) 벼슬 자리가 아래로 떨어지거나 좋은 자리에서 나쁜 자리로, 또는 내관에서 외관으로 전근되는 일.
4) 평양.

아래엔 한 서생(書生)에 지나지 않도다. 지금에야 선비가 된 것이 귀하다는 것을 비로소 알게 되었으니, 장군(將軍)이 오경(五更)을 알리는 것을 누운 채로 듣는구나.'
라고 하였은즉 이것이 군중에 서로 전하여 외어지니, 이것으로써 내상장군(內廂將軍)[1]이 시간〔更〕을 알리던 계교로 삼았다.

참정(參政) 박인량(朴寅亮)이 사신으로 중국에 갔을 때 가는 곳마다 모두 시를 지어 남겼는데 〈금산사시(金山寺詩)〉에는,

'험준한 바위 기괴한 돌이 첩첩이 쌓여 산을 이루고, 산 위엔 절이 있고, 물은 사방을 둘러 흘러가네. 탑 그림자는 강물에 비쳐 물결 밑으로 드리우고, 풍경(風磬)[2] 소리는 담을 흔들어 구름 사이로 번져 가는구나. 문 앞의 나그네를 태운 배는 큰 물결에 급하고, 대나무 아래에는 바둑 두는 중의 모습이 밝은 햇빛에 한가롭구나. 중국을 한 번 다녀 본 것이 이별하기 서운하여 이에 한 편의 시구로써 다시 올 것을 약속하노라.'
고 하였다. 월주(越州)에 도착하였을 때 악조(樂調) 속에 새로운 풍악 소리를 들었는데, 옆 사람이,

"이것이 공(公)의 시(詩)이옵니다."
라고 하였고, 절강(浙江)[3]에 도착하였을 때에 바람과 파도가 사납게 일어났는데, 오자서(伍子胥)[4]의 사당이 강가에 있는 것을 보고 시로써 그를 애도하기를,

'동문을 흘겨봐도 분이 풀리지 않아, 검푸른 강물은 오랜 세

---

1) 고려 때 지신사와 승선을 일컫는 말.
2) 처마 끝에 다는 작은 경쇠.
3) 중국 동남부 동해 연안에 있음.
4) 중국 춘추 시대 초나라 사람. 아버지인 사와 형인 상이 초나라 평왕에게 피살되었기 때문에 오나라에 가서 초나라를 쳐서 원수를 갚았다고 함.

월을 두고 파도를 일으키는구나. 지금의 사람들은 옛 현인(賢人)의 뜻을 알지도 못하고 단지 조수의 높이가 몇 자나 되느냐고 묻기만 하네.'
라고 하였더니, 갑자기 바람이 멎으며, 배를 무사히 건너게 하였다.

　이처럼 그 감동의 신비함이 이렇게 커서 송(宋)나라 사람들이 그 시를 모아서 엮어 놓았으니 지금까지도 그 시가 세상에 전해오고 있다.

　학사(學士) 권적(權適)은 우리 나라가 올리는 글을 받들고 송(宋)에 유학 가는 도중에 문열공(文烈公)과 여러 친구들에게 시를 부쳐 보내니,

　'이별이란 참으로 하찮은 일이건만, 우리의 이 이별에는 마음을 다 측량하기 어렵구나. 나그넷길은 파도 저 멀리 있는데 내 고향 산천은 꿈속에만 있구나. 문을 나설 때는 무더운 여름비가 내리더니 노〔櫂〕에 기댈 때는 이미 가을 바람이 불어오는구나. 어느 날이고 강호(江湖)에 흥이 일어나면 조각배를 타고 다시 동쪽으로 갈까 하노라.'

　명주(明州) 정해현(定海縣)에 도착하여 유숙할 때에는 황제가 사신을 보내어 큰길에서 위로와 문안을 하였으며, 주부(州府)의 뛰어난 인재들을 뽑아서 동행토록 하였다.

　서울에 들어와 대궐 아래에서 찾아뵈니 임금이 특별히 사랑하시어 후히 하사하심이 보통과 달랐으며, 명령을 내려, 벽옹(辟雍)[5]에 입학하여 공부하게 하시었다.

---

5) 옛날 임금이 만든 지금의 대학.

무릇 7년 재학(在學)중에 여러 번 예과에 으뜸을 차지하여 친히 황제께서 시험을 간장하실 때는 갑과(甲科)에 장원이 되었다. 그 후에 귀국하게 되자 예종(睿宗)께서도 그 소식을 듣고 기특히 여기시어 유사(有司)에 명하사, 악부(樂部)와 채산(綵山)을 갖추어서 예성강(禮成江)에서 그를 환영토록 하였다.

대관전(大觀殿)에 친히 납시어 그를 맞으시고 여러 신하들에게 명하여 사흘 동안 연회를 베풀어 축하해 주시고, 곧 국자박사(國子博士)[1]로 삼으시고 국학(國學)의 의례(儀禮)에 관한 규식(規式)과 문서를 편찬토록 하셨으니 그 후 몇 해 안 되는 사이에 요직을 역임하였다.

또 사방(四方)에 사신으로 가게 될 때마다 많은 시를 읊었는데 일찍이 안북사(安北寺)에서 즐기며 대나무에 대해 읊기를,

'큰 눈이 하늘에 가득 차고, 온갖 나무는 꺾어지는데, 아름다운 대나무는 피어난 한 가지 매화와 서로 비추는데 오뉴월 삼복더위가 혹심한 때에 시원한 바람을 청해 들이네.'

라 하고 또, 〈송안선로지풍악시(送安禪老之楓岳詩)〉에서는 이르기를,

'강릉(江陵)은 날씨가 따뜻하며 꽃이 막 피어나는데, 금강산은 추운 날씨라 아직 눈이 녹지 않았구나. 상인(上人)[2]의 산수를 즐기는 성벽을 따라 웃으며, 소요(逍遙)[3]하지 못하는구나.'

라고 하였으며, 〈정지방시(亭止房詩)〉에서는,

'반 년 동안 진토(塵土)에 있으면서 청산을 등지고 있다가 적

---

[1] 고려 때 국자감의 벼슬.
[2] 중을 높여 부르는 말.
[3] 슬슬 거닐어 돌아다님.

막한 절간에 틈이 나니 하루종일 한가롭구나. 야윈 얼굴이 붉게
타는 단풍에 비치는 것에 다시 놀라네. 하늘은 커다랗고 아득한
저 푸른 들녘 멀리까지 둘러 있고, 배는 맑은 강물의 적막한 가
운데에 매어졌구나. 상방(上房)께서 술로써 붙드는 바람에, 엷
은 저녁 연기에 기울어진 해에도 돌아가지 못하네.'
라고 하여, 비록 제영(題詠)4)과 화증(和贈)한 것이 수십 권(卷)
에 이르렀으나, 모두 흩어지고 없어져 지금은 겨우 20여 수(首)
만을 얻었으며, 그 대부분이 장편이어서 다만 그중에서 절구(絶
句)와 사운(四韻)5)을 각각 두 수를 적었다.

공(公)은 대체로 장구(章句)를 좋아하지 않았고, 화답(和答)하
는 형식의 작품이라도 솔직히 표현하여 남을 놀라게 하지 않았
고, 더욱 문사(文辭)에 능숙하여 풍부하고 아름다운 문체 가운
데에도 맑고 예리한 품이 있었다.

국사쇄주(國子祭酒)·한림학사(翰林學士) 겸 보문각학사지제
고(寶文閣學士知制誥)에 옮겼고, 남성(南省)6)에서 과거를 보일
때는 사람들을 잘 알아보아 문하생 중 빼어난 선비인 임종비(林
宗庇)가 시를 적어 올렸는데 그 시에서,

'배를 타고 중국에 갔을 적에는 북방의 학자들도 앞서지 못
하였고, 비단 옷을 차려 입고 고향으로 돌아왔을 적에는 동도의
주인도 큰소리로 탄식하더라.'
하였으며, 그 시에 이르기를,

'동쪽 나라에서는 두 학사(學士)라는 말을 듣기에 어려웠는

---

4) 제목을 붙여서 시를 읊음.
5) 율시를 말함.
6) 어사부의 다른 이름.

데, 서방의 조정에서는 홀로 갑과(甲科)의 이름을 차지하였노라.'
라고 하였으니 공이 그것을 보고 그 시인을 가상히 여기시며 말하기를,

"고사를 들어서 현재의 일을 논함이 아주 어울리고, 또 대구를 맞춘 것은 훌륭하나, 다만 송(宋)나라는 서쪽에 있는데 북방이라고 말한 것은 이른바 너무나 글에 구애되어 사실을 잘못 썼다고 하겠으나, 그것은 백옥(白玉)의 미세한 흠에 불과할 따름이다."

사인(舍人)[1] 정지상(鄭知常)은 시로써 인종 때에 유명해졌는데 일찍이 곽(郭)선생과 함께 왕을 보좌하며 장원정(長源亭)에서 유숙하고 있는 동안 시를 지었는데,

'옥으로 만든 물시계는 뚝뚝 물방울을 떨어뜨려 소리를 내고 달은 중천에 걸리었는데, 한봄 모란꽃은 봄바람과 함께 불어오도다. 작은 마루 위에 발을 말아 올리니 파도는 연기와 함께 푸르렀고, 사람은 봉래산(蓬萊山) 멀리 아득히 보이는구나.'
라고 하였다. 〈영죽시(詠竹詩)〉에서는,

'긴 대나무가 자그만 툇마루 동쪽에 빼어나 쓸쓸하게도 수십 떨기를 이루고 있구나. 푸른 뿌리는 용(龍)이 달리는 듯 땅에 흩어져 있고, 차가운 잎사귀에는 바람결에 옥이 울리듯 하네. 빼어난 빛깔은 온갖 풀보다 우아하며, 깨끗한 응달은 공중을 스치는구나. 그윽하고 기이한 것은 글로써 형용할 수가 없으니 서릿발 뿌리는 밤 밝은 달빛 속에 있었노라.'

---

1) 궁중의 근시 벼슬. 여기서 근시란 임금을 가까이 모시는 신하를 말함.

라 하였다. 〈유제단월역시(留題團月驛詩)〉에서는,

 '늦도록 술을 마시고 베개에 의지하고 보니 화병(畵屛)은 낮았는데, 앞마을 첫닭 울음소리에 꿈이 깨었구나. 도리어 기억나는 것은 밤이 깊어 비구름이 걷어지던 때 서쪽 푸른 하늘에 외로운 달이 작은 누각이로다.'
하였다. 장원정(長源亭)에서 지은 시에서는,

 '높게 솟은 양 궁궐은 강가에 나란히 누웠는데 맑은 밤 하늘엔 한 점의 티끌도 없구나. 바람은 구름을 휘날리며 나그네 돛배 불어 보내는데 궁전 기와에 어린 이슬은 구슬처럼 반짝이누나. 창문에 닫힌 8, 9채의 집에는 푸른 수양버들이 드리우고 발을 말아 올린 밝은 달 아래에는 3, 4인이 있구나. 머나먼 봉래산(蓬萊山)은 어느 곳에 있느냐. 꿈이 한창인데 꾀꼬리가 푸른 꿈을 알리누나.'
하였고, 〈월영대시(月詠臺詩)〉에 이르기를,

 '푸른 물결은 끝없이 펼쳐져 있고, 돌은 우뚝 솟았는데, 그 가운데 봉래학사(蓬萊學士)[2]가 놀던 대(臺)가 있노라. 늙은 소나무 단 옆구리에는 푸른 이끼가 가득히 솟아나 있는데 하늘 끝가에는 구름이 낮게 드리웠고, 한 조각 돛단배가 오가는구나. 백년의 풍아(風雅)[3]는 새로운 시구(詩句)요, 만리 강산은 한 개의 술잔이로다. 계림(鷄林)에서 머리를 돌려 봐도 사람의 그림자는 보이지 않고, 달빛만이 할 일 없이 밝은데 바다를 돌아 비치누나.'
라고 하였다. 〈제변산소래사시(題邊山蘇來寺詩)〉에 이르기를,

---

 2) 최고운을 일컬음.
 3) 《시전》의 풍과 아. 곧 시 또는 풍류와 문아.

'옛길은 한적하여 소나무 뿌리에 둘러 있고, 하늘은 가까워 북두성(北斗星)이 닿은 듯하구나. 뜬구름같이 흘러가는 물처럼 나그네가 절에 다다르니 붉은 잎 푸른 이끼에 중은 대문을 닫는 구나. 해는 기우는데 가을 바람 서늘하게 불어오고, 산 속 달빛은 희미해져 가는데 잔나비는 맑게 울어 대는구나. 장하도다, 덥수룩한 눈썹을 한 늙은 스님이여. 오랜 세월 더없이 시끄러운 인간 세상의 꿈을 꾸지 않았으니!'
라고 하였다. 〈서도시(西都詩)〉에 이르기를,

'남쪽 길에 보슬비 지나 남풍이 불어오니 티끌조차 하나도 움직이지 않고, 수양버들 그늘이 기울어져 있구나. 푸른 창 붉은 집에 생황이 노래 소리 목메어 흐느끼나니, 모두가 아이를 가르치던 이원제자(梨園弟子)[1]들이 사는 집이로구나.'
라고 하였다. 이 시들은 말이 운치는 청아하고 빛나며, 시구의 격조는 호탕하고 방대하여, 이 시를 읽으면 답답한 가슴과 흐린 눈을 맑게 만들어 준다. 오로지 웅장하고 뜻 깊은 거작이 아닐 뿐이다.

학사 고당유(高唐愈)가 아직 미천하였을 적에 이르기를,

'어찌 하한(河漢)[2]을 건널 수가 있겠는가. 고(高)는 천상 세계에서 노는 신선이로다. 바로 천 섬의 물을 끌어다가 손을 들어 구름 낀 하늘을 씻어 볼까 하노라.'
라고 하였으며, 〈운암(雲巖)〉에 이르기를,

'바람이 호수와 산의 온갖 틈에 스며들어 숨을 쉬고 먹구름을 돌아가 흩어지니, 겨울 하늘은 더욱 높구나. 푸른 매가 백

---

1) 옛날 아악을 가르치던 곳.
2) 온 하늘을 두른 띠 모양의 엷은 빛의 성군. 은하.

척 천 척 높이 솟아 올라가니, 어떤 조그만 먼지인들 그 깃털을 더럽히랴.'

라고 하였다. 그 시를 보니 말의 뜻이 호방하고 장대하여, 과연 지조와 절개로 인해 유명한 재상이 되어 3대에 걸쳐 대대로 임금을 섬기게 되었다.

예왕(睿王) 건통(乾統) 7년 정해(丁亥)년에 이르러서 동쪽에 있는 변방 오랑캐를 치고자 하여 윤관(尹瓘)을 상원수(上元帥)[3]에 임명하고, 오연총(吳延寵)을 부원수(副元帥)에 임명하여 임금이 친히 서경(西京)에 있는 어용언(御龍堰) 대궐에 행차하시어 큰 도끼[斧鉞]를 하사하여 그들을 전쟁터로 내보냈다.

그 부대는 대술관(大戌關)으로 진격하여 80여 마을을 쳐부수고 영주(英州)·길주(吉州) 등 4성(城)을 쌓았다. 이어 임금은 윤(尹)에게 시중(侍中)의 벼슬을, 오(吳)에게는 참정(參政)의 벼슬을 내리니 이들은 모두가 큰 공신들이다.

이듬해 또 함주(咸州)·숭녕진(崇寧鎭) 등의 성을 새로이 쌓아 올리고 지켰는데 다음해에 오랑캐가 그 새로 쌓은 성을 포위하여 쳐들어오므로 오(吳)가 군대를 지원하여 구해 주었다. 추장(酋長)[4] 실현(實現) 등이 황금과 좋은 말을 가지고 와서 바치고 대궐에 들어가 온갖 정성을 베풀었다.

이에 임금은 여러 신하를 모아 조정의 회의를 열었다. 간의대부(諫議大夫) 김연(金緣)이 임금께 간하기를,

"임금께서 토지를 사랑하는 것은 장차 백성을 먹여살리려 하심인데 어찌 땅을 차지하려고 싸우다가 임금의 은혜를 입은 백

---

3) 고려 때 출정하는 군대를 통솔하던 대장.
4) 만족들이 사는 마을의 우두머리.

성으로 하여금 참살당하게 하고 그리하여 간과 뇌(腦)가 땅에 흩어지게 하십니까? 원컨대 폐하(陛下)께서는 그 차지한 땅을 허락하여 저들이 짐승을 기르며 살도록 하시되, 복종하면 어루만져 주시고 싫다면 버려 두시옵소서. 그래야만 우리 백성이 싸움을 그치고 쉴 수 있을 것 같습니다."

이 말을 들은 왕의 마음도 그러게 생각되었다. 6월에 추장 실현(實現) 등이 선정전 문 밖에 엎드리고 머리를 조아려 말하기를,

"오랑캐도 역시 사람이오나 이제 우리의 소굴을 소탕하고 뒤집어 엎었사오니 우리는 어느 곳을 의지해 살겠습니까? 바라건대 우리 강토(疆土)[1]를 다시 돌려주시어 안주하게 하여주신다면 맹세코 변방을 소란스럽게 하지 않겠나이다."

라고 하니 임금은 웃으면서 허락하셨다. 7월에 길주(吉州)·영주(英州)의 변방을 지키는 군사를 폐하고 관리가 두 원수를 탄핵하여 파봉(罷封)[2]함을 알리고 사사로운 기병(騎兵)을 폐하고 돌아와 간관(諫官)이 또 임금께 아뢰기를,

"윤(尹)과 오(吳) 그리고 임언(林彦) 등은 고라(古羅) 등을 유혹하여 섬멸하였기 때문에 오랑캐에게 믿음과 의리를 잃어 많은 군대를 잃었고, 백성의 힘을 다하고 국가의 많은 돈을 소모하여 성(城) 9개를 쌓고도 사태가 위험해지자 그대로 버리고 말았사오니 그 죄를 용서할 수 없사옵니다."

왕은 부득이 하여 파면할 것을 허락하고 말았다. 1년이 지나 사헌부에서 상소하여 윤(尹)·오(吳)·임(林) 등의 죄를 다시

---

1) 나라의 국경 안에 있는 땅.
2) 어사나 감사가 못된 원을 파면시키고 창고를 잠그고 봉하는 일.

논의하였으나 마침내 용납될 수 없다고 하여 사헌부의 모든 관리들은 그 자리를 떠나 사무를 보지 않았다.

당시 송(宋)나라 조정의 사신이 들어와 그를 영접하게 되었기 때문에 임금은 그들에게 나오게 하여 직무를 보도록 하였으나 오직 간의대부(諫議大夫) 김연(金緣)만은 곧 나오지 않았는데 특별히 임시 추밀원(樞密院) 부사(副使)를 참의로 임명하여 곧 취임케 하고 후에 예빈경(禮賓卿)의 관직을 주었으며, 임금의 특명을 내려 두 원수와 임언(林彦) 등을 복직케 하셨다.

당시에 학사(學士) 이오(李頲)는 김부일(金富佾)의 시에 화답하여 말하기를,

'수레를 타고 나감에 있어 큰 도끼를 주고 동쪽 정벌을 명하니, 단번에 오랑캐를 다 무찔렀도다. 한(漢)나라 변방은 방비(防備) 없었던 때가 없었고, 진(秦)나라 사람은 왜 힘들여 새 성(城)을 구축하였는가? 조정에 가득히 간언(諫言)이 간절함을 참으로 장대한 땅을 개척하여 공이 높아짐은 널리 소문난 명예로구나. 간언을 좇고 공을 쌓기에 어느 것이 더 급한 일인가. 우리 임금의 거룩함이 두 가지를 모두 평정하였네.'

천경(天慶) 원년에 사은사(謝恩使) 김연과 임유문(林有文) 등이 송(宋)나라에 갔을 때, 황제는 한층 더 잘 접대해 주었다. 김연과 임유문 등이 귀국하니 임금은 천자의 대답해 준 행동을 물으시매, 김(金)은 대답하여 이르기를,

"황제께서 우리 나라를 후대하여 보통이 넘도록 융숭하게 대접해 주었습니다. 그러나 모든 일에 지극히 사치하고 이상하여 매우 한심하였습니다."

고 말하였다. 3년 후 계사(癸巳)년에 이자량(李資諒)·이영(李

永) 등이 사신으로 송나라 조정에 가니, 황제께서 예모전(睿謀殿)에 맞이하여 연회를 베풀어 주고 시를 짓고 그에 따라 시로써 화답하도록 명하였다.

자량은 황제의 시운(詩韻)을 받아 화답하기를,

'신하나 손님을 위하여 여는 주연(酒宴)에 어진 선비들이 다 모이고, 아름다운 음악이 동방으로부터 끝없이 넓게 새어 나오는도다. 천상으로부터 내려온 꽃은 머리 위에 아름답고, 쟁반 가운데 귤 소매 속에 향기롭구나. 황하(黃河)[1]는 다시 천년의 상서로움을 알려 주는데 만수무강을 비는 잔을 푸르스름한 좋은 술에 가벼이 띄웠도다. 오늘 배신(陪臣)[2]이 성대한 잔치에 참석하여 바라건대 하늘의 보호가 영원하시기를!'

이 시는 천박하게 표현되었으나 황제는 크게 칭찬해 주고 그 즉석에서 지은 글로 아주 잘 어울린다고 하시며, 다음날 점포에 널리 퍼뜨려 그것을 써서 족자(簇子)로 만들어 벽에 걸도록 하였다.

자량 등이 작별하고 떠날 때에 천자는 은밀히 타이르기를,

"여진족(女眞族)이 서로 땅을 다툰다는 말을 들은 적이 있는데 후일 우리 나라 조정에 올 때는 마땅히 여진족 몇 사람을 불러들여 동행함이 어떨까."

하고 말하였다. 자량은 답하기를,

"오랑캐는 욕심이 많아 상국(上國)[3]과는 통할 수 없습니다."

송(宋)나라 조정의 신하가 말하기를,

---

1) 중국 제2의 큰 강 역사·문명의 발상지임.
2) 제후의 신하가 천자에 대해 자기를 일컫는 말.
3) 작은 나라의 조공을 받는 큰 나라.

"여진(女眞)에는 진귀한 물건이 여러 곳에서 많이 나와 고려(高麗)가 항상 그들과 무역을 하며 자량은 이 이익이 다른 나라에 나누어지는 것을 겁내어 그것을 저지하려는 것입니다. 폐하(陛下)께서는 고려를 자기 백성처럼 사랑하시는데도 자량은 그 은혜를 알지 못하고 겉으로는 좋게 말한 것 같으나 실은 속이는 것이 뻔합니다. 반드시 여진은 고려를 의지하지 않을 것이니 사신 한 사람을 보내어 불러들이는 것이 좋을 듯합니다."

후에 과연 그들을 불러들여 왕래하다가 마침내 여진에게 임금의 자리를 옮겨 주게 되었다.

송나라 조정의 많은 신하들 가운데 한 사람도 자량의 지혜를 못 따라서 도리어 충성스런 말을 알지 못하고 받아들이지 않았으니 참으로 애석한 일이다.

매년 2월 보름에 여는 연등회(煙燈會)[4]의 저녁을 위하여 임금은 하루 전에 개성(開城)에 있는 봉은사(奉恩寺)[5]로 행차하여 고려 태조(太祖)의 거룩한 진영(眞影)에 분향(焚香)하고 절하는데 그것을 봉은행향(奉恩行香)이라고 불렀다.

옛날 도읍지인 개성에는 아홉 개의 거리가 있는데 넓고 평탄하며 흰 모래가 깔려 있고, 큰 개울 양편 집 사이로 유유히 흘러나오는데 이날 저녁이 되면 모든 관리들은 각기 크고 작은 비단으로 산을 덮고 모든 군부(軍部)도 화려한 비단으로 서로 연결하여 온 거리에 길게 늘어놓으며, 또 그림이 그려져 있는 첩자와 글씨를 쓴 병풍을 좌우에 세워 두고, 기생들의 풍악은 다

---

4) 불교에서 하는 의식으로, 태조 때부터 백성의 복을 빌기 위해 나라에서 해마다 열었음.
5) 고려 광종 때 개성에 지은 절. 태조의 진영을 뫼신 고려 때 가장 중요한 절로, 연등회 때에는 왕이 꼭 이 절에 행차함.

투어 흘러나오고 수많은 등불은 하늘까지 이어져 밝음이 마치 대낮 같았다.

　임금의 행차가 돌아올 때는 문무(文武) 양부(兩部)의 기생들이 무지개처럼 아름다운 치마를 입고 머리에 화관(花冠)을 쓰고, 풍악을 울리며 승평문(昇平門) 밖에까지 나와 임금의 수레를 맞이하게 된다.

　임금이 환궁할 때는 풍악을 울리고 흥례이빈문(興禮利賓門) 사이에 들어서면 궁전은 적막하고 하늘에는 별이 총총하니 풍악 소리는 한층 요란하여 마치 허공을 나는 듯하다.

　인종조(仁宗朝) 때 궁궐의 정문이 불에 타고 말아 흥례이빈문에서 임금의 환궁을 알리던 풍악이 없어진 지 오래되었는데 재건한 지 28년에 이르러 준공하고, 그해 연등회 날 저녁에 복구 공사의 낙성(落成)[1]함을 축하하여 풍악을 울리며 문을 들어오시니 임금은 시 한 구절을 읊어,

　'이 땅 군신(君臣)의 즐거움이 18년 동안을 헛되이 보냈도다. 다행히 나를 보필[2]해 준 신하의 힘으로 인해 내가 취한 것이 다시 과거와 같도다.'
하였다. 이 임금의 시를 기록하는 것은 사실을 그대로 기로하기 위함이므로 다른 기록도 모두 이와 마찬가지이다.

　문강공(文康公) 윤언이(尹彥頤)는 만년에 더욱 불교 좌선(坐禪)[3]의 취미를 즐겨 관직에서 물러나 영평군(鈴平郡) 금강재(金剛齋)에 은거하며 자칭 금강거사(金剛居士)라고 하였다. 성(城)

---

1) 공사의 목적물이 완성됨.
2) 임금의 덕업을 보좌함.
3) 정좌해서 심사 묵념하고 무심의 경지에 들어가 심성을 구명하는 참선술.

으로 들어갈 때는 언제나 황소를 타고 다녔으므로 사람들이 그를 잘 알아보았다.

해초(慧炤)의 제가 관승선사(貫承禪師)와 벗이 되어 두 사람의 마음이 맞아 지극히 좋아하였는데 그때 관승(貫乘)은 광명사(廣明寺)에서 주지(住持)로 지내면서,

"풀로 지붕을 이어 한 암자를 짓고 한자리에 겨우 마주 앉아 약속하기를 먼저 가는 자는 차라리 앉아 죽자."

고 하였다. 어느 날 윤언이는 항소를 타고 관승에게 가서 식사를 같이 하고 나서 이야기를 꺼내기를,

"내가 죽을 때가 멀지 않아 작별을 고하러 왔소이다."

라는 말을 마치자 곧장 떠났는데 관승은 사람을 시켜 그의 뒤를 따르게 하고 풀로 지붕을 이은 암자까지 가서 전송하고 오도록 하니 윤문강공(尹文康公)이 보고 웃으면서 말하되,

"선사(禪師)[4]는 약속을 지버리지 않으셨습니다. 나의 갈 길은 이미 결정되어 있습니다."

하고 황급히 붓을 들어 알기 쉽게 부처님의 공덕을 찬양하는 게송을 지었다.

'봄이 가고 가을이 오니 꽃이 피고 잎이 떨어지는구나. 동서가 서로 바뀌니 조물주를 잘 받들도다. 오늘 길 가는 도중에서 이 몸을 돌이켜 보니 끝없이 멀고 먼 하늘에는 한 조각 뜬구름이 한가롭게 떠가네.'

다 쓰고 암자에 앉아서 죽으니, 당시 고격한 사람과 뛰어난 선비들은 모두 슬퍼하고 우러러 사모해 마지않았다.

---

4) 선종의 법리에 통달한 법사.

이중승(李中丞)은 호를 충건(忠謇)이라 하는데 윤공(尹公)을 배척하여 이르기를,

"윤공은 높은 재상으로서, 명망 높고 뭇사람들의 인망이 두터웠으며 비록 나이 많아 관직에서 물러났을지라도 오히려 나라의 풍속을 염려하였고, 더욱 굳은 절개를 간직하여 그것을 후인에게 보였는데 도를 반대하고 이로써 인륜을 그르치는 결과를 가져와서 성인의 교화(敎化)을 해쳤으니 괴상한 풍습이 이로 인해 시작될까 두렵다."
고 하였다.

나는 일찍이 시문 짓는 격식론(格式論)을 본 적이 있는데 평두(平頭)·상미(上尾)·봉요(蜂腰)[1]·학슬(鶴膝)[2]·대운(大韻)·소운(小韻)·정유(正紐)·방유(旁紐) 등의 여덟 가지 병폐는 일을 벌이기 좋아하는 사람의 한가한 이야기이다. 어제 어느 사람에게 이런 이야기를 들은 적이 있다.

"옛날 어떤 금(金)나라 사신이 아서 여관에 묵었는데 여관 뒤에 오이꽃이 한창인 것을 보고 사신이 말하기를, '오이꽃이 천만 송이나 피었구나'라고 하고 접반사(接伴使)[3]를 돌아보며 빨리 화답하는 구절을 맞추라고 재촉하니 이에 그가 말하기를, '냉이의 잎은 두셋이 피었구나' 하니 사신이 웃으면서 대꾸하지도 않았다. 이 때 어느 한 서리(胥吏)[4]가 나서며 말하기를, '버드나무 한 쌍이 드리웠구나'고 말하였다. 하니 사신이 말하

---

1) 한시에 평성과 측성을 배치하는 방법의 하나.
2) 한시 평측법의 한 가지.
3) 손을 대접하는 사람.
4) 지방 관리에 딸린 벼슬아치.

기를, '버들〔柳〕과 나무〔樹〕 두 글자는 비록 운은 같지 않더라고 소리가 서로 가까워 대응이 될 수 있겠느냐'고 말하였다. 이에 접반사가 곧 이르기를, '그것은 어려운 일은 아니요, 다만 명협이란 뜻의 '蓂'을 '萊'으로 고치기만 하면 될 것입니다' 하니 사신은 그제야 매우 기뻐하였다."

이것이 시문에 있어서 소위 소운의 병폐라는 것이며, 금(金)나라의 사신은 그 병폐를 범하였고, 접반사는 비록 대구를 맞추지 못하였지만 재주가 없어서 그렇게 된 것이 아니라 대답을 잘못하였기 때문이다.

동도(東都)는 본래 신라의 도읍으로 옛날 네 신선이 있었는데, 각각 1천 여 명의 무리를 거느리고 노래를 부르며, 즐기는 법이 성행하였고, 또 옥부선인(玉府仙人)이 있어 처음으로 수백 가지 곡조를 만들었다. 또 고려의 민복야(閔僕射)가 그것을 일으켜 그 묘미를 터득해서 선하고 있다.

일찍이 어느날 홀로 앉아 거문고를 타는데 한 쌍의 학이 날고 있는 것을 보고 별조(別調)를 지어 이르기를,

'월성사에는 신선의 흔적이 멀고, 옥부(玉府)에는 풍악 소리 희미하다. 한 쌍의 학이 왜 이리 늦게 오는가. 내 장차 너와 더불어 돌아가리라.'
하였다.

황룡사(皇龍寺)[1]의 우화문(雨花門)은 옛날 선인들이 창건한 것인데 풍경과 문물이 황폐하고 쓸쓸하여 지나가는 사람마다 모두 마음이 상하였다.

---

1) 경상북도 경주에 있던 절. 신라 왕궁을 지을 때 왕룡이 나왔으므로 제일 좋은 곳이라고 해서 절을 지었음.

학사(學士) 호종단(胡宗旦)은 사신들이 타는 수레를 타고 그 문 앞을 지나다 진사(進士) 최홍빈(崔鴻賓)이 남긴 다음과 같은 시를 지어 보았는데,

'늙은 나무는 북풍 끝에 울고, 잔잔한 물결은 저녁놀이 일렁인다. 배회하며 지난날을 생각해 보니 어느덧 눈물이 흘러 옷깃을 적시노라.'

호(胡)는 이 시를 보고 깜짝 놀라 말하였다.

"참으로 세상에서 뛰어난 재주로구나."

라고 감탄하였다. 그가 돌아와 아뢸 때 임금이 동도의 사적(事蹟)에 대해 묻자, 그는 이 시를 읊어 임금을 놀라게 하였다. 황조께서 암행어사가 되어 북쪽 변방을 순시하던 중,

'용성(龍城)에는 가을 햇살이 맑은데 옛 군영(軍營)에는 흰 연기만 비끼었네. 만리에 걸쳐 싸움이 없으니, 오랑캐의 아이들이 태평성대를 노래한다.'

고 하였다. 그 담백하고 옛날의 흔적이 없는 것은 최(崔)의 시와 같으나 저 최의 시는 예와 이제를 함께 감탄하였기 때문에 감정과 생각이 풍요로왔고, 이 시는 한가롭게 변방 일을 읊어, 감도시키고 감화시키는 힘이 실로 장대하다고 하겠다.

문숙공(文肅公) 임극충(任克忠)은 연복정(延福亭)을 지나면서 이르기를,

"수(隋)나라 양제(煬帝)의 시내에는 가을이 적막하고 명황(明皇)의 촉나라로 향하는 길에는 비가 처량하도다. 당시의 이 한(恨)을 전하는 이 없으니, 눈에 가득한 시내와 몇 줄기 눈물만 흐르네."

라고 하였다. 문순공(文順公)이 글을 지어 이르기를,

'복도(複道)¹⁾에는 거친 푸른 풀만 우거지고 노래 소리 적막하니 새들만이 서로 부르는구나. 그중에는 거울삼아 경계해야 할 전례가 분명히 있으니 물려 내려온 터전을 버리지 않고서는 그 흔적을 없이 할 수 없구나.'
라고 하였다. 이 시는 옛날을 회고하는 정이 깊어 그것을 읽고 슬픈 생각이 들었는데 은감(殷鑑)²⁾이란 말이 들어 있는 1연(一聯)은 뜻이 깊고 아주 적절한 구절이었다.

대동강(大洞江)은 서경(西京)³⁾ 사람이 작별하는 나루터로서 강과 산은 그 형세가 빼어나 천하의 절경을 이루고 있다. 사인(舍人)⁴⁾ 정지상(鄭知常)은 송별하면서 시를 지어 말하되,
'대동강의 물은 어느 때나 되면 다할 것인가. 이별의 눈물이 해마다 물결을 더하는구나.'
라고 하여 당시에는 이 말을 경책(警策)⁵⁾으로 알았는데 두소릉(杜小陵)은 말하기를,
"이별의 눈물이 첨가되어 멀리 금강(錦江)의 물을 이루었다."
고 하였고, 이태백(李太白)은 이르기를,
"바라건대 아홉 강의 물결을 하나로 이루어 만 줄기의 눈물이 되도록 보탤 수가 있다면."
이라고 하였으니, 이것은 모두 같은 재주들이다.

문순공(文順公)이 조강(租江)에서 송별을 하면서 이르기를,
"배가 사람을 태우고 멀리 떠나니 마음도 따라가고, 바다가

---

1) 집과 집 사이에 비를 맞지 않도록 지붕을 씌워 만든 통로.
2) 과거를 거울삼아 현재를 경계함.
3) 고려 때 4경의 하나. 지금의 평양.
4) 고려 때 내의사인 · 내사사인 · 중서사인 · 도첨의사인 · 문하사인으로 일컫던 벼슬.
5) 좌선할 때에 권태가 일어나거나 조는 자를 경성하기 위해 쓰는 넓적한 막대기.

조수를 보내고 와, 눈물도 따라 흐르노라."
라고 하였다. 눈물을 말한 것은 비록 같은 표현이나 뜻에는 혹 약간의 차이가 있다고 하겠다.

　대개 읊어 남긴 시나 노래는, 말은 간결하고도 깊은 뜻을 나타낼 만한 것을 잘된 것으로 삼고 있으니 반드시 지나치게 과장되거나 화려한 수식이 많을 필요는 없는 것이다.

　참정(參政) 박인량(朴寅亮)은 승가굴(僧伽窟) 20운(韻)을 썼고, 낭중(郎中) 함자진(咸子眞)은 낙산(洛山) 44운을 썼으며, 사관(史館) 이윤보(李允甫)는 불영(佛影) 100운을 썼는데, 모두 사실을 기록하느라고 말이 번잡하여졌다.

　그러나 만약 정자나 누각 같은 곳에서 시를 지을 때는, 다만 한두 연(聯)의 짧은 글로 경치를 그릴 듯이 표현하여 가득찬 풍경을 바삐 지나가는 나그네로 하여금 눈에 아련히 어리게 하여 입으로 읽는 것보다는 마음속으로 감상하는 데 싫증이 안 나도록 하여 감상하고 음미하면서 흥을 내게 한다.

　내가 평생에 상국(相國)[1] 임극충(任克忠)의 황려현(黃驪縣) 객루(客樓)에 쓴 시를 많이 읽었는데 그 시에,

　'달은 어두운데 새는 물가로 날아들고, 연기는 강으로 스며드는데 물결은 절로 일렁이는구나. 고깃배는 어느 곳에서 자는가. 아득히 먼 한 마디 노래 소리만 들리누나.'
라고 하였다. 이 시는 다만 운치 있는 말만 기이하게 묘사하였기 때문에 그 맛을 제대로 살리지를 못하였다.

　중도에 그는 안찰사(按察使)[2]가 되어 이 누각에 와서 묵을 적

---
1) 영의정·좌의정·우의정의 총칭.
2) 중국 송나라 및 명나라 때에 지방 군현의 치적·풍교를 감독하고 법법을 단속하던 관직.

에 이 때는 강의 안개가 자욱하고 맑은 달빛은 몽롱하며, 물새는 울며 날고 어부는 서로 노래 부르니 눈과 귀로 가망하는 것이 모두 임상국(任相國)의 노래로서 그 시의 가치는 경치에 비하여 더욱 높은 것이다.

김해부(金海府) 황산강(黃山江)에서 물을 따라 6, 7리를 내려가면 푸른 언덕이 크게 솟아나 있는데 앞에는 산봉우리가 치솟았으며, 좌우로는 강이 흐르고 있었다. 초가 10여 호가 모두 대나무 울타리와 띠로 지붕을 이었는데, 마치 한 폭의 그림을 펼쳐 놓은 듯하였다.

당(唐)나라의 시어사(侍御史)[3] 최치원(崔致遠)이 일고 그 석벽(石壁)에 시를 썼는데,

'안개낀 산봉우리는 우뚝우뚝하고, 흐르는 물줄기는 출렁이는데 거울 속 같은 인가는 푸른 봉우리를 마주하고 있네. 어디로 가는지 외로운 돛배는 가득히 바람을 안고 가는데 금방 날아간 새처럼 아득히 자취도 없구나.'

오랜 세월이 흘러 그 대〔臨鏡臺〕는 무너지고 석벽에 새겼던 글도 다 닳아 없어져 가므로 후인들이 황산루(黃山樓)에 옮겨 써 놓았으니, 그 풍경과 모습이 시와 서로 어긋나고 현판과 주방(州榜) 같은 것이 왜 그렇게 다른지 모를 일이다.

공(公)이 남긴 모든 시가 대개 모두 절구(絶句) 1수가 불과하나 그중의 빼어난 경치를 적절하게 표현하지 아니한 것이 없어 그곳을 지나가는 나그네들이 모두 감상하고 음미하였다. 다른 사람에게 준 시도 또한 절구가 많은데 시가 시원스럽고 아름다

---

[3] 고려 때 어사대와 감찰사의 종5품 벼슬.

워서 사랑할 만하였다. 〈증회곡독거승시(贈檜谷獨居僧詩)〉에 쓰기를,

  '소나무 스치는 바람 소리 이외에는 들리는 것 없으니, 띠집이 한가롭게 흰구름 밑에 있구나. 세상 사람들 그 길을 아는 것이 한스러워 돌 위의 이끼를 발자국이 오히려 더럽히네.'
라고 하였다.

  학사(學士) 이지심(李知深)이 풍주 성두루의 시에,
  '하늘이나 바다가 끝이 없으니 너무나 아득하여 바라보나 끝이 없구나. 사방으로는 천리까지 보이고 6월인데도 9월의 바람 같구나. 그 묘함을 그림으로도 나타낼 수 없고, 글로도 형용할 수 없네. 다만 내 몸에 날개가 돋아서 허공에 떠 있는 것 같구나.'
하였다. 당시 사람들은 이 시가 말을 조작하지 않아서 기운이 호방하고 뜻이 활달하다고 칭송하였다. 그러나 10자(字) 안에 '끝이 없다'고 하였고, 또 '한이 없다'고 하였으며, 또 위에는 '바라보나 한이 없다'라고 하였고, 아래는 '천리까지 보인다'고 하여 뜻이 겹친 것 같다. 그러나 읽어 보면 뜻이 서로 겹친 것을 알 수 없으니, 이것은 대개 성병(聲病)[1]이 없기 때문이다. 옛적 사람들이 성병을 회피하여서 시를 짓는 격식〔金針格〕으로 삼은 것은 일을 법할 일이다.

  사인(舍人) 정지상(鄭知常)이 〈팔척방시(八尺房詩)〉에 이르기를,
  '돌 머리에 서린 늙은 소나무, 한 조각 달에 서려 있고, 하늘 가에 떠 있는 구름은 천 점 산에 놓였네.'

---

1) 시 짓는 데 있어서 흠으로 삼는 병통.

라고 하였다.
　시의 뜻이 맑고 고아하며 또한 절묘하여 무척 사랑스러워하며, 가만히 음미하고 감상하였다.
　전라도 안렴사(全羅道按廉使)가 된 뒤에 2월 봄의 맑은 기운이 날 때 변산(邊山) 불사의방(不思議房)의 뒷산 봉우리에 올라갔는데, 곁에 있는 노송(老松)은 하늘을 찌를 듯이 서 있고, 초승달이 은은히 비치는 가운데 넓은 벌판을 내려다보니 하늘에 닿을 것 같은 여러 산 모양이 마치 뜸뜨는 쑥방망이에 구름이나 연기가 가득 차 있는 듯하였다.
　문득 정공(鄭公)의 시가 생각나서 혼자 음미하다가 생각하기를, 이와 같은 묘한 경지에 도달해 보지 않고서는 어떻게 정공의 뜻을 얻은 한 경지(境地)를 알 수 있겠는가를 생각하였다.
　풍악산(楓嶽山)은 모두 뼈로 이루어져 있고, 흙이라곤 하나도 없기 내문이에 그 이름을 개골산(皆骨山)이라고 하였으며, 담무갈보살진신(曇無謁菩薩眞身)이라는 중이 살던 곳으로 그곳에 거하는 중들은 비록 수행은 없었으나 그 도(道)는 깨달은 사람들이었다. 제주(祭酒) 이순우(李純祐)가 동북면병마사(東北面兵馬使)가 되어 이 산을 지나던 중 절구 한 수를 지어 읊었는데 내 외조부 김예경(金禮卿)이 그 시를 운에 따라 노래하기를,
　'위언(韋偃)을 당시에 괵산(虢山)에다 장사 지냈는데, 변하여 개골산(皆骨山)이 되어 하늘을 의지해 우뚝한 모습으로 서 있네, 하늘을 찌를 듯한 봉우리와 높이 깎아 지른 듯한 석벽은 그림과도 같으니 아마도 단청(丹青)의 옛 솜씨인 듯하구나.'
라고 하였다. 이순우가 탄복해 마지아니하니 외조부께서 이르기를, '이 시(詩)는 내 뜻대로 되지 아니하여 아직도 회포가 남

아 있다'고 다시 한 수를 지었는데,

'무갈진신(無謁眞身)이 이 산에 머물더니 변하여 자신의 해골을 구름 끝에 걸어 놓았는데, 그 목적은 수행 없는 중들의 눈으로 하여금, 매일 아침저녁으로 바라보아 묘관(妙觀)[1]에 들게 함일세.'

라고 만족하여 종전의 가렵던 곳을 이제야 전부 긁어 버렸다고 말하였다.

동래(東來) 객사(客舍) 뒤에 적취정(積翠亭)이 있었다. 안렴사(按廉使)[2] 곽동순(郭東珣)이 시 한 수를 남겨 놓고 갔으니 상국(相國) 문공유(文公裕)가 사법관이 되었을 때 손수 현판을 썼고, 그 후로는 한 사람의 시도 현판에 이어진 것이 없었다.

학사(學士) 김정(金精)이 문(文)을 지었고 상국(相國) 최유청(崔惟淸)이 후기(後記)를 손수 썼는데 세상 사람들이 말하기를 적취정의 3절(絶)이라 하였으니 이른바 시절(詩節)·서절(書絶)을 말함이다.

정미(丁未)년 봄에 나는 역마(驛馬)[3]를 타고 이 정자를 지나가게 되어 한번 보고 감탄하여 그냥 지나갈 수 없어서 시 한 수를 운에 따라 지었더니, 현령(縣令)[4] 지장원(池壯元)이 그것을 현판을 만들어 걸려고 하기에 굳이 만류하였다. 그것은 3절(絶)에 오히려 누(累)를 끼치게 되고 또한 이 정자를 저버리지 않을까 염려스러워 그랬던 것이다.

---

1) 불교의 백골관.
2) 고려 때의 지방 장관. 안찰사.
3) 각 역참에 갖추어 둔 말. 관용의 교통·통신 기관이었음.
4) 신라 때 현의 으뜸 벼슬.

금관루(金官樓) 위에 송학사(宋學士)가 제일 먼저 칠언육운(七言六韻) 시 3수를 지어 걸었으며, 그 뒤에 계속하여 시를 쓴 사람이 3수를 지어 걸었으며, 그 뒤를 이어 시를 쓴 사람이 무려 10여 명이나 되어 시를 쓴 현판이 누(樓) 위에 하나 가득하여 읽어 보는 사람들이 도리어 더 피로함을 느끼게 되었다.

이제 지나가던 한 나그네가 현판 맨 끝에 쓰기를,

'한 구절만으로도 서봉(西峰)의 경치를 다 묘사하고도 남는데 구태여 네 구절로 또 북악(北岳)의 글을 썼을까. 우습도다, 송공(宋公)은 참으로 일하기를 좋아한 사람이었으니 한 누(樓)를 읊은 시가 100 수도 넘네.'

라고 하였다.

금란 총석정(金蘭叢石亭) 혜소(慧素)가 그 기문(記文)을 지었는데 충렬공(忠烈公)이 희롱하는 말로,

'이 도사(道師)가 율시(律詩)를 지으려고 하였는가.'

라고 하였다.

성산공관(星山公館)에 한 사신이 10운(韻)을 지었는데 말이 번잡하고 뜻이 명료하지 못하므로 곽동순(郭東珣)이 이를 보고 이르기를, '이것은 기문(記文)이지 시(詩)가 아니라'고 하였다.

비단 시와 문(文)은 그 양상이 각기 다를 뿐 아니라 한 가지 시나 문 속에도 각기 체가 있는 것이니 옛 사람의 말에 시를 배우는 사람이 대율구(對律句)에 있어서는 두자미(杜子美)의 것이 근본이 되며, 악장(樂章)에 있어서는 이태백(李太白)의 것이 근본이 되고 고시(古詩)에 있어서는 한유(韓愈)[1]와 소식(蘇軾)[2]의

---

1) 중국 당나라 덕종 때의 문학자. 자는 퇴지. 당종 8대가의 한 사람.
2) 중국 북송의 문인. 호는 동파. 아버지 순과 아우 철과 더불어 3소라고 불림.

것이 근본이 되며, 문(文)이나 사(辭)와 같은 것은 체가 모두 한유의 글 속에 구비되어 있으니 그것을 숙독하고 급히 생각하여 보면 그 체제를 알게 된다고 말하였는데 이태백과 두자미의 고시(古詩)가 한유나 소식에 이르지 못하는 것은 아니나, 이와 같이 말한 것은 후배로 하여금 여러 사람의 체제를 골고루 배우도록 하기 위함이다.

학사(學士) 유희(劉羲)가 의종(毅宗)[1] 때에 임금이 친히 베푸는 과거에 응시하여 장원 급제하였다. 일찍이 어떤 사람에게 준 시에 이르기를,

'장원 급제한 사람은 흔하게 있지마는 천자의 문하생으로서는 과연 몇 사람이나 있는가?'

라고 하였다. 그 후 밀성(密城) 원이 되어 화봉원(華封院)을 지나다가 잠시 낮에 쉬는 틈에 벽에 시를 쓰기를,

'좌천(左遷)되어 남쪽으로 16역(驛)을 지나다가 오늘 아침에야 상원(尙原) 땅에 들어섰네. 요성(聊城) 땅에 두어 마장 떨어진 곳의 한 가난한 마을에 이르니 문경(聞慶)[2]이라네. 고을 한 쪽 신원(新院)이라는 곳은 그 형세 뛰어나서 찬란한 색채가 서로 마주 비쳐 어울리고 동편 조그마한 누각은 더욱 기이한 절경이어서 아름다운 옛 글 8영(詠)을 능가하였네, 아름답도다. 이 집을 과연 누가 지었을까. 그 이름은 광문(光文)이고 성은 민(閔)씨라오. 내가 그 민공(閔公)의 문하생이거늘 지금 그 지은 집을 보건대 더욱 존경하게 되는구나. 아! 이분이 생존하셨을 때 온 천하를 경영하기에도 힘들어 하지 않았을 것인데 어찌하

---

1) 고려 제18대 왕. 호는 현, 자는 일승.
2) 경상북도 문경군에 있는 마을. 문경 새재로 유명함.

여 천상 옥루(玉樓)가 낙성(落成)되어, 기러기는 아득한 하늘을 날아가며 그림자도 남기지 않게. 티끌 많은 세상과는 이미 사이가 막혀 찾을 길 아득하니, 다만 홀로 길이 한탄할 뿐이로다.'라고 하였다. 이 시를 만일 곽동순(郭東珣)이 보았다면 분명히 그는 기(記)라고 하였을 것이다.

또 어느 사람이 이 화봉원(華封院)에 시를 쓰기를,

'세상만사를 잊어버린 늙은 거사가 오히려 충심(忠心)이 남아 임금을 섬기고 있네, 천하 수많은 백성들이 모두 다 기원하는데, 어찌하여 화봉(華封)이란 명칭을 홀로 차지하였나.'

하였다. 유학사(劉學士)의 시는 경계에 따라 회고하였기 때문에 말이 번잡하고 뜻이 명료하지 못하였으며, 이 사람의 시는 다만 이 화봉원만을 주제로 삼았기 때문에 말이 간결하고도 뜻이 기발하게 된 것이다.

유공(劉公)의 사자(嗣子)[3]인 대사성(大司成)[4] 충기(沖基)가 행실이 고상하고 그의 아버지의 풍도가 있어 문장이 뛰어났는데, 그가 저술한 것은 모두 소멸되어 여기에는 수록하지 못하였다.

직강(直講) 하천단(河千旦)이 백운자(白雲子) 오정석(吳廷碩)의 팔전산(八巓山)을 유람하며 읊은 시에,

'강이 유유히 흐르니 산 그림자가 멀리 보이고, 숲이 우거지니 새우는 소리 깊숙이 들리는구나. 게으른 마부야 더욱 말을 채찍질하지 마라. 천천히 가면서 오래도록 음미하고 싶구나.'

고 읊은 것을 보고 하는 말이,

"'숲이 우거져 새 우는 소리가 깊숙이 들린다〔林茂鳥啼深〕'란

---

3) 대를 이을 아들.
4) 고려 때 성균관의 정3품 벼슬.

구절이 제일 절창(絶唱)[1]이다."
라고 하였다. 나는 이에,

"이 시의 뜻을 둔 곳이 고요하고도 광활하여 4구를 모두 읊어 본 후에야 그 아름다운 맛을 느낄 수 있을 것인데, 어찌 그 1구만 절창이리요. 임무조제심(林茂鳥啼深) 같은 구절은 바로 두자미(杜子美)의 시 '대숲에 가려 새소리가 깊숙하도다〔隔竹鳥聲深〕'라고 한 것에서 따온 것이고, 임무(林茂)라고 한 구절, 격죽(隔竹)이라고 한 구절을 서로 비교하여 보면 경수(涇水)와 위수(渭水) 같아서 그 맑고 흐림이 분명해진다."
라고 하였다.

최문숙공(崔文淑公)이 시관(試官)[2]으로 있을 때에 승선(承宣) 김입지(金立之)가 과거에 장원 급제하였으며 그 뒤에 문숙공의 아들 문의공(文懿公)이 시관으로 있을 때 김승선의 아들 간의군(諫議君) 수(綏)가 또한 장원 급제하였다.

간의군은 재주와 학식이 풍부하고 묵화로 대〔竹〕를 그리는 전통을 대대로 전하였으며 필법이 보통이 아니었다. 한 중이 장차 강남(江南)으로 떠나면서 한 장 종이를 가지고 와 대나무를 그려 달라고 청하여 그림을 그려 주고 나서 시 한 수를 지었는데,

'남쪽으로 수십 리를 가노라면, 우거진 대숲을 끝없이 보게 되리라. 자네가 나더러 아둔한 재주로 그려 달라는 것이 번거롭지만 용렬한 재주가 더디니 마음속이나 그려 보세. 천 이랑 넘게 울창하여 만 길도 넘는데, 한폭 종이로는 비좁지 않겠는가.

---

1) 뛰어난 명창 또는 그러한 시.
2) 조선 시대 때 과시의 명관. 여기서 과시란 과거를 볼 때에 짓는 시를 말함.

그대는 보지 못하였는가. 장사(長沙)란 곳이 원래 좁은 것을 대왕(大王)의 춤추는 소매는 넓게 펄렁이면서도 또한 크지 않던가를.'

이 시(詩)는 호용운격(互用韻格)[3]이라고 부른다. 그 뒤에 동남로 안렴사(東南路按廉使)가 되어 요성역(聊城驛)을 지나는 길에 시를 지어 남겼던 바,

'지난해 단풍이 붉게 물들어 역마차를 타고 남국(南國)에 갔는데, 올해는 버들이 눈뜰 무렵 깃발 돌이켜 북극으로 임금님 뵈러 오네. 만물은 변화무쌍하여 4시(時)는 쉬지 않고 돌고 있는데, 시냇물은 내 마음같이 맑아 오직 한결같은 빛일세.'
라고 하였다. 사람들이 이 시를 보고 부드럽고 따스하고 여유 있고 운치가 있어서 참으로 대부(大夫)다운 작품이라 하였다.

습유(拾遺)[4] 채보문(蔡補文)이 한때 이름이 높았는데, 그의 시를 보면 굳세고 아름답고 기교를 부린 흔적이 보이지 않았다. 일찍이 금성(錦城)에서 유학(遊學)하였다가 후에 안렴사(按廉使)가 되어 돌아와 그 공사(公舍)[5]의 벽에 시를 쓰기를,

'여기에 유학한 지 10여 년이 넘었는데, 올가을 또 다시 기러기 되어 남으로 왔네. 발을 걷어 올리니 지는 해에 강산은 옛 그대로인데, 거울을 열고 보니 이가 빠지고 머리가 희어진 모양은 예와는 다르구나. 밤중의 흰 모래에는 달빛이 어려 있고, 길고도 긴 해의 푸른 대나무는 봄빛을 자랑하네. 허리에 두른 금도장은 새 영화가 무겁나니 오고가는데 어느 누가 나를 한 포의

---

3) 번갈아 운을 쓰는 격식을 말함.
4) 임금이 모르고 있는 허물을 간하는 벼슬.
5) 관리가 관청에서 살도록 지은 집.

(布衣)[1] 걸친 서민이라 하리요.'
라 하였다. 또 〈진도벽파정시(珍島碧波亭詩)〉에 화답하기를,

  '이 정자를 누가 푸른 강가에 지었는가. 끝없이 누런 갈대와 푸른 대밭이로세. 버드나무 언덕에서는 팽택령(彭澤令)[2]을 만날까 즐겁고 복숭아꽃핀 무릉(武陵)[3]으론 사람을 찾아가려 하네. 바다 위의 봉래도(蓬萊島)는 아득하고 일렁이는 물결 사이로는 해와 달이 들락날락하여 금빛 귤(橘)나무 두어 가지 말머리에 걸렸는데, 어느 행인인들 사도(使道) 가난하다 하랴.'

라고 하였고 또 〈도강회선정시(道康會仙亭詩)〉에 화답하되,

  '나그네 오가는 길은 예나 이제나 변함이 없는데 근심 걱정 없애기는 술의 공이 제일이로다. 바람은 불어와 물소리 옥침(玉枕) 가에 가까운데, 달은 꽃그림자 구슬 창에 옮겨 놓네, 난간 가의 온갖 풀은 봄빛을 서로 다투고, 난간 밖 두 소나무에는 종일토록 바람이 부는구나. 이 자리에 있는 모든 선비들이 어진 덕을 갖추고 있어서 시(詩)나 아(雅)를 노래 부르고 의동(椅桐)을 지을 만하네.'

하였다.

  우승(右丞) 김돈시(金敦時)가 소년 시절에 한 중을 따라 중국 상인의 여관에 가서 놀게 되었는데, 그때 상인 중에 한 사람이 사이가 좋지 않아 아내를 버리고 어떤 다른 집으로 가 버리려고 한즉 그때가 한겨울인데 갑자기 비가 내리니 김돈시가 급히 종이를 달라고 청하여 시 1절을 지었는데,

---

1) 벼슬이 없는 선비.
2) 진(晉)나라 시인. 도연명이 팽택령으로 있다가 80여 일 만에 그만두었음.
3) 두자미의 〈무릉도원〉에 나오는 지명. 별천지라는 뜻.

'동방 한국(韓國)의 좋은 풍토는 찬 기세를 거두고 상서로운 눈이 변하여 비가 내리는구나. 아마도 이것은 무산(巫山)⁴⁾의 여신(女神)이 마술을 부려, 일부러 여관을 막아 돌아가지 못하게 하는구나.'

하니 그 사인이 글을 보고 감탄하여 눈물을 흘리고 결국 그 아내를 버리지 않았다. 그 중국 사람은 용렬한 상인이면서도 좋은 시를 보고 이처럼 감동하였거늘 하물며 사대부(士大夫)에 있어서는 더 말해 무엇하랴.

한림학사 오학린(吳學麟)이 재차 흥복사(興福寺)⁵⁾에 머물러 놀면서 시를 지어 이르기를,

'세월이 바뀐지라 풍경과 문물도 자연 바뀌고, 세상일이 변하매 인심도 또한 달라졌구나. 두루미는 올해 새끼를 낳았고, 지난해 소나무 가지는 늙어 버리고 말았네. 사원(寺院)은 옛것과 새것이 있으며, 거승(居僧)도 아는 사람과 모르는 사람이 있도다. 무심히 수각(水閣)⁶⁾에 올라가 다시 살펴보고 시를 쓰네.'

라고 하였다. 이 시의 말뜻은 원활하여 거듭 유람한 뜻을 잘 나타냈다. 학사의 가문이 대대로 유학(儒學)을 전해 내려왔으니 그 손자 세공(世功)·세문(世文)·세재(世才)의 세 형제가 모두 뛰어난 문장가로서 그 중에서도 셋째가 가장 뛰어났고, 세문이 그 다음이었다. 평생에 쓴 시고(詩稿)⁷⁾가 산더미처럼 쌓였는데 모두 소멸되어 세상에 전하지 못하니 슬픈 일이로다. 두 형들은

---

4) 중국 사천성의 동쪽에 있는 명산.
5) 조선 시대 때의 절. 태조가 지은 것으로 그 후 폐사되었는데 그 자리에 세조 때 원각사를 지었음. 지금 탑골 공원 일대.
6) 물가에나 물 위에 지은 정자.
7) 시문 초벌의 원고.

모두 출세하였으나, 셋째는 늙도록 시기를 얻지 못하여 동도(東都)에서 나그네 생활을 하였는데 기암거사(棄菴居士) 순지(淳之)가 시를 지어 주기를,

'나는 원래 동남쪽 한 백성인데 늙고 재주가 없어 농사조차 하지 못하겠거늘 이 절을 의지하고 한가로이 살고 있으니 언제나 사람들이 나를 거사라고 불러 주는구나. 이는 마치 백통(伯通)의 집 처마밑에서 양홍(梁鴻)과 덕요(德耀) 부부가 잠시 함께 사는 것 같구나. 때로는 비구(比丘)들에게 경론(經論)[1]을 묻기도 하고 잠시 사대부들과 문자를 토론하기도 하였네. 이 나라는 노(魯)[2]나라처럼 옛날부터 선비가 많은데, 어쩌다 혹 만나면 서로 꺼리는 듯하네. 알겠도다, 그 나아가는 바가 서로 같지 않아서 비록 가까운 이웃이면서도 천리처럼 멀기만 하네. 더구나 서울 문한원(文翰苑)[3]의 소식을 알 수 없는 것은 마치 하늘의 일과 같네. 그러나 익히 듣건대 복양공(濮陽公)[4]의 학문의 넓이는 한없이 넓어서 끝이 없다네. 문장은 전(典)과 고(誥)와 같아서 굴곡이 적고 시는 아송(雅頌)[5]과 같아서 화려하고 사취한 것을 싫어하니라. 사마상여(司馬相如)[6]의 대인부(大人賦)는 오히려 크고 넓기만 하고, 굴원(屈原)[7]의 《이소경(離騷經)》도 굴곡이 많다. 고요히 잠긴 물처럼 기꺼이 보배롭게 여겨 무지개 같은 천

---

1) 부처의 말을 적은 경과 이를 해석한 논.
2) 중국 춘추 시대 열국 중 하나.
3) 문필에 관한 일을 맡아보는 곳.
4) 중국 옛 전설에 나오는 오제의 하나인 전욱의 장지임.
5) 《시경》 중의 아와 송의 시. 아는 정악의 노래, 송은 조상의 공덕을 기리는 노래임.
6) 중국 전한의 문인. 자는 장경. 경제 때 벼슬에서 물러나 후량에 가서 〈자허지부〉를 지어 이름을 떨침.
7) 중국 전국 시대 초나라의 시인.

길 기운을 드러내지 않네[8]. 진심으로 한번 만나 보고 싶어 늘 하늘을 우러러 빌기만 하고, 자신이 낮고 천한 사람인 것은 미리 깨닫지 못하였네. 정성이 지극하면 하늘도 감동한다는 말이 빈 말이 아닌즉 갑자기 서로 만났으니 이것이 꿈은 아니겠지. 내 일찍이 꿈속에서 하늘 나라의 사람을 만났더니, 아직도 얼굴을 기억하고 있으니 공이 바로 그분이로다. 감히 졸렬한 시를 지어 신구(神句)에 대하고 보니 다만 그때에 미처 드리지 못한 것이 한스럽구나[9]. 이제는 자주 술자리에 모시게 되고, 새로이 지은 시도 더욱 아름다움이 넘치는 것을 얻었도다. 기쁘기 황색(黃色)을 잡아 눈썹 사이에 대었으니 비록 지금 죽을지라도 부끄러울 것이 없구나. 글 속의 성현도 오히려 사모하거늘, 하물며 같은 세상의 군자임에랴. 아, 사모하고 두려워하느니 덕스러운 음성 듣는 일 끝이 있으랴.'

하였다.

　문순공(文順公)은 오공(吳公)보다 30여 살 젊었으나 나이 차이를 잊고 친우처럼 지냈으며 시를 기증하여 이르기를,

---

8) 김무적이 일찍 내게 말하기를, '세상 사람이 오공을 평하여, 술을 먹고 마음대로 호탕을 부린다고 나무라지마는 그것은 틀린 말이다. 오공은 매우 침착하고 고요해서 예리함을 꺾고 빛을 감추어 털끝만큼도 그것을 드러내려 하지 않았다'고 했음.

9) 나는 일찍이 꿈속에서 신인이 내려오는 것을 보았는데 그것을 구경하는 남녀들이 매우 많았다. 나는 그 많은 사람들 속에서 그를 바라보았다. 이른바 그 신인이란 이도 얼굴이 그다지 살찌거나 희지 않고 이 세간의 서생의 상과 같았다. 전하는 말에 의하면 신인이 지은 시 한 구절이 있는데, '만백성이 기쁘게 태평세월 즐긴다'고 하였다. 나는 생각하기를, 만일 신인이 나를 보고 이 시의 대를 맞추라고 하면 갑자기 답할 수 없으므로 미리 지어 두었는데, '세 광명은 찬란히 왕의 의장을 연다'하였다. 나는 자진해서 앞으로 가려 하다가 이루지 못하고 꿈을 깨었다. 이제 공의 얼굴을 보니 꿈에서 본 것과 다름이 없다.

'바다와 산이 동을 가는 길 멀고도 먼데 한번 천애에 유락하여 게으르게 노네. 누른 벼가 익어가매 닭과 따오기는 기뻐하는데, 오동나무에 가을이 깊어가니 봉황이 근심하네. 여파에는 오(吳)에서 노니는 돛대 돌아오지 않는데 설월이 밝은지라. 섬주(剡州) 찾을 배 띄우기를 기약하네. 성대에 이어서 끝내 버림받지 않을 것이니, 백발로 밝은 날에 고기 낚을 것 생각지 말게.'
하였다. 그가 일대 영웅들의 칭찬하고 사모하는 바가 된 것이 이와 같다.

내 외조부가 고성 객루에서 지은 시에,
'창을 닫아도 파도 소리 들려오고, 베개를 돌려 베어도 파도 소리 들리네. 신비의 수레는 네 신선의 자취요, 강호는 삼일(三日)이라는 포구였구나.'
하였는데 이 시가 격조가 있고 또한 의사가 곡진한 시가 되었다. 또 비승(秘丞)[1] 오세문(吳世文)의 녹양역(綠陽驛)에 제시(題詩)[2]하였다.

'꽃이 있어 마을을 한결 돋보이게 하고, 버들이 없어서 역 이름이 고적하네. 키 큰 나무에는 해가 먼저 비치고, 마른 뽕나무에는 바람이 저절로 불어 오누나.'
이 시는 고상하고 담박한 맛은 있으나 맛있는 것은 뜻이 곡진한 것만 차라리 못한 것이다.

오세재(吳世才)의 북악 창바위〔戟山巖〕의 시에 이르기를,
'북쪽 산마루에 높이 솟은 저 바위, 옆 사람들이 창바위라고 부른다네. 멀리 치면 학(鶴)에 올라 날아갈 듯하고 높이 솟은

---

1) 비서승의 준말. 경적을 맡은 관청 비서성의 벼슬 이름.
2) 제목을 붙여 시를 지음.

모양은 하늘을 오를 듯하다. 자루를 휘어 놓은 번개는 불이요, 칼날에 서린 서리는 소금이로다. 어찌 이것으로 마땅히 병기(兵器)를 만들어 초(楚)를 멸망시키고 또한 범(凡)을 망치려고 하는가.'

라 하였다. 송(宋)나라 사람이 이 시를 읽고 감탄하며 묻기를,

"이 사람이 살아 있으며, 지금 무슨 벼슬을 하고 있고, 지금 무엇을 하고 있는가? 만약 우리 송나라에서 이와 같은 시를 짓는 사람이 있으면 반드시 벼슬을 시켜 주는데 이 시는 아마도 한가롭게 노닐며 지은 것이 아니고 어떤 사람이 짓기 어려운 운자(韻字)[3]를 정해 주어 짓게 한 것일 것이다."

라고 하였다. 재(哉) 자는 조사(助辭)로서 또한 어려운 운자인데 옛날 한 장관이 권돈례(權敦禮)에게 죽진(竹陣)이라는 제목의 시를 지으라고 하고 운자를 '哉' 자로 정해 주니 권씨가 시를 짓기를,

'칼날이 서로 부딪치매 바람이 갈라 주고, 활 걸리니 달이 떠오르는 듯하네.'

라고 하였는데 이 두 시가 거의 같다고 할 만하다.

장원(壯元) 허홍재(許洪材)가 완산(完山)[4]으로 가는 도중에 지은 시에,

'옛날에 유람하던 곳 다시 찾아드니, 바람과 달은 지난 봄의 그것과 같구나. 다만 한 가지 한스러운 것은 완산 아래에, 오늘도 배(腹) 두드리는 사람이 없구나.'

라고 하였는데, 듣는 사람들이 모두 이 시의 뜻이 낡고 천박하

---

3) 한시의 운각에 쓰는 글자.
4) 전주의 백제 때 이름.

며, 안이하다고 하였으나, 나라를 다스리고 백성을 구제할 경제(經濟)의 뜻을 지녔던 바 과연 뒤에 그는 정승이 되었다.

제안진사(齊安進士) 최유(崔裕)가 도원역(桃源驛)에 제시(題詩)하여 이르기를,

'진(秦)나라를 피해 사는 서너 집이 바로 도원역이 되었구나. 맞아들이고 보내 주는 수고와 어려움이 도리어 만리장성 부역보다 낫다오.'

라고 하였는데, 풍아(諷雅)와 이소(離騷)처럼 풍자하고 비유하는 뜻이 있어 당시에 그것으로 경계하는 채찍으로 삼았다. 그러나 최유는 열 번이나 과거에서 떨어져 그대로 생을 마치니 옛사람들이 그 문장을 보고 그 사람의 나아갈 바를 알 수 있다 하였으나 믿을 만하지 못하다. 그러나 최유의 시를 보면 말뜻이 스스로 부드럽고 너그러워 장차 커질 기풍이 보이지 않았다.

경문공(景文公) 최홍윤(崔洪胤)이 금방(金榜)[1]에 장원으로 급제하여 정당(政堂)[2]을 제수받아 중서성(中書省)[3]에 들어갔는데 숙직하는 방이 네 번째 방에 있었다. 영렬공(英烈公) 금의(琴儀)가 또한 장원으로 급제하여 정당을 제수받고 곧이어 그 방에 들어가 숙직하였다.

'중서성 넷째 번 재상의 방은 몇 번이나 평장(平章)과 정당을 갈았는가. 오늘 밤 부귀영화가 감히 어느 누가 이 사람과 같을까. 금장원(琴儀)이 최장원(崔洪胤) 대신하였네.'

라고 하였다. 영렬공이 임금의 명령을 아랫사람에게 전하는 직

---

1) 과거에 급제한 사람의 이름을 써서 길거리에 붙이는 글.
2) 옛날 시골은 관아. 정각.
3) 군중의 문서와 조칙에 관한 일을 맡은 관청.

책을 맡은 데다가 3대부(大夫)⁴⁾와 쌍학사(雙學士)를 겸임하였고, 재상이 되어서는 오랫동안 인재 발굴의 임무를 맡았는데 시를 짓기를,

'궁중을 드나들기 24년이나 지났구나. 닭이 울고 시간이 넘어도 다녀야 하니, 모래 언덕 지나다가 밤의 금함을 범할까 두렵구나.'
라고 하고 이 때부터 병을 구실삼아 집에 돌아와 휴양하였다.

최공(崔公)과 금공(琴公)이 다같이 충숙공(忠肅公) 문극겸(文克謙)의 문하생으로 장원이었고 그 뒤 임신(任申)년 봄에 같이 예조(禮曹)에서 시관(試官)으로 있었는데, 나도 그의 문하 출신이었다.

두 분은 동시에 재상이 되었는데 충숙공의 아들인 유필(惟弼)이 또한 그때에 재상이 되었는데, 영렬공이 관직에서 물러나 집으로 돌아와 휴양할 적에 그 문하생들이 축수하려고 큰 잔치를 베풀고 겸하여 최(崔)·문(文) 두 재상을 초대하여 자리를 같이하게 되었다.

영렬공이 술에 취하여 말하기를,

"같은 문하의 두 장원이 종백(宗伯)⁵⁾과 같이 동시에 평장사(平章事)가 되었다가, 고향에서 휴양하면서 이번 문하생들의 축하연에 참석하였으니 이는 실로 오랜 세월 동안 들어 보지 못한 일이로다. 어찌 실컷 취함으로써 성대한 경사에 보답하지 않을 수 있으리요."
하니 문하생들이 모두 뜰 아래 엎드려 경하(慶賀)하여 감탄해

---

4) 대부란 벼슬은 품계에 붙이는 칭호.
5) 예조판서의 딴 이름.

마지않았고 혹은 눈물까지 흘리는 사람도 있었다.

　같은 해에 진사 시험에 급제한 조분(趙賁)이 시를 지어 가만히 다른 동년(同年)[1]에게 주면서 나직이 이르기를,

　'금방(金榜)에 같이 오른 한 문하(門下)가 여러 해 동안 같이 궁중에 출입하였도다. 종백이 또한 동시에 재상이 되었으니 계수나무 우거진 집에서 봄 잔치로 3공(公)을 축하하네.'
라고 하였는데, 그 동년이 말하기를,

　"이 시가 비록 고루하고 속되나 오늘날의 사정을 적절하게 표현하였다."
라고 하였다.

　경문공(景文公)과 영렬공(英烈公)이 다같이 재상에서 물러나 고향에 내려와서 휴양하는데 상감께서 세자(世子)를 책봉하고 별전에 나와서 노인들을 위로하기 위한 큰 잔치를 베풀었다.

　이 때 두 분은 모두 잔치에 참석하게 되었는데, 여러 문하생들이 부축하여 대궐로 들어가니 거리를 메우고 골목에 가득찬 구경하는 사람들이 모두 부러워하며 감탄하였다.

　잔치를 끝내고 집으로 돌아와 영렬공은 여러 아들에게 말하기를,

　"내가 장원(壯元)으로 급제하여 재상이 되었다가 벼슬에서 물러나 집에서 휴양중에 있는데 임금님이 베풀어 준 잔치에 참석하게 되매 문하생들의 부축함이 성대하여 모두 당대의 뛰어난 인재였으니 이 경사스럽고 상쾌함을 어찌 이기겠는가. 그러니 마땅히 문화공(文和公)이 여러 문하생들을 초대하여 잔치를 베

---

[1] 동갑이란 뜻이지만, 여기서는 같은 해에 진사 시험에 급제한 사람을 말함.

푼 고사(故事)를 모방하겠다."

하고 바로 4년 동안의 동방급제(同榜及第)[2] 한 사람들을 불러 모아 크게 잔치를 베풀고 여러 자손들을 불러내어 앉히려고 할 때 말하기를,

"같은 문하(門下)의 제자들은 정이 골육과 같은 것이니 내 여러 자손들도 또한 자네들과 같은 형제들이다."

라 하고 나이대로 앉혔다.

취흥(醉興)이 무르익고 기쁨이 한창일 때 문하생들에게 명하여 서로 시를 지어 주고받으라 하니 동년 중 윗자리인 황보관(皇甫瓘)이 부르기를,

'동년(同年)이 선후(先後)로써 형제가 되었네.'

하였는데, 공(公)이 즉시 그 말을 받아 답하여,

'자리에 가득찬 영웅 속에 자손이 끼었구나.'

라고 하였다. 이튿날 동년들이 각기 시를 지어 답례하여 내가 공의 시 7자를 나누어 운자(韻字)를 만들어 시와 인(引)을 지어 답례하였더니 공이 그것을 보고 쾌히 좋아하였다.

조문정공(趙文正公)은 도량과 학식이 있고, 문무(文武)를 다 갖추어 그의 명성이 온 국내에 가득하였다. 병자(丙子)년에 거란족을 토벌할 원수(元帥)를 임명하였는데 공은 부원수로 있었기 때문에 자기 뜻대로 작전을 못 하여 전세(戰勢)가 불리하게 되매, 이에 시를 지어 이르기를,

'천리나 달리는 말이 한 번쯤 미끄러진들 어떠하랴. 비장한 그 기상 어찌 그리 뛰어났는가. 만일 주나라의 마부 조부(造父)

---

2) 같은 때에 대과에 급제함.

를 시켜 채찍질한다면 싸움터를 짓밟아 오랑캐를 무찌르리.'
하였다. 그리하여 기묘(己卯)년에 조정에서 의논하여 공(公)을 추천해서 한 사람의 원수로 임명하고 병권(兵權)을 전담시켰다. 그때 몽고 군사가 글안 군대를 뒤쫓아 왔는데 그 두목이 공을 보자 엎드려 절하고 형으로 섬기기로 하고 힘을 합쳐 글안 군대를 소탕하고 돌아와 문하평장사 판병부(門下平章事判兵部)로 승진되었다.

이 때 한문안공(韓文安公)·진문순공(陳文順公) 두 부추(副樞)와 사성(司成) 유충기(劉沖基)와 직강(直講)[1] 윤우일(尹字一)이 모두 다 그와 같이 과거에 급제하여 잔치를 베풀어 축하하니 공이 시를 지어 경축하였는데 지금은 유실되고 오직 한 구(句)만이 남았다. 거기에서 그는,

'지난해에는 푸른 소매로 말석이었는데 오늘은 재상이 되어 여러 공들보다 먼저라네.'
라고 하였다. 다시 유대제(劉待制)와 진대장(陳臺長)의 시에 화답하기를,

'문단(文壇)의 피리 소리·북소리 기세가 굉장하더니, 은색 도포와 남색 소매로 극위〔禮曹〕 가운데 있었네. 벼슬길이 순탄하기는 그 누구도 힘드나니, 공도(公道)는 저버릴 수 없구나. 오부(烏府)[2]의 무서운 위험은 산악을 뒤흔드는데 홍추(鴻樞)의 기쁨에 찬 노래 소리는 아동들에게까지 퍼져 가는구나. 천장각대제(天章閣待制)[3]가 이러하니, 우리 같은 방의 승진이 언젠들 끝

---

1) 성균관의 벼슬 이름.
2) 어사부의 다른 이름.
3) 고려 때 보문각의 정5품의 벼슬.

이 날 것인가.'

라고 하였다. 부귀영화와 공명이 바야흐로 한창인데 도리어 산수를 즐기려는 초탈한 생각이 있어 독락원(獨樂園)을 동쪽 언덕 아래 대나무밭 샘가에 만들어 놓고 날마다 문인(門人)과 어진 선비들과 함께 시를 짓고 술을 마셔 가며 스스로 즐겼다.

그 서로 주고받은 시가 여러 권이나 되었는데 애석하게도 그것을 적어 간직하는 사람이 없어 지금까지 세상에 전해지지 못하였다. 50이 되어 죽으니 온 나라 사람들이 가슴을 치고 슬퍼하며 사모의 정을 나타내었다.

직강 윤우일이 묘지명(墓地銘)을 썼는데,

'공의 덕행(德行)이나 문학과 정사가 안연(顏淵)·민자건(閔子騫)[4]·계로(季路)[5]의 무리에게 부끄러움이 없으며, 조정에 들어와서는 재상이 되었고, 밖에 나가서는 장수가 되었으니 반백 년 동안의 공명과 부귀가 어떠하였는가.'

라고 하였으니, 당시 사람들은 사실대로 쓴 기록이라고 하였다.

영렬공(英烈公)은 학사(學士) 임영령(任永齡)과 더불어 같은 스승에게서 공부를 하다가 과거를 보아 임씨가 먼저 을과(乙科)에 급제하니 공이 시를 지어 이르기를,

'진사(進士)하여 출신하는 것은 바라는 바가 아니요, 장원급제는 재주가 없으니 어찌 할까. 부럽구나, 나의 벗 임공자(任公子)는 꽃 핀 언덕 봄바람에 갑과에 급제한 탐화랑(探花郎)[6]이

---

4) 중국 전국 시대 노나라의 현인. 이름은 손. 일찍이 공자의 제자가 되어 효(孝)로 십철 중 한 사람.
5) 자계와 자로를 말함.
6) 조선 시대 때 갑과에서 셋째로 급제한 사람을 일컫는 말.

되었다네.'
라고 하였는데 이듬해에는 과연 장원으로 급제하였다.

조문정공(趙文正公)이 대제(待制) 유충기(劉沖基)·사간(司諫) 이백순(李百順) 및 여러 문인들과 함께 독락원에서 술자리를 벌이고 즐기면서 서로 시를 지어 주고받고 하는데 기(欺) 자로 운자(韻字)를 삼으니 이씨가 쓰기를,

'골짜기 고요하니 소리가 화답하는 듯하고, 못이 맑아 그림자가 속이지 않는구나.'
라고 하고, 유씨는 쓰기를,

'여름 햇빛은 참으로 두려운데 가을 구름은 속일 수 없구나.'
라 하였다. 공(公)은 쓰기를,

'쓸개가 커서 나쁜 술도 이겨 내고, 도(道)가 골아 사람들이 속이지 못하네.'
라고 하니, 그 자리에 있던 사람들이 놀라 다시 이어 화답할 사람이 없었다. 공은 일찍이 영렬공(英烈公)의 손자 얻은 것을 보고 지은 시에 화답하기를,

'음(陰)을 배제하고 대를 이을 것을 나는 알고 있도다. 출세길이 어찌될 것인가는 여섯 눈 가진 거북에게 묻지 마오. 수놓은 비단 장막 안에 영특한 물건이 소리치고, 자정 때 갈대 휘장에 새 기운 움직이네(동지날 낳음). 어찌 활주머니에다 자손 보게 되기를 바라리요? 이미 복숭아꽃[1]으로 자주 얼굴 씻어 주기를 축원하였으니 500년 만에 태어나니 세상의 상서로움에 틀림이 없고 장차 15세면 사람들의 스승이 되리라. 문장에 있어서는

---

1) 아기가 나면 복숭아꽃으로 그 얼굴을 씻으면서 축원하기를 '복숭아꽃 가져라. 이 흰 눈(雪)을 가져라' 하고 아기의 낯을 씻어 주어 광택이 나게 함.

당(唐)나라의 청전학사장작(靑錢學士張鷟)보다도 낫고, 위엄은 북주(北周)²⁾의 백봉비왕비(白捧羆王羆)와 대적하되 옛날부터 통가(通家)³⁾는 은정(恩情) 두텁기로, 축하하는 마음으로 한 편 시를 펴노라.'
라고 하였다. 당초에 문사(文士)들이 다투어 운을 따랐으나 그 비(羆)⁴⁾ 자를 어렵게 생각하였는데 공이 최후에 지은 것이 더욱 특이하였다.

---

2) 중국의 북조의 하나. 북위가 동서로 분열한 뒤 서위의 우문각이 공제의 선양을 받아 세운 나라.
3) 선조 때로부터 서로 친하게 사귀어 오는 집.
4) 《북사》의 큰 곰. 여기서 《북사》는 위·북제·주·수 등 북조 4왕조 242년 간의 역사서를 말함.

중 권

 원정(元正) 동지(冬至)에 모든 목(牧)[1]과 도호부(都護府)[2]는 전례에 따라 상부에 글월을 올려 축하하는데 상주 목사는 진양부(晋陽府)[3]에 올린 글에서,
 '글씨의 묘함은 은(銀)갈고리 같고, 매사에 밝으심은 옥거울 같구나. 오랑캐[北水]가 침입해 오는 진을 맡아 접해(鰈海)의 거센 풍랑을 가라앉혔네. 물기슭 따라 서쪽으로 와 도읍 정하니 도읍지인 강화[鰲宮]의 해와 달 뜨게 하였네[4]'라 하였고, 다시,
 '고려 왕실의 중흥을 돕고, 오랑캐[古月]의 침입을 막았네. 하늘, 땅을 문 아래 걷어들였으니, 백천만 승의 왕가(王家)도 많지 않고 도성과 궁궐을 바다가운데 모셔 안정되게 하니 경치가 아름다운 동천(洞天)[5]이 딴 세상이로다.'

---

1) 고려 중기 이후와 조선 때에 설치한 지방 행정 단위의 하나.
2) 당나라 초기에 그 광대한 속지의 지배를 위해 설치했던 기관.
3) 술가에서 호(胡)를 일컬어 북수라고 함. 처음에 최우는 기이한 꾀로써 오랑캐를 물리치고 왕의 수레를 모셔 서쪽 목해의 화산에 도읍지를 정했음.
4) 고려 고종 때에 권신 최이가 진양후에 봉작되었으므로 그의 관부를 진양후라고 한 것.

공은 새 도읍지에서 강을 따라 성첩을 쌓고 궁궐도 지었다. 그 침전(寢殿)6)이나 정전(正殿)7)은 모두 공이 자기의 사재를 바치고 문객(文客)을 보내서 지은 것이다. 또 그 글에서,

'구름을 북산(北山)에다 쓸어 버리고 해를 동해 바닷가에 씻었네. 하늘이 풍악을 내려 주려고 하여 노래하고 춤추는 작은 미인들을 내려 주셨네. 작은 미인 여나문이 모두 나이 겨우 예닐곱이었는데 모두들 노래와 춤이 뛰어나서 마치 속세의 사람들 같지 않았다. 땅도 또한 상서로움을 나타내 은(銀)·단(丹)의 큰 보물을 솟아 내렸구나8)'
라 하고 또 이르기를,

'집안은 대대로 전해 오는 무신(武臣)의 가문이요, 또 대대로 내려오는 세상의 문신들이 손님으로 모였네. 도읍을 옮겨 험함을 피하고 따로 태평한 천지를 열었으며 학교9)를 세워 인재를 양성하니 태평세월을 구가하게 하였네.'
라 하였다.

공은 여러 마음의 목(牧)과 부(府)의 하장(賀狀)10)을 모아서 문하에 있는 문인들로 하여금 등급을 매기도록 하였는데 늘 상주목(尙州牧)이 으뜸이어서 그 글을 실었다.

시중 상주국(侍中上柱國) 최충헌은 공명과 부귀영화가 극에

---

5) 산에 싸이고 내에 둘린 경치 좋은 곳.
6) 임금의 침방이 있는 집.
7) 왕이 임어해서 조회를 행하는 궁전.
8) 공이 의안산에서 보화가 난다는 말을 듣고 공인에게 명해 파서 백은과 황단을 얻었음.
9) 도읍을 옮기고 학교를 창건한 일은 다 공의 계책에서 나온 것으로 문객들을 보내어 교사를 짓고 이어 학교의 경비를 부담했음.
10) 경사를 축하하는 기법.

달하였지만 우아하고 고상함이 속세에서 벗어났으며, 시(詩)는 맑고 아름다웠다.

맑은 바람이 불고 달밝은 어느 날 밤 소나무와 대나무가 저절로 소리르 내니 그는 자신도 모르게 한 시구를 읊었다.

'뜰에서 가득한 밝은 달빛은 연기 없는 촛불이요, 자리에 들어온 산빛은 부르지 않는 손님일세. 다시 소나무 거문고는 곡조 없이 들여오니 홀로 보배롭게 간직할 뿐 전할 수 없네.'
라고 하였다. 공이 아직 국사를 맡지 않았던 정미(丁未)년 겨울 가조리(加祚里) 별장(別莊)에 잠시 거하고 있었는데, 밤에 앉아 있다가 임(林)·조(曺)·이(李) 등 여러 사람이 화롯가에 둘러앉아 잡담하는 것을 보고 시를 써서 그들에게 보였으니,

'용이 날아가듯 범이 웅크리듯 높게 크게 벌려 앉은 모습이 풍성하고, 그 장한 기운에 봉탄(鳳炭)[1]도 녹아 붉어지겠네. 어스름 새벽에 소리개와 박쥐처럼 논쟁하지 말고 좋은 장수의 나가고 쉬는 것 하늘에 맡기세.'
라고 하였다. 이 시는 말이 신기롭고 뜻 둔 것이 맑고 잔대하여 비범한 운치가 있다. 공이 용렬하고 자질구레한 무리들과 다투지 않고, 순리에 따라 천명을 받고 대업(大業)을 전해 왔다는 것을 이 한 시구에서 볼 수 있다.

이는 곧 일이 생성되기 전에 벌써 하늘이 스스로 도와 주어서 공으로 하여금 자기 자신도 모르는 사이에 이런 말을 발표하게 하였음이 분명하다. 그러니 그의 금으로 만든 당기의 꿈이 또한 얼마나 신기한가?

---

[1] 숯.

공의 저택의 열두 누대(樓臺)엔 아름다운 구슬 보석들이 총총 늘어 섰고, 기이한 꽃, 이상한 풀 들이 각기 붉은 빛과 푸른 빛을 드러내어 표표(飄飄)[2)]히 요대(瑤臺)에 올라 옥황상제의 궁전을 바라보는 듯하여 귀나 눈으로 그 모양을 형용할 수가 없다.

그러나 이 또한 후(候)의 저택에는 보통 있는 일들로 이상한 것이 하나도 없다. 신령스런 샘물이 앞못으로 흘러 들어오고, 기이한 새가 뒷산에서 우는 것은 필경 옥황상제와 땅의 신께서 다로 아름다운 산과 시내를 만들어서 그것으로 딴 세상의 즐거움을 준 것이 틀림없다.

다음해 갑인(甲寅)년 봄과 여름이 바뀔 무렵 온갖 꽃들이 만발하였을 때 양부에 성대한 잔치를 베풀고 당시의 시객(詩客) 40여 인을 초대하였다. 등과 촛불을 밝히고 달과 꽃을 노래하다가 흥이 일어나자 곧 시를 지어서 좌중 손님들에게 보이기를,

'수각(水閣) 높은 집에 수고스럽게 초대받아 문서 다발 속에서 세월을 보내었네. 붉은 앵두 석류는 그 맵시 곱기도 하여라. 오랫동안 병들어 손 맞아 술 마시기 도리어 싫어지고 천성이 게을러 꾀꼬리 소리 들으면서 잠자기만 좋아하네. 좋은 때와 건강한 날은 결코 두 번 다시 오기 어려우니, 서둘러 꽃필 때면 술 취한 신선이나 되어 보세.'

라고 하였다. 갑인년 늦여름 비가 오랫동안 그치지 않자 공은 곧 시를 짓기를,

'찌는 듯한 무더위는 오랫동안 계속되고 음산한 구름은 비를 멈추지 않네. 저자가 파하니 들늙은이들은 떠들어 대며 걱정하

---

2) 가볍게 나부끼는 모양.

고 강물이 불어나니 고깃배들은 어지럽구나. 모기와 바구미는 창틀에 깃들이고, 두꺼비는 부엌으로 들어오네. 어느 때에나 찌는 듯한 더위가 걷혀 이마 펴고 층루(層樓)에 올라 갈까.'
라고 하였다. 공의 추운 때 사용하는 정자는 더워야 어울렸고, 높은 누각은 빗소리와 어울리니, 마치 인간의 괴로움을 알지 못할 것 같은데 지금 더위와 비를 말하여 '이마를 펴고 층루에 오른다'고 한 것을 보면 재상으로서 사리에 밝게 나라를 다스리는 마음을 여기에서 잘 엿볼 수 있다.

오늘날의 시인(詩人)들이 평하여 이르기를,
"문안공(文安公) 유승단(兪升旦)은 말이 굳세고, 뜻은 순박하여 인용하는 것이 정결하고 간단하다. 정숙공(貞肅公) 이규보(李奎報)[1]는 기상이 웅장하고 말이 장대하며 창의(創意)가 신기하다. 학사(學士) 이인로(李仁老)[2]는 말마다 격조 높고 말을 신과 같이 구사하여 마치 신과 같아서 옛 사람의 모습을 답습하기만 하였으나 다듬고 쪼는 공은 옛 사람보다 더 정교하다. 승제(承制) 이공로(李公老)는 말이 굳세고도 고우며 더구나 연고(演誥)·대구(對句)에 뛰어나다. 한림(翰林) 김극기(金克己)는 말의 구성이 맑고 시원스러우며 말이 많으면 많을수록 더욱 풍부하고, 간의(諫議) 김군수(金君綏)는 말뜻이 부드럽고 여유 있으며 오세재(吳世才) 선생과 처사(處士) 안순지(安淳之)는 풍부하고 넉넉하여 전체가 후(厚)하다. 사관(史館) 이윤보(李允甫)와 임춘(林椿) 선생은 간결하고 예스러우며, 보궐(補闕)[3] 진화(陳澕)는

---

1) 고려 고종 때의 문장가. 자는 춘경. 호는 백운산인.
2) 고려 명종 때의 학자. 호는 쌍명재. 시문에 능해 다년간 사한에 있었음.
3) 고려 때 중서문하성의 낭사 벼슬.

맑고 웅장하고 화려하여 변화무쌍하니 이들은 모두 동시대의 거장(巨匠)들이다."
라고 하였다. 그들 표현 수법의 기술을 보려면 반드시 큰 작품을 보아야 하며 그들의 짧은 글과 절구(絶句)로는 대강의 공교함을 논할 수 없다. 그러나 여기서는 몇 권에 실린 것을 요약하여 실은 것뿐이다. 그러므로 오직 그 절구만을 실을 뿐이고 시는 많지 않으며 그 모든 대가들의 각 문제만을 표시한 따름인데 더구나 그들의 장편이나 긴 운문(韻文)은 각각 본집(本集)에 실려 있으므로 여기에는 수록하지 않았다.

문안공(文安公)은 글과 행동이 인륜(人倫)의 모범이 되었는데 그는 일찍이 가까운 벗에게 이르기를,

"내가 평생 동안 하고 싶은 것은 오직 속이지 않는다는 '불기(不欺)' 두 글자뿐이다."
라고 하였다. 공이 벼슬을 하지 못하고 이천한 때 상서(尙書) 박인석(朴仁碩) 댁을 들른 적이 있었다. 그때 박군은 영석한 헤아림이 있어 그를 극진한 예의로써 맞아들였는데 사람들이 그 까닭을 물었더니, 그는 말하기를,

"이 사람은 마치 밤에 빛을 발하는 신기한 구슬과 같아서 얻으려 해도 얻지 못할 것이거늘 더구나 스스로 찾아왔음에랴."
라고 하였다. 공이 일찍이 혈구사(穴口寺)에서 지낼 때, 현판 위에 쓴 글에 화답하기를,

'땅은 열흘 길을 하루에 오도록 단축시키고 하늘은 낮아서 한 자(尺) 거리를 이웃에 있도록 하였네. 비 오는 밤에 오히려 달을 볼 수 있고 바람 부는 낮에도 오히려 먼지가 일지 않네. 그믐과 초하루는 조수의 간관으로 알아보고 춥고 더운 때는 풀

을 보고 아네. 오랑캐 되놈의 세상을 지나다가 구름 위에 누운 한가한 사람 부러워하리.'
라고 하였다. 그가 중도(中道) 안렴사(按廉使)가 되어 여성(櫨城)을 순찰하다가 벽의 글에 운을 따라 화답하기를,

'두 번이나 지나면서 후사를 번거롭게 하니 관솔불 밝힌 양방(兩傍)을 지나는구나. 배 위에 창을 기댄 신병 호위와 허리에 칼을 찬 낯익은 병사들, 다 함께 추위에 솜옷을 기다리지만, 흉년에 누가 양식을 나눠 주랴. 백성들에게 조그만 혜택도 없으니 술〔鵝黃〕을 권할 때마다 번번이 부끄럽구나.'
라고 하였다. 그가 보령(保寧)에 이르러 유숙하면서 시를 지었는데,

'낮에 해풍현(海豐縣)을 떠나 밤늦게야 보령 땅에 닿았네. 대숲이 울어 바람은 잠을 깨우고, 먹구름 담은 비는 가는 길 막는구나. 저물어 가는 저녁 안개에 머리가 이내 무겁더니, 아침 햇살에 온몸이 가벼워지네. 이제야 알리로다. 몸이 늙고 병들면 오직 날씨 흐름과 맑음을 점칠 뿐인 것을.'
이라고 하였다.

예묘(睿廟)가 지은 〈승가굴시(僧伽窟詩)〉에 운을 따라 화답하기를,

'험하디험한 돌다리를 구름을 디디고 올라가니, 화려한 이웃 하늘은 화성(化城)[1]과도 비슷한데, 가을 이슬 가볍게 뿌리니 천

---

1) 임시로 나타내어 보이는 성. 여러 사람이 보물 있는 곳을 찾아다니다가 그 길이 험악해서 사람들이 피로해 하는 것을 보고 길잡이하던 사람이 신통력으로써 임시로 큰 성을 나타내어 거기가 목적지라고 했다. 여러 사람들이 기뻐하며 이 성내에서 쉬었다. 피로가 회복된 것을 보고 다시 정말 보물 있는 곳으로 인도했다는 비유의 이야기에 나오는 것임.

리가 시원해진 듯하고, 저녁 노을 멀리 스며드니 온 강이 밝아 오는구나. 허공에 깔려 있는 안개는 가늘어서 향냄새로 이어졌고, 골짜기의 새 울음소리는 한가로와 경쇠 소리 대신하였네. 부러운 것은 고승(高僧)의 마음이며, 세상의 명예와 공리 같은 것은 모두 잊음일세.'
라고 하였다.

문정공(文正公)의 〈독락원창화시(獨樂園唱和詩)〉에 운을 따라 화답하기를,

'이끼는 붉은 액자를 조각하고 술병엔 대낮 신선을 갖추었네. 맑게 즐기는 기쁨은 손님과 함께 즐기지만, 진정한 즐거움은 천분(天分)을 온전히 함일세. 뜰에 비가 내리니 파초가 먼저 울고, 동산이 비가 개이고 풀이 저절로 연기처럼 푸르러지는구나. 복숭아꽃 떠 멀리 흐르니 무릉도원 무엇하랴. 뱃머리를 돌리세.'
라고 하였다.

문정공의 〈동년석상시(同年席上詩)〉에 화답하여 이르기를,

'반부(般斧)를 누가 일대의 영웅이라 하였더냐. 신령한 춘나무[椿] 많은 재목 중에 홀로 빼어났네. 안위를 다스리고 백성을 구원할 오늘을 당해 장상(將相)[2]의 공과 명성은 우리 공에게 매어 있네. 몇 번이나 활전대 줄려 오랑캐를 길들였으나, 때로 구슬침[株唾] 남겨 아이들은 일깨우네. 만사를 헤아려 보니 세상일에 부족함이 하나도 없는데 술잔 들고 오직 무궁한 장수를 빌 뿐이네.'

---

2) 장수와 재상.

라고 하였다.

〈이죽시(移竹詩)〉에는 이렇게 화답하였다.

'공의 운치 있는 글을 보고, 대의 뿌리가 없는 것을 의심스럽게 여기네. 너의 뜻이 속되지 않음을 좋아하기에 그대라 부르고 칭찬하면서 이름을 부르지 않네. 서늘한 기운이 베개와 잠자리에 스며드니, 찌는 듯한 더위도 발〔簾〕 곁으로 물러나네. 도를 본받아 마음 비운 지 오래인데, 점 치는 대나무[1]를 부질없이 네 번이나 쳤네.'

정숙공(貞肅公)이 좌승선(左承宣)[2]으로 있다가 동북면(東北面) 병마사(兵馬使)[3]로 나갔다. 그는 좨주(祭酒) 이공로(李公老)가 자기 대신으로 정부의 언론의 임무를 맡았다는 말을 듣고, 시를 지어 보내기를,

'천리 밖에서 한 기러기가 한 편지 전해 오니 새 승선(承宣)이 옛 승선을 대신하였다네. 부덕한 자신이 쫓겨난 부끄러움을 비록 견디지만, 오히려 조정에서 어진 인재 얻은 것 축하하네.'

라고 하였다. 그는 다시 〈효기시(曉起詩)〉에 써서 이르기를,

'등불 가물거리니 꿈나라 찾아들고 강안전(康安殿)을 친히 받들어 빛나는 붉은 도포를 받는도다. 문앞에서 울리는 새벽 피리 소리가 처량하기 그지없이 흐느끼듯 하늘에 퍼지니 한바탕 꿈이었도다.'

라 하였다. 대관전(大觀殿) 임금의 자리 뒤에 가려진 병풍 무일도(無逸圖)가 지워지매 임금이 공에게 명하여 글씨를 쓰게 하려

---

1) 본래는 시초라는 풀의 줄기로 만들었으나 뒤에는 대나무를 사용했음.
2) 고려 중추원의 정3품 벼슬. 왕명의 출납을 말함.
3) 고려 때 외직 중 하나. 품질은 3품.

고 그의 필체를 시험하였다. 공(公)은 시를 지어서 두 족자에 써서 바쳤다.

'수레가 무거우니 둔한 말의 더딤이 더하고 하늘이 높으니 학의 연연함이 한이 없구나. 옛날 입던 옷을 몇 번이나 거듭 씻었던가. 오히려 어전 화로의 향냄새 스며 있네.'
라 하였다. 또한,

'임금님 동산에 핀 꽃은 붉은 비단 같고 궁궐 안의 수양버들은 푸른 실 같구나. 봄 꾀꼬리의 노래 소리의 아름답기는 꾀꼬리 후설(喉舌)의 교묘함이 오히려 사람보다 낫구나.'
라 하였다.

어떤 사람은 말하기를, 공이 아직도 권세를 잊지 못하는 뜻이 들어 있다고 하지만 이것은 잘못이다. 공은 타고난 성품이 맑고 고우며 그의 시도 또한 그렇다. 이른바 안팎이 물처럼 맑아 티가 붙을 수 없다고 할 만하다. 하물며 어찌 권세에 구애됨이 있겠는가.

공자(孔子)께서는 석 달 동안 임금이 없으면 어찌 할 줄 몰라 당황하셨고 당나라 시인 두보는 궁핍한 중에서도 임금을 사랑하는 마음을 지니고 있어 구절마다 군신(君臣)간의 큰 절도를 잊지 않았다. 더구나 명성이나 벼슬이 공과 같은 이야 비록 벼슬을 떠나 있기는 하였지만 못내 잊지 못하여 임금 사랑하는 마음이 있다는 것은 당연하다 하겠다.

언젠가 낙산(落山)[4]에서 왕의 만수무강을 비는 축성제를 마치고 지은 시에,

---
4) 강원도 양양군에 있는 관동팔경 중 하나.

'화려한 축제, 지극한 정성 하늘을 감동시키고 향료를 받들고 서니 두 줄기 눈물이 향 연기 적시네. 바로 거북과 학의 3천년의 장수를 가져다가 우리 임금의 1년의 연세로 셈하리라.'
라 하였으니 공의 임금 사랑하는 마음을 엿볼 수 있다.

또 그가 상주 목사로 좌천되어 갈 때 덕통역(德通驛)을 지나다가 절구 한 수를 지어 벽 위에 쓰기를,

'어찌 하늘을 향해 원망하랴. 귀양 와서도 오히려 한 마을의 수령직을 맡기셨다. 어느 때 영각(鈴閣)에서 황각(黃閣)으로 나아가 태수(太守)가 재상이 될 것인가.'
라고 하였다.

어느 진사(進士) 두 사람이 덕통역을 지나다가 이 시를 보고 한참 동안 읊더니만 그중 한 사람이 말하되,

"'어느 때에 영각에서 황각으로 나아가'라고 한 구절은 공교하지 못한 듯하구나. 또 영각으로부터 황각에 이르기란 그 얼마나 오래인가."
하자 또 다른 친구가 말하되,

"공의 시는 미래를 예언한 것이다. 너희 따위가 알 턱이 없다."

얼마 후에 그는 과연 재상이 되었다. 내가 갑진(甲辰)년 봄에 상주 목사의 임기가 만료되어 우정(郵亭)을 지나다 공의 필적을 보고 가엾은 느낌이 들어 푸른 비단으로 그 글을 싸고 이어서 글 한 구절을 썼다.

3년 후인 정미(丁未)년 여름에 국자좨주운각학사(國子祭酒雲閣學士)가 되어 왕이 하사하는 깃발과 도끼를 동남로(東南路)에 출진(出鎭)하였는데, 그때 다시 글 두 구절을 화답하였으며, 무

신(戊申)년 봄에 문창우상(文昌右相)이 되어 왕명을 받들고 대궐로 나아가다가 또 한 구절을 남겼는데 지금 모두 벽에 씌어 있다.

장원한 사람들의 모임인 용두회(龍頭會) 때 다른 손님들은 참석하지 못하였다. 공의 조카 황보(皇甫)가 장원한 관가(瓘家)로서 이 모임을 열었는데 공은 두 번째로 급제하였기 때문에 참석하지 못하고 한 구절을 지어 보내 왔다.

'말 들으니 그대 집에 귀한 손님이 있다는데 계림의 봄 한 가지를 꺾은 이들이네. 오늘의 높은 모임에 나는 참석하지 못할진대, 문득 당년의 두 번째로 급제한 것이 한스럽구나.'
라고 하였다.

문순공(文順公)의 가집(家集)은 이미 세상에 퍼져 있으며, 시문을 보건대 흡사 해와 달 같아서 따로 칭찬할 수가 없다.

근대의 율시(律詩)는 5언·7언 가운데서 소리의 운(韻)과 대구(對句)를 맞추는 것이기 때문에 반드시 위아래를 보고 생각하고 다듬어서 그 율에 맞추어야 한다. 아무리 커다란 제목과 큰 인물이 될 그릇이라 할지라도 멋대로 생각하고 되는 대로 말을 써서 그 오묘함을 파헤쳐 드러낼 수는 없다. 그런 까닭으로 씩씩한 기풍이 없다.

공은 젊었을 때부터 붓을 사용함에 새 뜻을 많이 만들어 냈고, 말을 많이 할수록 달리는 기운은 점점 씩씩하여 아무리 성률(聲律)[1]의 법칙을 따라 세밀하게 꾸미고 교묘하게 구성한다 하더라도 오히려 호방하고 준엄하다.

---

1) 사성의 규율.

그러나 공을 일러 천재(天才)니 준수하고 띄어난 사람이니 하는 것을 대율(對律)을 가지고 말하는 것이 아니다. 그는 대개 격조 높은 장편(長篇)으로 강한 운〔强韻〕과 험한 글제를 가지고도 자유 분방하게 구사하여 한번 붓을 들면 100장을 휘갈겨도 자유 분방하게 구사하여 옛 사람을 그대로 답습하지 아니하니 실로 보기 드문 천재다.

그런데도 자신을 낮출 줄 알고 남에게 겸손하여 단 한 가지 선한 일을 보면 으레 그를 포상하고 권장하여 자기보다도 더욱 높이 받들 줄 안다.

그는 겨우 20세를 전후하여 《국수재전(麴秀才傳)》을 지었다. 그때 사관(史館) 이윤보(李允甫)가 처음 급제한 뒤에 이를 본받아 《무장공자전(無腸公子傳)》을 지었으니 공은 이것을 보고 대단히 칭찬하였으며, 문인들과 시를 읊을 때마다 늘 말하기를,

'오늘날 참으로 글 잘하는 이를 얻었으니, 이윤보야말로 참 훌륭한 인재로다.'

라 하였다. 문안공(文安公)과 더불어 고원(誥院)이라는 곳에 있었던 때였다. 진양공(晋陽公) 최우(崔瑀)가 보제사(普濟寺)·광명사(廣明寺)·서보통사(西普通寺) 등 세 절에서 참선을 하기 위한 모임을 열었는데 이 모임이 파하자, 공은 두 공과 직강(直講) 윤우일(尹宇一)에게 명하여 삼회방(三會枋)을 지었는데 당시 사람들은 유(兪)의 글이 공의 글보다 못하다고 하였지만 공을 보고서 칭찬하였으며, 가는 곳마다 드러내어 말하기를,

"이번 이 작품은 내가 유군(兪君)에 비해 멀리 미치지 못한다."

고 하였다. 공이 한림(翰林)이 되었을 때 한림원 직원(直院) 손

득지(孫得之)는 공이 이를 칭찬하여 말하기를,

"지금까지 손군(孫君)이 이와 같은 뛰어난 재주가 있는 줄은 알지 못하였노라."

고 하였다. 공은 타고난 성품이 바르고 곧고 밝았다. 그가 선(善)을 칭찬하고 악을 싫어하는 것이 모두 그가 태어날 때부터 지녔던 성품에서 나왔다는 것을 알수 있다. 옛 사람이 '문인들은 서로 무시하고 멸시한다'고 말하였는데 대개 이것은 범용(凡庸)[1]한 아이들의 말일 것이다.

급제(及第) 김태신(金台臣)이 허언국(許彦國)의 〈우미인초가(虞美人草歌)〉에 화답하는 글을 지어 문순공(文順公)에게 가서 보이고 물었다. 그때 마침 사관(史館) 이윤보(李允甫)가 가서 공을 뵈었는데 공은 그것을 이윤보에게 내보였다. 사관은 그 책자를 빌어 가지고 왔다. 내가 사관의 집에서 그 시를 보고 곧 화답하여 일곱 수를 지었더니 사관이 그것을 공에게 보여 주었다. 공은 이를 허락하고 특별히 긴 글을 써서 한림(翰林) 하천단(河千旦)에게 주어 내게 보내 왔는데 그 편지에서 이르기를,

'이 시는 운이 어려워 작자들이 자못 화답하기에 곤란한 것인데, 군의 시를 보니 말뜻이 절묘하다. 아무리 이태백(李太白)이나 두보(杜甫)를 시켜 짓게 하였다 할지라도 이보다 더 할 수는 없으리라.'

하였다. 또 다시 칭찬을 지나치게 첨가한 긴 글을 보내 왔다. 내가 인사하러 갔더니, 신을 거꾸로 끌고 급히 뛰어나와 맞아들였다. 굳이 붙들어 놓고는 술좌석을 벌였는데 그는 문고(文藁)[2]

---

1) 평범하고 용렬함.
2) 한 사람의 시문을 모아 엮은 원고.

를 다 꺼내어 보이면서 말하기를,

"서로 이제 늦게 알게 된 것을 매우 부끄럽게 생각하오. 전에 전이지(全履之)가 글에 뛰어났는데 사람들은 그를 알아주지 않았지만, 나 혼자만이 그의 재주를 알았소. 지금 군의 얼굴을 보고는 뛰어난 재주가 있는 줄을 모르겠으니, 이야말로 진정 덕을 숨긴 사람이오."

하였다. 수년 뒤에 공은 국자좨주(國子祭酒)로 임명되고 나는 학유(學諭)가 되었는데, 어느 날 공적인 일로 해서 청(廳)에 앉아 있을 때 공이 말하기를,

"일전에 유간의(庾諫議) 댁에서 잔치를 베푼 후에 주필(走筆)로 〈수정배사(水精杯詞)〉를 짓고 모두 다 화답하였는데 군 혼자만이 화답하지 않은 것은 무슨 이유에서 그리 하였소?"

하고 물으니 나는 놀라 당황하며 명을 받들어 즉시 시 일곱 수를 화답해 바쳤다. 공은 무한히 칭찬하더니 고원(誥院)에 전해 보이며 말하되,

"이 시는 이 세상 사람이 만든 것이 아니다."

하였다. 그의 후배들을 사랑해 주고 격려함이 이러하였다.

문순공(文順公)이 유(兪)·윤(尹) 등 여러 동년(同年)들과 한 자리에서 추밀원부사(樞密院副使)[1] 임경겸(任景謙)의 침실 병풍의 여섯 그림을 보고 지은 병풍 글 6영(詠)인 열자어풍(列子御風)에 화답하기를,

'종래의 도(道)의 경지는 자기 몸을 잊어버리는 것을 숭상하였거니와, 하필 허공을 타야 신선이 되는가. 만약 바람 머리를

---

1) 고려 때 추밀원의 정3품 벼슬.

향해 도적을 막아야 한다면 허공 가득히 날아가는 새들 또한 진인(眞人)이겠네.'
라 하였다. 또 도잠(陶潛)의 녹건에서 말하기를,

'술을 거르면 체요, 머리에 쓰면 두건이라. 체와 두건의 그 구별은 사람에게 달렸다. 머리에 남은 술찌꺼기 있어도 괜찮으니 이 내 몸은 이미 한평생 술에 젖은 것을.'

〈자유방대시(子猷訪戴詩)〉에서,

'눈 덮인 시냇가를 헤쳐 가서 사람을 방문하는 것이란, 문득 서로 만난다면 한번 마주 웃고 말았으니 배 띄워 돛대를 돌려 돌아간다고 말하지 말라. 문앞에 이르자마자 곧 돌아가는 것도 감회 무량하리.'

라고 하였다. 〈반랑기로시(潘朗騎驢詩)〉에서,

'낭선(閬仙)이 만약 삼화(三華)를 사랑하였더라면, 한 번 차아산(嵯峨山)을 바라보는 것으로 벌써 만족하였을 텐데 절름발이 나귀를 거꾸로 타는 것은 참으로 좋은 일이라, 몸을 가져 그림 속에서 자랑해 보이고자 함이네.'

라 하였다. 학사 이인로(李仁老)는 〈섬계승흥(剡溪乘興)〉에서 말하기를,

'눈 위에 달빛이 어려 산 그림자는 차가운데, 흥이 다하여 문득 외로운 돛대 돌려 돌아가네. 어찌 눈썹을 치켜뜨고 눈으로 봐야만 할까. 끝없는 우주가 한 털끌일세.'

라고 하였다. 또 〈사명광객(四明狂客)〉에서 말하되,

'멀고 먼 오나라 하늘 한 조각배로 돌아오니, 때는 마침 연꽃 떨어지는 늦가을이로다. 거울같이 맑은 호수의 바람과 달은 원래 주인이 없거니, 그대에게 한 가지 얻어 올 필요 없으리.'

라고 하였다. 또 〈산음진적(山陰陳迹)〉에서 말하되,

'이 몸 생각하니 시간이 흘러 전의 몸과 다른데 인간 세상 내려다보니 이미 옛것이 되고 말았구나. 다행히 은 갈고리와도 같은 글씨가 종이 위에 남아 있으니, 산 그림자에 서린 풍월이 예나 지금이나 새롭구나.'

라고 하였다. 또 〈서새풍우(西塞風雨)〉에서는,

'가을이 깊어 가는 동정호엔 물고기가 살찌고, 구름 걷힌 서산엔 조각달 비끼네. 버들로 만든 열폭의 돛은 천 이랑의 옥물결을 흐르는데, 세상 티끌은 마땅히 내 도롱이에 침범하지 못하리.'

라고 하였다. 문순공(文順公)은 새롭고 신선한 뜻이 묘한 지경에까지 이르렀고, 이학사(李學士)는 말이 맑고도 고왔는데 그의 〈월계화(月季化)〉에서 이렇게 시를 읊었다.

'일만 섬 단사(丹砂)를 갈홍(葛洪)[1]에게 묻노니, 어느 해에 작은 동산 안에 깊이 묻을까. 월계의 꽃다운 뿌리는 구름빛에 물들어 짐짓 신선의 꽃이 되어 늙지 않고 붉다네.'

문열공(文烈公)은 이에 대하여 이르기를,

'아름다운 시기는 도잠(陶潛)의 국화를 가까이 하기 어렵고 꽃다운 기별은 오히려 육개(陸凱)의 매화를 멀리 하는구나. 온갖 꽃을 피게 하는 은옹(殷翁)[2]의 변환(變幻)[3]을 자랑하지 않는다 하더라도, 아닌 때에 저절로 붉게 피어나네.'

---

1) 중국 동진 초기의 도가. 호는 포박자. 나계산에서 신선이 되는 약인 단사를 만들어 신선이 되었다고 함.
2) 당나라 사람. 은(殷) 77을 말함. 계절에 관계 없이 온갖 꽃을 피게 하는 능력이 있어서 9월에 두견화가 피게 했다고 함.
3) 갑자기 나타났다 없어짐.

라고 하였다. 문안공(文安公)은 이렇게 읊었다.

'일찍이 모란꽃의 교태로운 바람 따라, 한낱 보니 피어날 때면, 이것이 잠깐 붉었다 마는 꽃이 아니로다.'

이에 문순공(文順公)은,

'섣달에 피는 매화, 가을 국화는 교묘하게 추위를 이기고 피어나는데, 경박스런 봄들꽃들은 이것쯤 아랑곳없네. 만일 이 꽃이 네 계절을 오로지 차지하고 있다면 한때에만 치우친 아름다움을 어이 다 보리.'

라고 하였다. 정숙공(貞肅公)은 다음과 같이 읊었다.

'봄이 지난 뒤 찾아 보았으나 자취가 없더니 이제야 그대의 집에 있는 것을 깨달았도다. 그렇지 않고서야 어찌 천시간의 조화를 마음대로 하여 한 화분 속에서 어찌 사철 봄을 길러 내리요.'

이학사(李學士)의 시에서는 단사(丹砂)라는 말과 운하(雲霞)라는 말을 썼는데, 이것은 소위 비유 중의 비유라 할 만하다. 만일 다른 사람의 운(韻)을 본받아 지었다면 홍(洪) 자를 쓰는 것이 아주 좋았을 것이다.

문열공의 시는 7, 8월에 꽃을 피우는 것을 말하였다. 또 문안공의 시는 비록 봄과 겨울을 말함에 지나지 못하고 말았지만, 그 뜻은 극진히 다 말해졌으며 문순공은 말을 다 갖추었으면서 말의 취향이 뜻이 깊고 굳세다. 정숙공은 사철을 다 말하였으나 새로운 맛이 오히려 난다.

문열공이 고려의 스님 혜소의 〈묘아시(猫兒詩)〉[4]에 화답하는

---

4) 고양이를 읊은 시.

글에,

 '개미에게도 도(道)가 있고 이리와 호랑이에게도 어진 마음이 있으니 망령된 것을 버려야 비로소 참된 것을 구하는 것만은 아니네. 스님의 밝은 눈에는 분별이 없으니 온갖 사물이 다 맑고 정한 몸 드러내세.'
라고 하였다. 문순공은 두꺼비를 읊은 시에서,

 '울퉁불퉁한 꼴 밉상스럽고, 엉금엉금 기는 모습 또한 느리네. 그러나 뭇 벌레들은 그렇다고 무시하고 멸시하지 말아라. 그는 달 속으로도 들어갈 수 있다네.'
라고 하였다. 미수(眉叟)[1]는 개미를 읊은 시에서,

 '몸을 움직이면 소와도 능히 싸울 수 있고[2] 구멍은 깊어 산이 허물어질까 두렵네. 부귀공명의 구슬[3]은 그 얼마나 되었던고. 남가일몽 부위의 꿈 처음으로 시작되네.'
라고 하였다. 문순공은 표현이 매우 세밀하고 이학사는 매 구절마다 모두 고사를 인용하였고, 문열공은 근본 뜻을 불교에 두었는데 말의 의미가 매우 심오하다. 대체로 사물을 표현하는 저작에 있어서는 고사를 인용함보다 이치를 말하는 것이 오히려 낫고 이치를 말함보다는 형용하는 것이 더 낫다고는 하지만 말을 잘 짓고 잘못 짓는 기교는 구상과 말 만드는 것에 달려 있다.

---

1) 이인로를 말함.
2) 옛날 진(晉)나라 은중감의 아버지가 귓병을 앓아 귀에 이상이 생겼다. 그래서 침상 밑에 개미가 움직이는 소리를 들으면 소가 싸운다고 했다는 고사를 인용한 것.
3) 어떤 사람이 아홉 번 굴곡진 구슬을 얻었으나 꿸 수가 없었다. 공자가 실에 기름을 발라 가지고 개미로 하여금 꿰게 하는 법을 가르쳤다는 소식의 시의 주에 나오는 고사를 인용한 것.

이학사는 〈소요원시(逍遙園詩)〉에서,

'당시 춘추 시대인 접여(接輿)[4]가 견오(肩吾)[5]에게 이르기를, 유연하고 예쁜 신인이 막고야(邈姑射)[6]의 산에 있다고 오직 성스러운 이가 분수(汾水)[7] 곁에 있어서 멀리서 바라보니 살결이 눈같이 희였다네.'

라고 하였다. 문순공(文順公)은 〈독락원(獨樂園)〉에서 이르기를,

'한 샘의 찬 물은 이웃을 불러 퍼 가고 탑(搨)[8]에 가득하게 불어오는 맑은 바람은 손님과 함께 나누어 즐기네. 그러나 동산 속의 고요한 즐거움은 손쉽게 남들로 하여금 들려 줄 수 없네.'

라고 하였다. 김한림(金翰林)은 〈청취헌(清聚軒)〉에서 이르기를,

'산마루를 흘러 내려오는 샘도 오히려 정이 있는데, 수풀을 뚫고 연못에 떨어지는 그 소리 싸늘하네. 만약 우주 만물의 본성에서 본다면 모든 것이 구별이 없어, 깊고도 푸른 물결은 바다로 흘러드네.'

라고 하였다. 이학사는 다만 기이한 언사와 묘한 뜻은 남화편(南華扁)을 인용하였고, 문순공은 스스로 새로운 취향을 보였으며, 김한림은 불교의 용어를 사용하였다. 옛 사람은 이렇게 말하였다.

"소자첨(蘇子瞻)은 말은 비록 호한(浩瀚)하여 뜻이 남아 있으

---

[4] 초나라의 어진 사람이며 은자. 공자와 같은 시대의 사람.
[5] 《장자》의 〈소요유〉 편에 접여의 말이 크고 황당해서 믿을 수 없다고 연숙에게 물었다는 말이 있음.
[6] 《장자》의 〈소요유〉 편에 나오는 산 이름. 거기에 신인이 살고 있다고 했음.
[7] 중국 산서성을 남북으로 가르며 흐르는 강.
[8] 좁고 길다란 평사.

나 불가에 가까워 풍(風)·소(騷)¹⁾의 작품이라고 말하지 않는다. 문열왕의 〈묘아시(猫兒詩)〉는 혜소(彗素) 스님에게 화답한 것이요, 김한림의 〈청헌시(淸軒詩)〉는 승사(僧舍)에 관해 쓴 것이니 불교 용어를 사용한 것은 당연하다. 그 밖의 작품은 이상할 것이 하나도 없다.'

문열공은 〈국화시(菊花詩)〉에 이르기를,

'하룻밤 가을 바람에 1만 나무들 텅 비었는데, 국화는 비로소 두세 송이 피어 있네. 당나라 백거이의 첩 번소(樊素)는 무정하게 봄을 따라가 버렸는데, 떠도는 조운(朝雲)²⁾만이 외로이 소공(蘇公)을 벗하누나.'

라 하였고 문순공은 말하기를,

'봄을 맡은 청제(靑帝)는 꽃을 맡았다가 곱게 깎고 새긴 것이 많았는데 어찌하여 가을의 백제(百帝)는 또 꽃을 맡았는가? 소슬한 가을 바람 날마다 불어오는데 그래도 양기와 화기를 부여잡고 고운 꽃 피우네.'

라고 하였다. 김한림은 말하되,

'꽃 향기 피워 내고 무성함이 봄바람에 이르지 못함을 한탄하고, 찬 이슬 처량한 서릿발에 옥 같은 얼굴 처참하네. 황혼이 깃드는 늘그막의 꽃다운 마음 그 누가 알아주리. 그래도 남은 떨기엔 나비 찾아와 속삭여 주네.'

라고 하였다. 이학사는 〈중구후(重九後)〉에서 말하되,

'고운 얼굴이 시든다고 세월을 원망 마라. 한 오리 가을 향기

---

1) 《시경》의 국풍과 초사의 이소 또는 시가의 풍류운사를 일컫는 말. 여기에서는 후자를 말하고 있는 것 같음.
2) 송나라 소식의 첩. 끝까지 소식을 배반하지 않고 그를 따라 남쪽으로 옮겨 갔다고 함.

오래도록 남아 있네. 사람의 마음은 시절 따라 변하지는 않는데, 용양(龍陽)³⁾은 어찌 먼저 잡은 고기 버림을 슬퍼 울었던가.'
라 하였다. 옛날이나 지금이나 흔히 미녀를 꽃에 비유한다.

문열공도 미인의 고사를 인용하였는데, 뜻은 비록 세밀하고 정당하지만 인용한 말은 비천하다. 미수는 용양의 고사를 인용하였는데, 이것은 시인이 이외의 비유로써 깨우쳐 주기에 기이하고 아주 좋다. 또 그의 〈부앵무〔賦鸚〕〉에서는,

'말씨가 능하고 교묘하며 몸은 더욱 고난하니, 모름지기 말이란 죽음보다 어렵다는 한비자의 말을 믿어야 하겠네.'
라고 한 것이 모두 이런 종류의 것이다. 김한림의 시는 자신이 우의(寓意)⁴⁾하는 뜻이 들어 있어 읽으면 쓸쓸한 느낌이 들고, 문순공은 인용도 비유도 사용하지 않고 바로 본심을 꿰뚫어 나타냈을 뿐이다.

이학사는 〈매화시(梅花詩)〉에서 말하기를,

'봄이 정을 나타내 옥 같은 꽃 만들어 내니, 흰 옷은 실로 시가(始價)에 있다네. 그 몇 번이나 위왕의 술에 만취한 침침한 눈으로 숲 속에 걸어 둔 미인의 오을 어지러이 보려는가.'
라고 하였다. 원(元)나라 조정에서 김추밀(金樞密)의 〈옥매시(玉梅詩)〉에 이렇게 화답하였다.

'막고야(邈姑射)의 신선처럼 흰 살결에 눈 같은 흰 향기로운

---

3) 중국 전국 시대 때 위나라의 행신. 왕과 함께 낚시질하다가 물고기 10여 마리를 잡고는 눈물을 흘리었다. 왕이 까닭을 물으니 대답하기를, '신이 처음 물고기를 잡았을 때에는 매우 기뻤으나 점점 많아짐에 따라 먼저 잡은 물고기는 버리고 싶어졌습니다. 신이 지금은 임금의 총애를 받고 있으나 천하의 미인들이 많이 모여들면 신은 먼저 낚은 물고기처럼 버려질 것이 두려워서 웁니다' 고 했다는 고사.
4) 다른 사물에 붙여서 그 뜻을 풍자함.

입술로 구슬 같은 새벽 이슬을 마시네. 아마도 속된 꽃술 붉게 물드는 것을 싫어하여 옥으로 만든 누대를 향해서 학에 올라 날아가리.'

문순공은 〈이화(李花)〉에서,

'처음엔 가지 위에 붙은 눈송인가 의심하였더니, 맑은 향기 풍겨 꽃임을 알았네. 날아가는 꽃잎은 푸른 가지 사이로 뚜렷이 보이더니 떨어져 흰 모래에 앉은 꽃잎은 구별 못 하겠네.'

라고 하였다. 학사 이미수(李眉叟)는 말하기를,

'일찍이 옥 사슴에 구름 멍에 지워서 아름다운 궁에 들어간 길 18년이 되었네. 나무 밑에 처음 생겨났기로 나무로 성(姓)을 삼으니, 이로부터 이(李)씨 성은 무성하게 번창하였네.'

라고 하였다. 매화를 두고 읊은 두 수는 인용한 것은 다르지만 둘 다 빛깔에 대해서 읊었고 이화(李花)를 두고 읊은 두 수는 인용함에 깊고 얕음이 있어서 그 나음과 못함은 저절로 구분이 된다. 미수(眉叟)는 다만 '이(李)'만 말하고 꽃은 말하지 않았은 즉, 인용함에는 깊이가 있지만 표현의 기교야 있다고 하겠는가. 문순공(文順公)은 거의 고사를 인용하지 않았으니 이는 대개 새로운 뜻을 숭상하였기 때문이었을 것이다.

송하영공(宋夏英公)이 벼슬하지 못하고 미천하였을 때 문숙공(文肅公)을 방문하였더니, 문숙공은 그에게 이르되,

"자네가 쓴 문장은 대각(臺閣)[1]의 기상이 있어 후세에 반드시 귀하게 드러날걸세."

라고 하였는데 과연 그가 말한 바와 같이 되었다.

---

1) 사헌부·사간원의 총칭.

문순공이 완산막(完山幕)의 참군(參軍)이 되어 있을 때였다. 그는 안렴사(按廉使)의 병부(兵符)2)를 받고 변산(邊山)의 나무 베는 일을 담당하게 되었는데, 그는 다음과 같은 절구를 지었다.

'권세가 군병을 옹호하고 있으니 영광은 자랑할 만하고, 관(官)에서 작목(斫木)으로 일컬으니 욕심스러움은 견딜 만하구나. 변산은 옛날부터 참으로 산물이 많이 나는 땅이니 기다란 재목을 골라서 기둥과 서까래감 준비하기 좋구나.'
라고 하였고, 다시 그는 이르기를,

'추운 새벽 텅 빈 집에 맑은 바람 소리 들려오고 밝게 갠 저녁, 높푸른 하늘엔 먹구름 걷히네. 문 밖에 몇 사람이나 손가락이 빠지는데, 오히려 따뜻한 비단옷 속에 있는 자신이 부끄럽구나.'
라고 하였다. 또 친구에게 화답하여 이르기를,

'문자를 일삼고, 애써 노력하고, 벼슬 높고 낮음을 개의치 마라. 모름지기 알아, 세 발 달린 솥도 한 송곳 끝만한 쇠붙이에서부터 만들어진 것을!'
이라고 하였다. 공의 재상이 될 기상은 이미 이 세 수의 시에서 벌써 이루어져 있었다.

나는 우연히《김한림집(金翰林集)》제2권을 얻어 보니, 권 첫머리에는 〈궁사(宮詞)〉3) 여덟 수가 실려 있었는데, 모두 옛 사람이 말한 것이었고, 게다가 말의 폭이 좁고 얕아서 마음속으로 자못 가볍게 생각하였는데 점점 두폭, 세 폭 넘기다가 〈취시가

---

2) 발병부. 동병의 표적. 여기서 동병이란 군사를 일으키는 것을 말함.
3) 중국에서 궁정 내부의 비사나 유문을 칠언 절구의 형식에 의해 읊은 시의 한 책.

(醉時歌)〉와 〈하양산장용극운서구(河陽山莊用劇韻敍舊)〉 등 장편을 보니 그 말뜻이 맑고 시원스러웠다. 그 후에 8, 9권을 다시 보았더니 맑고 아름다운 말이 한없이 넓어 아무리 퍼 내어도 끝이 없을 것 같았다. 그는 실로 뛰어난 시재(詩才)였다. 그렇지 않고야 어찌 그와 같은 글을 지을 수 있었겠는가.

진보궐(陳補闕)은 한림을 생각하는 시에서,

'시를 읊으며 쓸쓸한 시골에 누웠지만 서늘한 기운은 지붕을 뚫고 날아가네. 서늘한 기운이 하늘로 올라가 이슬이 되었다가 흩어져 내려와 인간 세상의 가을을 만들어 주네.'

라고 하였다. 한림은 〈도중즉사(道中卽事)〉에서 이르기를,

'좁은 오솔길에 이끼가 끼어 말발굽 서투르고, 매미 소리는 끊겼다 이어졌다 하는데, 길은 높고 낮아라. 시골 아낙네들도 오히려 생각은 많아서 웃으며 비녀 매만지는 모습 물 속에 비치네.'

라고 하였고, 〈어옹(漁翁)〉에서는,

'하늘은 오히려 어옹을 허락하지 않아서 짐짓 강호(江湖)에 순풍이 적네. 인간 세상 험하다고 그대는 비웃지 마라. 너 자신도 오히려 급류(急流) 속에 있으니.'

라 하였고, 〈신흥(晨興)〉에서는,

'온종일 길게 험난한 촉도난을 읊다가, 잠들고 난 뒤에야 비로소 심신이 한가롭네. 짓궂게도 꿈속의 다정한 나비는 천리 험한 길을 더듬어 고향산 찾아가네.'

라고 하였으며, 또 〈동교치우(東郊値雨)〉에서,

'뿌연 먼지는 하늘을 뒤덮어 사람을 더럽히는데, 서풍을 향해 부채를 펴네. 고맙게도 늦구름은 비를 만들어 주어 옷에 쌓인 먼지 말끔히 씻어 주네.'

라고 하였다. 〈증미륵사주로(贈彌勒寺住老)〉에,

'숲은 멀고 아득하여 길은 꾸불꾸불 먼데, 외진 산골에서 속사(俗士)를 교화하다가, 하얀 옷 걸려 입은 소나무 위에 앉은 백학만은 스님이 처음 와 집 짓는 때 보았으리라.'

라 하였다. 또 〈추만월야(秋晚月夜)〉에서 이르기를,

'해가 지니 거센 바람 나무 밑에서 불고 서릿발은 흩어져 바삭바삭 마른 잎 우네. 탁 트인 마루로 달 맞을 필요 없고, 가을이 되니 마른 뼈는 추위가 두렵네.'

라고 하였다. 〈흥해도상(興海道上)〉에서 다시 말하기를,

'뽕나무 사이로 아낙네들 발걸음 분주하고, 뻐꾹새는 날아와 나뭇가지 위에서 울고 가네. 그것은 오로지 농가에 바삐 일하라는 알림인데, 뉘 있어 거문고로 그 소리 그려 내리요.'

라고 하였는데, 말이 맑고 뜻이 능숙해서 자못 풍(風)·소(騷)의 운치를 가지고 있다. 그는 장편(長篇)·거운(巨韻)이 많고 가끔 궁중 일어나 부귀에 관한 것이 있다. 그래서 여기서는 다만 산과 들을 노래한 절구만 싣겠다.

그의 문집을 보면 다른 산의 돌들이 옥 속에 섞여 있는 듯한 유혹을 품게 되는데, 이것은 편집자의 잘못일 것이다.

장원(壯元) 김신정(金莘鼎)이 문순공(文順公)의 시 〈유어(游魚)〉[1]를 보고 칭찬하여 이르기를,

'어슬렁어슬렁 물고기는 물 속에서 떴다 잠겼다 하니 사람들은 제멋대로 즐기며 잘 논다고 말하지마는 가만히 생각해 보니 한가한 틈이 조금도 없어, 어부가 돌아가니 다시 갈매기가 넘실

---

1) 물고기가 노는 것을 보고 지은 시.

거리는구나.'
하고 하였고, 또 문순공 시 〈문앵(聞鶯)〉을 칭찬하여 이르기를,
 '공자(公子)와 왕손(王孫)은 비단옷을 두르고 애교스런 노래 소리 덕분에 흥을 돋구네. 봄동산도 또한 인간의 즐거움을 배웠는지 천만 가지 꽃 다 피워 내고 너도 노래 부르게 하는구나.'
라고 하였다. 그리고 나에게 어느 것이 더 좋으냐고 물었다. 나는 대답하기를,
 "꾀꼬리의 시는 가볍고, 고기의 시는 웅장하면서도 깊이가 있고, 또한 비(比)와 흥(興)의 뜻이 있어서 고기의 시가 더 좋다."
고 하였다. 김장원은 말하기를,
 "아니다. 예로부터 지금까지 꾀꼬리를 읊은 시들이 모두 여기에는 따르지 못하였는데, 다만 문순공만이 새로이 개척하였다. 뜻이 제아무리 웅장하고 깊이가 있더라도 이미 옛 사람이 썼으면 평범한 것이요, 아무리 가볍고 깊이가 없어도 새로 개척한 것이 좋다고 할 만하다."
라고 하였다. 나는 그때 대답을 못 하였는데 이제 와서 생각해보니 김장원의 말이 옳았다.
 사인(舍人) 정지상(鄭知常)은 〈신설(新雪)〉에서,
 '지난밤에 분분히 내린 함박눈 새롭더니, 새벽녘엔 해오라비 궁전을 경하하네. 잔잔한 바람은 일지 않아도 음산한 구름 걷히고 흰 꽃이 피어나니, 천지간의 뭇 나무들은 봄이로구나.'
라고 하였다. 이 시는 온화한 맛이 있고 아름답고 부귀한 모습이 있어 소동파(蘇東坡)가 말한 소위 시골풍의 시는 아니다.
 김한림은 〈눈[雪]〉에서,
 '우뚝 솟은 고개, 높은 멧부리 성곽을 둘렀고, 허공에 첩첩이

쌓인 산은 옥무더기 이루었네. 수선화는 새벽 어느 곳에서 즐기는고. 강물 위 은빛 물결은 잇따라 펼쳐 있네.'
라고 하였다. 이미수는 또 〈눈[雪]〉에서,

'저녁 바람에 눈가루 곱게 날리고 밤깊은 처마 밑에는 달빛이 가득한데 모름지기 믿으니, 서생이 맑음이 뼈에 사무치고, 물시계는 공중에 수정발을 드리웠네.'
라고 하였다. 김한림의 시는 흰빛을 비유하였고, 이미수의 시는 맑은 것을 비유하였는데, 맑은 것을 비유한 이미수의 시가 한층 산뜻하다.

이미수는 〈승원다마(僧院茶磨)〉[1]에 이르기를,

'바람이 건드리지 않으니 개미 걸음 더디고, 둥근 도끼 휘두르니 옥 같은 찻가루 날리네. 불교적인 작희(作戱)는 예로부터 실로 자유자재하고 맑은 하늘에 우레 소리 들리며 눈발이 흩날리네.'
라고 하였다. 또 〈습률(拾栗)〉[2]에서는,

'서리 내린 후에 빠진 알밤 붉게도 반짝이고 새벽녘 숲 속에서 주우니 이슬에 촉촉이 젖었네. 아이들 불러 모아 화롯불 헤쳐 놓고 옥 같은 껍질이 다 타자 금 알맹이 튀어나오네.'
라고 하여 한 글자 한 구절이 교묘히 다듬어져서 아름답고 말쑥하다.

어떤 사람이 기녀의 이름 옥반주(玉盤珠)[3]를 장중주(掌中珠)[4]

---

1) 차를 갈아서 가루를 만드는 물호박.
2) 밤 줍는 것을 읊은 시.
3) 옥으로 만든 예반 속의 구슬.
4) 손바닥 안의 구슬.

로 고친 것을 칭찬하여 이르기를,

 '한 알의 맑은 구슬 옥 쟁반 가운데 있으니, 은하(銀河)의 가을 이슬의 동그란 물방울 이루었네. 천만번 구르고 굴러 원래 정처가 없은즉, 옮겨다가 손 위에서 보는 것만 하겠는가.'
라고 하였던바, 이 시는 아마도 미수의 시인 것 같은데 〈은대집(銀臺集)〉 중에서 미상(未詳)으로 되어 있으니 아마도 정숙공(貞肅公)의 작품일 것이다. 〈화신방제삼인(和新榜第三人)〉에서 이르기를,

 '한신(韓信) 장군의 깃발이 푸른 강을 등지니 연나라 성곽과 조(趙)의 성벽이 한꺼번에 항복하네. 공을 논한다면 비록 소하(蕭何)[1]·장양(張良)[2]의 아래지만, 예로부터 한신에게 필적한 사람 없는 국사(國士)일세.'
라고 하였다. 이 시는 잘 갈고 다듬어져 있고, 그 착안과 고시의 인용이 더욱 기이하고 묘하다. 또 〈백작약(白灼藥)〉에서,

 '믿을 수 없는 1천 꽃들 꿈조차 부질없는데, 한 떨기 향기로운 흰 꽃송이만 봄바람이누나. 태진(太眞)[3]이 처음 온천욕 끝내니, 백옥같이 흰 살결 화장으로 물들이지 않은 것 같구나.'
라고 하였다. 문순공은 〈취서시(醉西施)〉에 이르기를,

 '화장한 두 볼은 술기운으로 불그레하게 서려 있고, 다 함께 서시(西施)의 옛날 모습 말하네. 웃음으로 오나라를 무너뜨리고도 오히려 부족해서, 이제 와서 또 누구의 애를 태우려는가.'

---

1) 중국 한 고조 때의 유명한 재상. 재상 때에 진(秦)나라의 법률을 버리고 율구장을 만들었음.
2) 중국 전한의 공신. 한나라의 세족. 자는 자방. 유방의 모신으로 유악에 참획해서 공을 세우고 유후에 책봉됨.
3) 양귀비.

라고 하였다. 이미수 〈분죽(盆竹)〉[4]에서 다시 이르기를,

  '물이 화분에 가득 차니 싸늘한 옥거울 같고, 그 속 흰 모래로 푸른 대나무를 길러 내네. 위수(渭水) 물가와 소상강 언덕이 모두 천리 길인데 서로 앞을 다투어 창가에 와 발돋움하네.'

라고 하였다. 문순공은 〈화박승가분죽(和朴丞家盆竹)〉에서 이르기를,

  '그대의 아름다운 덕을 어찌 한 가지로 알랴. 모진 뿌리는 돌동이[石盆]의 싸늘함을 견디누나. 그런 중에도 상강(湘江)[5]에 뜻을 두어 곧게 하늘을 찌르는 옥창대 모양을 보이네.'

라고 하였다. 학사의 시는 눈을 깨우쳐 주고, 상국(相國)의 시는 마음을 깨우쳐 준다. 하지만 물 담은 흰 모래는 창포(菖蒲)[6]를 기르기엔 좋으나 대나무를 기르지는 않는다. 이것은 학사들이 다만 운치 있는 말과 깨끗하고 고운 것만을 취하고 그 뜻은 잊어버렸기 때문이다.

  문안공이 박승상(朴丞相) 집 잔치에서 최상국(崔相國)의 〈부서상화(賦瑞祥花)〉에 화답하기를,

  '새로운 서상화 가지에 가득한 봄을 즐겨 보았더니, 과연 오늘 아침에 좋은 손님을 모셨네. 꽃은 한 집안을 상서롭게 하고, 어진 이는 나라를 상서롭게 하는데, 그 누가 꽃사람 거두어 모아 사람에게 옮겨 줄까.'

라고 하였으니 이 시는 또한 마음을 일깨워 준다.

  김한림은 〈수기(睡起)〉에서 말하기를,

---

[4] 문에 심은 대나무.
[5] 중국 호남성에 있는 강.
[6] 창포과에 속하는 다년초.

'까치 꼬리는 연기에 잠기고, 등잔불은 푸른데 솔바람 불어와 문풍지를 울리네. 숲 사이 지저귀는 들새는 강남 만리를 날아가는 꿈을 깨우네.'
라고 하였으며, 임기지(林耆之)는 이르기를,

'비스듬히 자리에 누워 자기를 잊고 있었더니 낮잠 베갯머리에 바람이 불어와 저절로 잠을 깨우네. 꿈속에서도 이 한 몸 붙일 곳 없어서 하늘과 땅이 온통 하나의 여관에 불과한 것을.'
이라고 하였다. 문순공은 〈춘면(春眠)〉에서,

'꿈속의 고향과 취한 세계는 정다운 이웃이어서 두 세계에서 돌아와 보니 한 몸으로 둘러 있네. 90일 간의 봄이 모두 헛꿈인데 꿈속에서도 도리어 꿈속의 사람이 되었구나.'
라고 하였다. 김한림의 시는 복잡하게 섞어서 썼고, 임기지와 문순공의 시가 더욱 경탄할 만하다.

임춘(林椿) 선생이 이미수에게 보낸 편지에서 이르기를,

'내가 비록 그대와 함께 《동파집(東坡集)》을 공부하지는 않았으나 가끔 글귀를 만드는 법이 서로 비슷하니, 이 어찌 마음속에서 얻은 것이 암암리에 서로 부합된 것이 아니겠는가.'
라고 하였다. 지금 미수의 시를 보니 일곱 자 또는 다섯 자는 《동파집》에서 인용하였고, 문순공의 시를 보니 네댓 자도 《동파집》에서 인용한 것이 없었는데, 호방하고 빼어난 기상과 풍부한 문체는 곧 동파와 잘 들어맞는다.

세상 사람들이 임춘의 글이 옛 사람의 문제를 본받았다고들 하지만 그의 글을 보면 모두 옛 사람의 말을 빼앗아 썼다. 심지어 어떤 것은 연달아 수십 자를 그대로 따다가 자기의 말로 삼기도 하였는데 이것은 곧 옛 사람의 문체를 본받은 것이 아니라

그들의 말을 빼앗은 격이 되는 것이다.

내가 일찍이 문안공을 방문하였는데 그때 마침 어느 스님이 《동파집》을 갖고 와서 공에게 질문을 하고 있었다. 읽어 나가다가 〈벽담(碧潭)〉이란 시에 아르러,

'흰 탑을 시험삼아 보는 것 같고 서로 글 한 구절을 부르는 듯하네.'

라고 공은 두 세 번 되풀이해 음미하더니,

"고금의 시집 가운데서 이와 같은 새로운 뜻이 있는 것을 보기 힘들었다."

라고 말하였다.

근래에 이춘경(李春卿)의 시고(詩稿)를 보니 놀랄 만한 새로운 뜻들이 매우 많았다.

그의 장편(長篇) 속에는 끝으로 갈수록 더욱 그 기운이 씩씩한데 마치 천리마(千里馬)가 네거리를 힘차게 내닫다가 중도에서 갑자기 멎은 듯한 기분이었다.

이미수는 〈명비장편(明妃長篇)〉에서,

'이른 나이에 일찍이 황금집[1]을 저축하였던들 한 웃음소리에 한(漢)나라 왕업이 헛되었을 것이다. 미인으로 하여금 황제의 곁에 가까이 있게 하지 말라. 화공 연수(延壽)[2]가 잘못 그린 그림이 사실은 충성이러구나.'

라고 하였다. 문순공은 말하기를,

'만일 한 여자로 이웃 나라와 좋게 지낼 수 있게 한다면 미인

---

1) 이백의 시에 '한제가 아교를 사랑해서 황금의 집에 살게 했다〔漢帝寵阿嬌 貯之黃金室〕'는 것이 있음. 그것을 인용한 것.
2) 한나라 원제 때의 화공.

을 오랑캐 나라에 보내는 것쯤 무엇이 한스러우랴. 이리 같은 탐욕은 끝이 없어서, 욕되게 오랑캐의 후궁됨이 가엾구나.'
라고 하였다. 앞의 시는 하늘의 기밀을 희롱하였고, 뒤의 시는 인정을 이야기하였다. 문순공은 〈선(蟬)〉에서,

'나뭇가지의 매미가 놀랄까 봐, 감히 버드나무 곁에 가기 두렵네. 다른 나무로 옮겨 앉지 말아라. 아름다운 너의 그 노래 소리 다 듣고 싶구나.'

라고 하였고 미수는 이르기를,

'바람을 마시니 참으로 마음을 비우는 것이요, 이슬을 머금으니 또한 지극히 조촐하구나. 어인 일로 가을 새벽에 나와서, 처량한 울음소리 그치지 않는가.'

라고 하였다. 미수는 매미를 표현함이 매우 섬세하고, 문순공은 말이 간단하면서도 뜻은 새로운 것이다.

비감(秘監) 정이안(丁而安)은 문장에 조예가 깊고 특히 대나무 묵화에 뛰어났다.

일찍이 진양후(晉陽侯)의 집에 그림 족자가 하나 있었는데, 모든 사관(史官)들은 그 그림의 뜻을 이해하지 못하였는데, 유독 비감 정이안만이 그 그림을 알아보고,

"이 그림은 유빈객(劉賓客)의 시이다."

라고 말하고는, 그의 시를 외어서 그림과 비교해 보니 추호도 틀림이 없이 들어맞았다. 그는 이어서,

"사대부(士大夫)가 붓을 들어 서화를 작성하는 것을 근본으로 삼아야 하고 그림에 탐닉하면 곧 화공(畫工)이다."

라고 말하였다. 사인(舍人) 정지상(鄭知常)은 〈잡제(雜題)〉에서 이르기를,

'붉은 빗줄기처럼 복사꽃 떨어지는 곳에 새들이 지저귀는데, 집을 두른 푸른 산, 안개 속에 푸르게 솟아 있구나. 검은 벼슬 모자는 게을러서 바로 못 쓰고 술에 취해 꽃 언덕에 누워 강남(江南)을 꿈꾸네.'
라고 하였는데, 이 시는 시라기보다는 그림이라고 할 수 있다.

진보궐(陳補闕)은 〈유오대산(遊五臺山)〉에서,

'일전에 그림 속의 오대산(五臺山)을 보니, 구름은 걷히고 푸른 산은 높고 낮더니, 오늘 1만 구렁의 풀이 다투는 곳에, 문득 구름 뚫고 길이 분명함이 기쁘구나.'
라고 하였다. 이것이 소위 옛 사람이 말한 바와 같이 경치를 대하여 그림 그릴 것을 상상하라고 하는 것이다.

시승(詩僧) 원담(元湛)이 나에게 이렇게 말한 적이있다. 즉 요즈음의 사대부들은 시를 짓는 데 있어 멀리 외국의 인문과 지명에 의탁해서 우리나라의 사실처럼 삼고 있는데 참 우스운 일이다. 예를 들면 문순공의 〈남유(南遊)〉에서,

'가을 서리는 오나라 나무·들을 물들이고, 저물 무렵의 비는 초(楚)나라 산을 어둡게 하네.'
라고 하여 비록 말의 구상이 청아하고 고원하지마는 오와 초는 우리 나라의 땅은 아니다.

어떤 선배(先輩)의 〈송경조발(松京早發)〉에서 이르기를,

'마판(馬板)[1]에 가니 사람들은 아침 연기처럼 일어나고 타교(駝橋)를 지나자 들맛이 나는구나.'
라고 한 시만 못하다. 이 시는 말이 참신하고 운치가 있으며 말

---

1) 마소를 매어 두는 한데.

씨가 매우 적절하다고 하였다. 나는 대답하기를,
 '대개 시인이 말을 인용할 때에 꼭 그 근본에 구애될 필요는 없다. 다만 자기의 생각을 다른 사물과 비교해서 숨은 뜻을 나타내면 된다. 더구나 천하는 한 집안과 같으며, 붓과 먹은 글과 같은데 어찌 이 나라 저 나라 땅에 간격이 있으랴.'
하였더니 그 중은 그렇다고 하였다.
 보궐(補闕) 진화(陳澕)는 시를 평하기를 문순공이 〈두문(杜門)〉[1]에서,
 '처음에는 마음을 잡지 못해 봄을 기다리는 여인 같더니 점덤 고요히 여름철 수행하는 중과 같을세.'
라고 하였는데 이 시는 어금니에 발라진 꿀과 같아서 읽을수록 점점 맛이 난다.
 이유지(李由之)는 기로소(耆老所)[2] 상국(相國)[3]의 시에 화답하기를,
 '의지해 줄 때는 갑자기 푸른 옥 책상을 사용하고, 취함을 부축할 때는 애오라지 붉은 비단 치마를 보내네.'
라고 하였는데, 이것은 마치 얼음을 깨물고 눈을 씹는 것 같아서 사람의 마음을 상쾌하게 하여준다. 꿀을 빨아 먹는 맛이 얼음을 깨무는 맛보다 못하다고 하였다. 그러나 나는 이 시평에 대해 승복할 수가 없다.
 저 얼음을 깨고 눈을 씹는 맛의 말은 비록 신진(新進) 후배라

---

1) 문을 닫고 밖에 나가지 않음.
2) 조선 시대 때 춘추가 높은 임금이나 70살이 넘은 문관의 정2품 이상 되는 노인이 들어가서 대우받는 곳.
3) 영의정·좌의정·우의정의 총칭.

도 날로 연마하면 그 만 분의 일이라도 이룰 수가 있다. 그러나 꿀을 빨아 먹는 듯한 맛의 말은 두문의 뜻을 깊이 얻은 것으로 능숙한 재간이 아니고는 참으로 나타낼 수 없다.

진화와 유지는 당대를 울린 이름난 시인들이었다. 모두들 함께 기로 상국의 시에 화답하였는데, 군(裙) 자운이 가장 강하여 어려웠음으로 그 운을 다시 달자고 하자 모두들 난색을 나타냈는데 유독 유지만이 이 연구(聯句)[4]를 끌어내어 글을 지었다.

진보궐은 놀라고 감동한 나머지 이런 말을 하였던 것이다. 또 진보궐은 이춘경(李春卿)의 시를 읽고 나서 말하기를,

"하찮은 많은 말은 종이와 붓을 낭비하고 석 자나 긴 혀 스스로를 힘들일 뿐이다. 이태백(李太白)의 비범한 기상은 온갖 사물 밖에서도 짧은 한 마디 말로도 능히 1천 시객을 압도하네.'
라고 하자, 급제(及第) 오예공(吳芮公)이 말하기를,

"비범한 기상, 한 마디 말에 대해서 설명해 주겠는가.'
라고 하니 진보궐은 말하기를,

"소자첨(蘇子瞻)이 그림을 평가하여 말하기를 왕희지(王羲之)[5]는 상(像) 밖에서 얻어서 붓이 채 가기도 전에 기(氣)를 이어 삼킨다."
라고 하였다.

"시와 그림은 같은 것이다. 두보의 시는 비록 다섯 글자이지만 그 속에 오히려 상(像) 밖을 삼키는 기상이 있으며 이춘경이 붓을 달려 쓴 장편도 또한 상 밖[像外]에서 얻었다. 이것을 가리

---

4) 한시의 대구.
5) 중국 진나라 때의 서가. 자는 일소. 해서·행서·초서의 세 가지 체를 전아하고 웅경하게 귀족적인 서체로 완성했음.

켜 뛰어난 기상 즉 일기(逸氣)라고 말한다. 한 마디 말[一言]이란 무게 있음을 말한다. 대개 세상에 평범한 것을 즐기고 평범하게 미혹된 사람들과는 함께 시를 논할 수 없다. 더구나 붓이 미치지도 않는 기상에 대해서 어찌 논하겠는가."
라고 하였다.

기암거사(棄菴居士) 안순지(安淳之)는 세상에 드물게 보는 대문장가이면서도 문장에는 남의 것을 따르지 않고 선택해 가며 신중히 하였다.

이미수가 일찍이 편지와 시를 가지고 급고당(汲古堂) 기문을 지어 달라고 두세 번 청탁하여도 응하지 않다가 굳이 재촉을 하자, 이에 어쩔 수 없이 기문을 지어 주었는데 이미수가 지은 급고당 시의 뜻을 비난하고 공박하였다.

한림 김극기(金克己)는 안순지와는 같은 마을에서, 또 같은 대에 산 사람이었다. 그러나 안(安)의 문집 가운데는 김(金)과 함께 서로 짓고 화답한 것이 하나도 없고, 오직 오세재(吳世才) 선생에게는 한 번 보고 감탄해 마지않았다. 그는 진옥당(陳玉堂) 화(澕)의 시를 보고 말하기를,

"그대의 재주는 송나라의 균계(筠溪)보다 더 앞서니 조금만 더 나아가면 소동파에게까지 미칠 수 있다."
라고 하였다. 문순공(文順公)의 문고(文藁)를 보고 소서(小序)[1]를 지었으니 대강 이와 같다.

'만일 하면 그대로 문장이 되어 잠깐 사이에 100편을 이뤄 내는데 마치 하늘이 내려 준 듯 신이 지어 준 듯 맑고 새로우며,

---

[1] 시문의 각 편 머리 같은 데에 쓴 짧은 서문.

준수하고 뛰어나서 모든 사람들이 공을 가리켜 이태백이라고 하는 것이 실제 맞는 말이다. 그러나 내 나름대로 말하면 그 취해서 읊을 때 포부가 크고 넓은 바다 같고, 착안한 것이 찬란한 것은 곧 서로 비슷하나 운율이 엄숙하고 질서정연하며, 대구(對句) 맞춘 것이 참되고 적절함에 이르러서는 바쁘게 서둘러 미처 겨를이 없을 때에는 공부가 더욱 드러나서 이태백보다도 더 앞서는 듯하다.'

고 하였다. 또 〈아시(雅詩)〉를 읽고 서문을 지어 이르기를,

《시경(詩經)》에 실린 300편이 다 성현(聖賢)의 입에서 나온 말은 아니지만 중니(仲尼)[2]가 모두 기록하여 오랜 세월의 경서(經書)로 삼은 것은 풍자하는 말이 그 사람의 진실된 성품에서부터 나와 사람들의 골수에 깊이 파고들어 절실하게 감동시키기 때문이 아니겠는가. 그렇다면 비록 꼴 베는 농부나 미천한 하인이 지었더라도 진실로 그 말이 도리에 맞으면 성인이 버릴 수 없거늘 하물며 성현 군자가 지은 것이 문장과 뜻이 모두 훌륭하고 형식과 내용이 서로 부합되는 것을 홀로 아송(雅頌)[3]의 대역에 놓지 않을 수 있겠는가. 내가 최근《악천집(樂天集)》을 구해다가 열람해 보니 가로 세로 걸리는 것이 자유자재(自由自在)하고 부드러우며, 여유가 있어 단련한 자취가 없으며, 화려하고도 절실하여 시의 여섯 가지 문체를 구비하고 있다.'

라고 하였으니 기암(棄菴)의 말이 옳을 듯하다.

백낙천(白樂天)의 시가 풍((風)·아(雅)·송(頌)의 뜻엔 얕음이 다르나, 그 교화(敎化)에 관계되는 것은 다를 것이 없다. 두

---

2) 공자의 자.
3) 《시경》 중의 아와 송의 시. 아는 정악의 노래. 송은 조상의 공덕을 기리는 노래임.

목지(杜牧之)¹⁾는, 자신의 문장은 준수하고 뛰어나다고 자부심을 갖고 낙천의 시는 추잡하고 얕고 더럽다고 헐뜯으니, 당시 아무것도 모르는 약삭빠른 무리들이 모두 덩달아 헐뜯고 조롱하여 같이 시끄럽게 떠들어 대었다. 그러므로 오늘날에 이르기까지 시인들이 비록 옛날 사람들이 이른바, '백낙천의 시가 속되다'는 뜻을 미처 알지도 못하면서 오히려 '장경(長慶)의 잡설(雜說)에 볼 만한 것이 뭐 있겠는가'라고 하니 가소로운 일이다.

무릇 시를 새로 배워 그 기상과 힘을 장하게 하려면 읽을 필요가 없으나 만약 관리들과 선비들이 한가하게 살면서 책이나 보며, 천명(天命)을 즐겁게 여기고 근심을 잊으려면 백낙천의 시가 아니면 될 수 없었으니 옛날 사람들이 백공(白公)을 인재라고 말한 것은 아마도 그 말씨가 부드럽고 온화하며 평이하여, 풍속을 말하고 사물의 이치를 서술함이 사람의 정에 매우 적절하게 들어맞았기 때문일 것이다.

지금 문순공의 시를 보니 비록 그 기상과 운치가 호탕하고 준수한 것은 태백의 것과 비슷하나 도덕을 밝히고 풍유(風諭)²⁾를 사용하여 나타냄은 백공과 거의 같으니 천재와 인재를 겸비하였다고 할 수 있겠다.

사관 이윤보(李允甫)가 일찍이 사람들과 더불어 평론하였다. 내가 전에 한림(翰林) 이춘경(李春卿) 등 시객 서너 사람과 함께 시를 짓게 되었다. 이춘경이 먼저 읊으니,

'한줄기 비를 보내려니 구름은 도로 걷히고, 천만 가지 꽃 다

---

1) 중국 당나라 말기의 시인. 호는 번천. 시풍은 호방하면서도 아름다움.
2) 슬며시 나무라는 뜻을 붙여 타이름.

피우더니 하늘은 비로소 한가롭구나.'
라고 하였다. 이 시를 듣고 그 자리에 앉았던 모든 사람들이 다 붓을 던지고 끝내 한 마디 글귀도 지어 부르지 못하였다.

후에 이춘경과 한림원(翰林院)에 같이 있게 되었는데, 그때 고려 22대 임금 강묘(康廟)께서 승하하여 고원(誥院)과 한림원에서 모두 만사(挽詞)를 짓게 하였는데 그때 이춘경이 읊기를,

'임금이 가시고 돌아오시지 못하니 믿어지지 않는도다. 혹시 달에서 노시다가 미처 돌아오시지 않음인가 생각되노라.'
라고 하니 고원과 한림원의 모든 선배들이 모두 팔짱을 끼고 앉아 있다가 그에 감탄하기를 마지않았다. 그때 한림원의 진화가 또한 이르기를,

'구원(九原)[3]길 하루아침에 천고의 이별을 이루었는데 천하는 3년 동안 음악 소리 그치리.'
라고 하였다. 이는 이춘경의 만사보다 훨씬 못하며 더욱 구원이라고 한 것은 잘못이라고 평하였다.

이미수가 당나라 한창려(韓昌黎)의 〈춘설시(春雪詩)〉에 화답한 최평장(崔平章)의 시에 차운(次韻)[4]하기를,

'만발한 눈송이는 새로운 상서에 기뻐하고 한(韓)의 3장 옛 노래를 생각하네. 가느다란 눈발은 틈으로 사라지는 것 예쁘고, 반짝이는 빛은 못에 들어가 녹는 것 섭섭하구나. 희기는 진나라 반악의 머리보다 더하고, 가볍기는 미인의 날씬한 허리와 다투었네. 영롱하게 반짝여 눈부시니 밤빛을 마련해 주고, 점점이 수놓아 봄의 꽃가지를 몰아내는구나. 부흥(賦興)은 양원(梁苑)

---

3) 깊은 땅속의 황천이란 뜻.
4) 남의 시운을 써서 시를 지음.

의 동산으로 돌아가고, 시를 쓸 마음은 패교(覇橋)[1]의 눈 속이나 귀 위에서나 일어난다. 떨어진 비늘은 아득한 공중에 떠 다니고, 나는 깃〔飛羽〕은 회오리바람에 떨치네. 떨어지는 버들개비는 여름이 아득하고, 흘러가는 구름은 아침을 잃었구나. 빛 다투니 달 비치는 것을 싫어하고 날리는 눈발 희롱하니 바람 나부끼는 것을 싫어하네. 불룩한 곳은 옥더미 같이 솟았고, 평평한 곳은 생초(生綃)[2]를 편다. 뜰 하나 가득 귀한 재화(財貨) 쌓였으니, 만년의 가계(家計)는 도리어 풍부한 듯하구나.'
라고 하였다. 외조 김예경(金禮卿)은 이르기를,

'따뜻한 봄날에도 눈이 있으니, 초나라 영중의 노래를 지어 보고 싶구나. 자주 떨어져서 마른 채로 쌓이고, 천천히 떨어지니 젖어 녹으려 하는구나. 돌은 염호(鹽虎)[3]의 이마 흔들고 성은 옥룡(玉龍)의 허리처럼 둘렀네. 버들은 황금 실을 잃어버렸고, 매화는 백옥 가지를 더하였구나. 한씨 수레는 흰 띠를 끌고 가며[4], 나(羅)씨 지팡이는 은 다리로 변하였도다[5]. 뿌리는 것 싫어서 창문 깊이 닫았고, 젖을까 걱정되어 소매 자주 흔드는구나. 추위는 섣달 만난 듯이 춥고, 새벽 동트는 훤한 빛은 아침이 미리 되었도다. 거센 바람 무섭게 몰아치니, 등불 흔들림을 미처 알지 못하겠구나. 시로는 나타내기 힘들어 그림으로 좋은

---

1) 《북몽쇄언》에 정경이 말하기를 '시사(詩思)는 패교의 눈 속 나귀 위에서라야 난다〔詩思在覇橋雪中驢子上〕'고 했음.
2) 생사로 얇게 짠 깁의 한 가지.
3) 눈이 쌓여 호랑이 모양을 한 것.
4) 한퇴지의 눈을 읊은 시에 '수레를 따라 흰 띠가 뒤쳐진다〔隨車飜縞帶〕'라는 것이 있음.
5) 선인 나공원이 월궁에 가는데 막대를 던지니 은 다리가 되었다고 하는 전설을 인용한 것.

경치 그리려 하네. 마음에 들어와서 깨끗하게 씻어 주는 것이야 좋지만, 더부룩히 머리에 붙어서 희게 하지는 말아라.'
라고 하였다. 동문(同文) 황보항(黃甫抗)은 짓기를,

'싸늘한 기운은 꾀꼬리 새끼 입 다물게 하고 눈빛은 큰 나비 허리에 엉겼구나. 한 곡조 영중(郢中)의 노래를 들었고, 장(張)의 읊음은 세 가지[三條] 다듬었으며, 날리는 눈송이[粉葉]는 매화나무 많이 나는 매령(梅嶺)에 나부끼고, 은빛 물결은 오교(五橋)를 말아 오는구나. 기와 지붕에 기왓골 평평해지고, 창문이 밝으니 밤은 저절로 아침이 되는구나. 무지개처럼 아름다운 치마는 해를 업신여기듯 춤추는데, 버들가지는 바람 따라 흩날린다. 상서로운 풍년의 징조를 미리 알려 주니, 붓 끝에 할 말이 많기도 하도다.'
라고 하였다. 대제(待制) 양남일(梁南一)이 읊기를,

'푸른 산은 멧부리 정상을 묻었고, 흰 띠는 자랑의 허리 묶었구나. 눈 안에 온 세계 가득히 들어오는데 온 수풀은 일만 가지 옥이로다. 성에가 낀 것은 낮까지 지탱하지만 좋은 경치 즐기는 것은 아침도 다 채우지 못하겠구나. 찬 기운은 시 읊는 어깨를 추슬리고 가벼운 눈발은 춤추는 소매 따라 흩날린다. 시로 쓴다면 바람에 나부끼는 버들까지도 그림을 그리니 빛이 생초에 아득하네. 온 벌판이 새하얀데, 검은 길은 도리어 더 검을까 의심나네.'
라고 하였다. 앞의 두 시는 글귀마다 모두 아름답고 뒤의 두 시는 12번째 연구(聯句)만이 맑고 아름답다.

　기미(己未)년 5월경에 진강공(晋康公) 최충헌의 집에 많은 꽃잎이 포개져 피는 석류꽃이 활짝 피었는데, 공이 한림 이인로

(李仁老) · 한림 김극기 · 유원(留院)[1] 이담지(李湛之) · 사직(司直)[2] 함순(咸淳) · 선달(先達)[3] 이규보(李奎報) 등을 초대하여 시를 지으라고 하였다. 그 자리에서 운을 냈는데, 새 금(禽) 자가 가장 달기 어려운 운이었다. 이한림은 부르기를,

'만발한 석류꽃 비단 장막은 아침 해를 가리우고, 꽃가지 속의 금방울 소리는 새벽 새를 깨우는구나.'

라고 하였다. 또 이선달은 부르기를,

'꽃 향기는 낮 나비 끌어들이고, 흩어지는 짙은 불꽃은 밤새 놀라게 하네.'

다시 또 이르기를,

'살포시 와 앉으니 고운 나비 사랑하고, 짓궂게 밝으니 한가한 새 쫓아내는도다.'

라 하였으며 다시 이르되,

'꽃봉오리 화려하니 열매 맺기 어렵고, 가지 가냘프니 새 앉기도 힘드네.'

다시 말하기를,

'바람 불어오는 난간에 손님은 향기 속에 싸였는데 따뜻한 뜰에서는 새들이 그림자 희롱하네.'

다시 이르되,

'푸른 복숭아는 부질없이 벗삼으며, 푸른 오얏엔 공연히 새만 날아드는구나.'

하였다. 비단 장막〔錦幄〕 연구가 제일 훌륭하다 하여 서울과 시

---

1) 고려 때 어서원의 한 벼슬.
2) 조선 시대 때 오위의 정5품 군직의 하나.
3) 문무과에 급제하고 아직 벼슬하지 않은 사람.

골에서 생황(笙篁)⁴⁾에 올렸는데 어떤 사람은 말하기를,
 "이 연구는 비록 부귀스럽고 곱고 상냥하나 그 대구를 맞춤이 서로 비슷하고, 고사를 인용한 것이 서로 가까워 시가(詩家)⁵⁾의 한 병폐를 면치 못하였다."
라고 하였다. 뒤에 남산리(南山里) 집 북쪽 동산 조그마한 봉우리 위에 따로 한 누각을 지었는데, 흰 띠[白茅]로 지붕을 잇고 이름을 〈모정(茅亭)〉이라고 하고, 또 이인로·이규보·김군수(金君綏)·이공로(李公老)·김양경(金良鏡)·이윤보 등을 초대하여 기문을 짓게 하였으니 모두 당시의 유명한 선비들이었다.
 당시 이 규보가 지은 글이 제일이라 하여 드디어 정자 위에 현판을 새겨 걸었다. 정숙공(貞肅公)은 일찍이 말하기를,
 "지난날 대제(待制) 박춘령(朴椿齡)은 일찍이 남의 아름다운 글을 보고는 감동하여 울더니 나도 또한 그와 마찬가지다."
라고 하였다. 나는 그 말을 듣고 언제나 박군을 존경하고 사모하였는데, 그의 문장의 내용을 몰라 간절히 보고 싶어하였더니, 이제 시 한 수를 얻었으니, 과연 시에 조예가 깊은 사람이었다.
 그가 보성공관(寶城公館)에서 태수(太守) 김유(金儒)를 경모하여 시를 짓기를,
 '유하혜(柳下惠)는 낮은 벼슬도 거절하지 않았고, 소 잡는 칼을 닭 잡는 데 어찌 쓸 것인가. 감당(甘棠)나무⁶⁾는 사람 그리는

---

4) 아악에 쓰는 관악기의 하나.
5) 시를 짓는 사람.
6) 옛날 주나라의 소공이 어진 정치를 베풀었는데, 그가 남순할 때에 감당나무 밑에서 잤으므로 백성들이 그를 사모해서 그 감당나무를 베지 않았다고 함.

나무요, 현산(峴山)¹⁾ 멧부리에는 전처럼 눈물 흘린 비석이 서 있다네. 늙은이는 옛 사람이 사랑하고 중히 여기던 교화를 얘기하는데, 어린이는 남긴 옛 시 다투어 노래하는도다. 도척(盜跖)은 오래 살고 안회(顔回)²⁾는 요절하였으니, 하늘의 이치는 아득하여 알 수 없구나.'
하였다.

팔전산(八巓山) 맨 꼭대기 위에 높은 다락을 지었다. 학사 권적(權適)이 경상도 관찰사가 되어 이 다락에서 시를 짓기를,
'해와 달은 동서에만 보이고 삼면은 물인데, 천지는 높고 낮아 한 봉우리의 다락이구나.'
하였다. 후세 사람들은 이것을 건곤(乾坤)의 상하(上下)라고 읽어 그 구절의 묘한 맛을 알지 못하였다.

당나라 두보의 〈등루시(登樓詩)〉에,
'하늘과 땅은 맑고 흐리고 또한 높고 낮도다.'
하였다. '상하'라 함은 '높고 낮다'는 뜻이니 '천지는 도리어 높고 낮다'라고 읽게 되면 그 구절이 묘할 것이다. 일월동서도 또한 마찬가지다.

중국의 영곡사(靈鵠寺)는 높은 절벽 위에 자리잡아 푸른 냇물을 굽어보고 있는데, 그 건물은 낡고 오래 되었다. 짜임새를 보면 세로 두 칸, 가로 꺾어져 한 칸이며, 공중에 가로질러서 누(樓)를 만들었으니, 밑에서 쳐다보면 허공에 떠 있는 듯하

---

1) 진(晉)나라 때에 양양 태수 양호의 덕을 사모해서 백성들이 그곳 현산에 비를 세웠다. 그 비를 보면 눈물을 흘렸다고 해서 그 비를 타루비(墮淚碑)라고 했다 함.
2) 공자의 수제자. 자는 자연. 집이 가난하고 불우했으나 이를 괴로워하지 않고 무슨 일에 성내거나 과오를 저지르지 않았음. 십철의 한 사람.

며, 그 세 모서리가 높이 솟아 하늘과 한 뼘 사이에 있는 듯하다.

최씨(崔氏) 성의 어떤 사신이 시를 쓰기를,

'천길 바위 위에 천년 묵은 옛 사원이 있어 앞에는 강물이 흐르고, 뒤에는 산을 의지하였네. 세 모난 집 높이 솟아 하늘의 별들과 닿을 듯한데 한 칸의 누각은 허공에 반쯤이나 나와 있구나.'

라고 하였다. 이 절의 모습을 여기서 하나도 남김없이 모조리 말하였던바, 이 뒤에 다시 잇따라 지은 사람이 어떤 말을 구사하였는지는 알 수 없다.

매년 봄 가을에는 대장경(大藏經)[3] 및 소재도량(消災道場)을 개설하고 모두 고원(誥院) 사신(詞臣)에게 명하여 사운으로 된 부처의 덕을 찬양하는 시를 짓게 하였다.

이공(李公) 인로(仁老)가 처음으로 고원에 올라와 말하기를,

'음찬시(音讚詩)는 곧 부처의 공덕을 찬양하는 글인데, 대개 도량(道場)의 장엄(莊嚴)과 관람한 경치를 읊거나, 혹은 임금에게 아름다움을 돌리는 사실을 기록하고, 심정을 말하는 것은 모두 잘못된 것이다.'

라고 하였다. 그가 시를 지어 바친 것을 보면,

'석가가 수도하였던 영취산(靈鷲山)[4]에 당일에 두 어깨에 까치집〔鵲巢肩〕을 지었는데, 깨끗하고 빛나는 것이 도리어 물에서

---

3) 불교 성전의 총칭. 석가여래와 설교를 기록한 경장과 모든 계율을 모은 율장. 불제자들의 논설을 모은 논장을 총망라한 경전.
4) 중인도 마갈타국 왕사성 동북쪽에 있는 산. 석가여래가 이곳에서 《법화경》과 《무량수경》을 강했다고 함.

나온 연꽃 같구나.'
라고 하였다. 이 글귀는 비록 박력이 있지만 '작소견(鵲巢肩)'은 곧 석가 고행을 말한 것이지, 온갖 덕의 장엄함을 찬양한 것이 아니다.

　정숙공 김인경(金仁鏡)은 이르기를,
　'천고의 부처님 일 멀고도 아득한데 바다 건너 우리 나라는 오늘날 다시 성대해지는구나. 부소산 푸르름은 영취산의 모습이요, 선경전(宣慶殿) 장엄함은 곧 보광전(普光殿)이로세.'
라고 하였다. 이것은 고사를 인용하면서도 지금의 일을 말하고 있으니 놀랄 만하다.

　습유(拾遺) 채보문(蔡寶文)은,
　'불성의 하늘에 달 둥그니 천지는 새벽인데, 보리수〔覺樹〕에 꽃 피어나니 세계는 봄이로다.'
라고 하였다. 이것은 정말 부처를 찬양한 것이며, 또한 찬양하는 법이라고 할 수 있다. 그러나 뜻이 참신하지는 못하다. 대개 찬양하는 방법은 만일 부처님은 보배와 같다는 불보(佛寶)를 오로지 찬양할 수 없으면 법보·불보·승보 즉 삼보(三寶)를 통틀어 찬양해도 무방하다.

　보궐(補闕) 진화는 이르기를,
　'두 손에는 파초의 심처럼 겹겹이 불경 말아 쥐었고 한쪽 어깨에는 푸른 장삼 늘어졌네.'
라고 하였다. 이것은 승보(僧寶)[1]를 찬양한 것이다. 문순공은 말하기를,

---

1) 중 된 계율을 지키고 불도를 닦아 세상에 뛰어나서 뭇사람의 모범이 됨을 이름.

'서류 상자〔琅函〕에 안개 젖으니 용이 받들고 오네. 자리〔納席〕에 바람 일어나니 코끼리가 밟고 가는도다.'
라고 하였다. 이것은 법보(法寶)와 승보(僧寶)를 한꺼번에 찬양한 것이다.

김정숙공(金貞肅公)은 말하기를,

'꽃을 뚫은 누수는 조계(曹溪)에 흐르는 냇물인데, 해 비친 구슬 발에는 제망(製網)이 겹겹이네.'
라고 하였다. 이것은 곧 궁중의 일로서 법보를 찬양한 것이다. 직강(直講) 조문발(趙文拔)은 말하기를,

"'뚫어진 꽃〔穿花〕'을 '바람에 전하여〔風傳〕'로 고치면 더욱 아름다우리라."
고 하였다.

평장사(平章事) 최석(崔奭)은 윤원(綸院)에 있을 때에 이와 같이 말하였다.

'종 울리니 멀리 울려 욕계·색계·무색계 삼계의 꿈 깨우고, 궁전(宮殿)이 장엄하니 높이 오천(五天)의 허공을 눌렀구나. 비록 땅을 갈아 먹 삼더라도 우리 임금 복을 기원하시는 큰 뜻 다 쓰기 어려우리.'

이 시는 문묘(文廟)[2]가 홍왕사(興王寺)[3]를 창건할 때에 3층 대전에 특히 잔치를 베풀어 도량을 개설한 것을 찬양하였기 때문에 비록 일을 기록해도 괜찮겠다.

문순공은 이르기를,

---

2) 공자를 모신 사당. 원래 선사묘라고 했다가 명나라 성조 때에는 문묘 또는 성묘라고 했으며, 청나라 때와 중화민국에 이르러 공자묘라고 했음.
3) 고려 시대의 큰 절. 경기도 개풍군 진봉면 홍왕리에 있음.

'경치 좋은 곳에 하늘나라 옥경(玉京)¹⁾을 개설하니 강산의 임금 기운 명당(明堂)²⁾을 보호하여 둘렀네. 부처의 은덕을 입어 금성(金城)처럼 튼튼한데, 오랑캐놈 강한 철기(鐵騎)를 어찌 두려워하겠는가.'
라고 하였다. 이학사(李學士)는 말하기를,
 '탄식하여 울부짖는 소리는 사(社)를 울리는 듯하고, 두렵고 조심스러움은 마치 엷은 얼음 밟는 것 같도다.'
라고 하였다. 문순공은 도읍지를 옮겨 오랑캐를 물리치기를 빌고, 이학사는 창고가 불란 뒤 재앙을 물리치고 복이 오기를 기원하였으니, 이렇듯 사실대로 서술함이 당연하다.
 진보궐은 말하기를,
 '앉아서 선을 하는 아침, 책상 위에는 향불이 그득하고, 독경하는 밤, 처마 끝에는 달이 광채를 발하고다.'
라고 하였다. 비록 말의 격은 맑고 산뜻하나 경치를 읊음은 잘못이다. 첫째 글귀는 자리 개설한 것을 말하고, 앞 글귀와 뒤의 글귀는 모두 삼보(三寶)를 찬양하고, 끝 글귀는 복리(福利)를 말하는 것이, 바로 찬양하는 시의 규범이다.
 비록 큰 선비의 대작일지라도 예스런 규범에 구애되어 어구와 구성만을 바꾸어 제것으로 삼는 병폐를 면치 못하였다.
 그런데 문순공의 〈천변소재(天變消災)〉에 이르기를,
 '오랑캐 탐내고 넘나보는 것 징험할 만한데, 천문(天文)이 경계를 보이니 징계할 것 무엇이냐. 하늘 마음 물 같아서 헤아리기 어려우나, 부처님 힘은 신과 같아 믿고 의지할 만하구나.'

---

1) 하늘 위의 옥황상제가 산다는 가상적인 서울.
2) 임금이 조현을 받는 정전.

하였다. 오랑캐 군사를 물리치는 글에 이르되,

'남은 오랑캐떼들은 굶은 군대로 허세를 부리는데, 우리 임금은 부처님 높은 덕을 의지하고 있다네. 범패(梵唄)[3] 부르는 소리 용 울음처럼 울리게 하였더라면 오랑캐들 사슴같이 도망하지 않았으리요.'

하였다. 그 말이 규범에 구애되지 않고 호방(豪放)하였으므로 속투에 구애된 사람은 간혹 그것이 거만스럽다고 말하였다.

조직강의 대장도량(大藏道場)에,

'금장을 찬 조관들은 임금께 절하기 권하는데[4], 장삼을 입은 스님들은 달려가 임금 행차를 맞이하네.'

라고 하였다. 임금의 거동을 말한 것은 잘못이다. 주관(周官)의 사의(司議)는 도와서 읍양(揖讓)[5]하는 절차를 가르치는 일을 맡았다고 주석에 달았다.

예절을 돕는 것을 '상(相)'이라 하는데, 읍양하는 절차를 임금께 고하는 것이다.

지금 모든 도량에서 임금께서 친히 나아가 배례(拜禮)할 적에 추밀(樞密)들이 왼쪽에 나아가서 돕는데, 이것을 세상에서 이르기를 권배(勸拜)라고 한다. 이것은 조직강이 속된 말을 인용한 것이다.

학사 권적(權適)이 〈진부역(珍富驛)〉에 쓰기를,

'옛 역은 이름하여 진부역이라 하는데. 진부[6]란 이름은 무슨

---

3) 여래의 공덕을 찬미하는 노래.
4) 후한 때에는 알자인 복야가 임금의 배례를 찬하고 창해 백관들의 배례를 도왔다. 지금의 갈과 같은 것이다. 위나라 때에 이르러 처음으로 통사사인을 두었음.
5) 예를 다해 사양함.
6) 진기하고 부유함.

뜻이겠는가. 눈 쌓이니 산에는 흰 옥으로 가득 찼는데, 버드나무 뒤흔드니 길에는 온통 황금빛이라네. 시냇물 속 붉은 비늘의 잉어가 뛰놀고, 마을 연기는 푸른 비단처럼 흩어지네. 눈앞에는 쌍문이 긴데, 머리 위에는 백발이 빛나는구나.'
라고 하였다. 학사는 말하기를,
"내가 특히 장난삼아 지어 본 것으로 만남과도 같다."
고 하였다.

학사 이미수는 흥천당(興天堂) 주지[堂頭]가 나무를 보내 준 것에 대해 답례하는 시에서,
'평생에 염량세태(炎凉世態)[1] 계책을 알지 못하는데, 진중(珍重)한 우리 스님의 은덕은 고맙고도 어리석구나.'
라고 하였다. 이것은 노숙한 선비가 한가한 속에서 지은 것이다. 당(唐)·송(宋) 때 사람들에게도 비록 이러한 문체가 있긴 하지만 후배들은 이것을 본받아서는 안 된다.

학사 이미수는 〈춘일강행(春日江行)〉에서,
'푸른 산봉우리는 우뚝우뚝 붓끝처럼 솟아 있고, 푸른 강물은 아득하여 소나무 연기처럼 푸른 빛이 넘쳐나네. 먹구름은 뭉게뭉게 기이한 글자 만들어 내니, 멀고 먼 푸른 하늘, 한 폭의 종이로구나.'
라고 하였다. 이 시는 뜻을 말한 것이 비록 크지만 서로 비슷한 것끼리 비유하는 데에 구애되어 말이 호탕하지 못하다.

문순공(文順公)은 〈고열(苦熱)〉[2]에서,
'태양 속의 금까마귀는 스스로 열을 토해 내니, 헐떡거려 오

---

1) 세력이 있을 때에는 아첨해서 좇고, 권세가 없어지면 푸대접하는 세속의 형편.
2) 더위를 괴로워함.

히려 날기 힘들구나. 이로부터 해 가는 것이 더디어 사람들을 삶는 불덩이로 머물러 있네. 무슨 재주로 공중까지 뻗을 수 있는 부채를 만들어 온 천하를 고루고루 부쳐 줄 수 있을까.'
라고 하였다. 이것은 서로 비슷한 것끼리 비유하기는 하였으나 말이 호방하고 뜻이 크다.

학사 최효저(崔孝著)가 북조(北朝) 〈척서정시(滌署亭詩)〉에 화답하기를,
'긴 강은 산허리를 띠처럼 푸르게 두르고, 먼산의 푸르름은 눈썹처럼 구름 머리 위에 붙었네.'
라고 하였다. 이와 비슷한 부류의 비유는 처음으로 시를 배우는 자들의 문체이다. 문순공은 또한 〈포구촌(浦口村)〉에서 말하기를,
'호수가 맑으니 한가운데 달 교묘히 찍어 넣었고 포구가 넓으니 다투어 어귀에서 조수 삼키고 마네.'
라고 하였다. 삼킨다〔呑〕·입〔口〕이다 라고 말한 것은 비록 비슷한 부류의 비유에 가까우나 신진배들이 지어 내기는 힘든 것이다.

무릇 시를 지을 때는 글자를 빌어 비유하는 것이 제일 좋은 방법이다. 그러나 능숙한 솜씨로 이것을 사용하면 말이 익숙하고 뜻이 교묘하지만, 새로 배우는 사람이 이것을 사용하면 맛이 생소하고 뜻이 어설프다.

양대제(梁待制)가 〈독락시(獨樂詩)〉에 화답하기를,
'안개를 길러 내어 산은 비 만들고, 바람은 불어 골짜기에는 연기 오르게 하네.'
라고 하였다. 뜻이 교묘하고 말이 크게 생소하지 않다.

염동수(閻東叟)는 말하기를,

"시를 생각나는 대로 즉흥적으로 지은 것은 이태백(李太白)의 '벼의 황금빛은 곱기도 한데, 배꽃의 흰 눈빛은 향기롭구나' 라고 한 따위이고, 곱고 아름답고 정교(精巧)하여 애써 생각해 지은 흔적이 보이지 않는 것은 반공(潘公)의 〈고경(古鏡)〉에서, '거울에 새긴 전자는 천 년 지나도 알아보기 힘들고, 마루에 비치는 그림자는 차디차네'라고 말한 따위이다. 그런데 이것은 '정밀하게 생각하고 매우 애써서 지은 것이다.'
라고 하였다.

이렇게 보건대 오늘날 경구(驚句)[1]라고 하는 것도 거의가 애써 지은 병폐를 면하지 못하고 있다. 그렇지만 재주가 용렬한 사람이 생각대로 그 자리에서 즉흥적으로 지으려 하면 그 말이 속되고, 천박스럽게 빨리 짓는 것보다는 잘 다듬어서 천천히 짓는 것이 낫다.

잘 다듬는 것이 너무 지극히 생각하게 되면 혹시 최융(崔融)처럼 머리를 상하지 않을까 두렵다.

문순공의 〈북산잡제(北山雜題)〉에,

'산인(山人)이 산에서 나오지 않으니, 옛 오솔길은 거친 이끼에 묻혀 있네. 두렵구나 속세의 사람들이, 나를 푸른 담쟁이로 여기지 않을까 하노라.'
라고 하였다. 이 시는 이백(李白)의 시집 속에 넣어 두어도 진짜를 가리기 힘들 것이다.

진보궐은 어떤 사람이 문선사(文禪師)의 시 한 구절에,

---

1) 기발한 감상을 간결하게 표현한 구.

'파초 베어 내니 창가에는 빗소리 줄어들고, 대나무를 심으니 섬돌에는 가을 빛이 짙어지네.'
라고 한 것을 찬양하여 경구라고 하는 것을 듣고 웃으면서 말하기를, 이것은 곧 아동들이나 하는 말이요, 노련한 선비는 이렇게 말하지 않는다.

내가 일찍이 산사(山寺)에서 글을 쓴 것이 있었는데 '낙구(落句)'[2]에 이르기를,

'푸른 섬돌에 꽃이 떨어져 한 치[寸]나 쌓였는데 봄바람은 불어갔다 또 불어오는구나.'
라고 하였다. 이런 구절의 격식이 곧 노련한 선비들이 하는 말이다.

김한림은 이르기를,

'북쪽 마루에서 한참 늘어지게 자고 나니, 꽃 그늘은 옮겨 갔는데 처마 밑의 제비는 새끼 거느리고 오가는구나.'
라고 하였다. 이것은 비록 진의 시보다는 못하나 그 말이 화려하고 긴한 것이 서로 유사하다.

의왕(毅王)이 남쪽 지방으로 피하여 살고 있었다.

초상화를 잘 그리는 이기(李琪)라는 사람이 있어 누구라도 제목은 안 붙인 채 초상화를 그려 동도초당(東都草堂)에 모셔 놓고 아침저녁으로 예의로써 섬겼다 한다. 기암거사(棄菴居士)가 우연히 그것을 보고 찬양하는 글을 짓기를,

'제왕(帝王)의 상인가 하였더니, 두건을 쓰고 소매가 넓은 옷은 마치 여옹(呂翁)[3]과 같고, 은둔거사의 자태인가 여겼더니,

---

1) 시부의 끝 구절.
2) 강태공.

우뚝한 코 기름한 얼굴은 마치 한나라의 유방과도 같도다. 붉은 섬돌, 우좌에 모셔 놓으려 하니 천명(天命)이 다시 통하지 않고, 장송과 괴상한 돌 사이에 걸어 놓으려 하니, 임금다운 기상이 사라지는 듯하였다. 처음에는 덕이 쇠한 공자(孔子)[1]인가 의심하였더니 혹은 용과 같은 노자(老子)[2]인가도 생각되노라. 그렇지 않으면 이는 반드시 하늘에서 신령한 기운으로 성인을 태어나게[3] 하시고 백성은 춘대(春臺)에 올라[4] 태평세월을 구가한 것이다. 존귀한 임금께서는 몸가짐을 조심하여 한 꿈에서 깨어나 다시 아득한 세계로 돌아온 것인가.'
라고 하였다.

그는 일찍이 스스로 취수(醉睡) 선생 초상을 그리고 그 뒤에 쓰기를,

'도(道) 있어도 실행하지 않으면 취한 것보다 못하고, 입 있어서도 말하지 않으면 잠자기만 못하네. 선생이 살구꽃 그늘에 취하여 잠을 자니, 세상에서는 이 뜻을 아는 사람 없어라.'
라고 하였다.

대개 송(頌)이란 공덕을 드러내어 잘 찬양하는 글이니, 찬(讚)도 역시 그러한 종류의 글이며, 부(賦)란 시를 바탕으로 해서 사(詞)에서 갈려 나온 것이며, 정교하고 세밀하게 이치를 분

---

1) 《논어》〈미자〉편에 접여가 공자의 곁을 지나가면서 노래하기를, '봉이여 봉이여 덕이 어찌 쇠했는가' 라고 했다는 기록이 있음.
2) 공자는 노자를 만나 본 뒤에 '노자는 오히려 용과 같은 사람이다' 라고 말했다고 함.
3) 중국의 황하는 본래 혼탁할 물인데, 대략 1천 년에 한 번씩 맑아진다. 황하가 맑으면 성인이 난다고 함.
4) 즐겨한다는 뜻. 《노자》에 '여러 사람들은 기뻐 웃으며 봄동산에 올라 조망을 즐기는 듯하다〔衆人熙熙 加登春臺〕'라는 말이 있음.

석하는 것을 논(論)이라 하며, 증거를 가지고 어려움을 밝혀내는 것을 책(策)이라 하며, 문장을 전개하여 바탕을 돕는 것을 비(碑), 일을 기록하여 맑고 기름지게 하는 것을 명(銘)이라 한다.

표(表)는 그 정성을 위로 통하게 하는 것이며, 소(疏)는 자기 뜻을 펴는 것이며, 책(冊)은 업적을 기록하는 것이며, 뇌(誄)는 끝을 아름답게 장식하는 것이며, 잠(箴)은 모자라는 것을 보충하는 것이며, 격(檄)은 전문하여 충고하는 것이니, 그 문제가 각각 다르다.

찬이란 문장은 그 준수하고 뛰어난 것을 요할 뿐, 한 격식에 매이지 않는 것이니, 기암거사만이 그렇게 하였다. 거사는 글씨와 그림에도 능숙하여 대를 그릴 적마다 그 뒤에다 시를 지어 썼다.

어느 때 복야(僕射) 이세장(李世長)[5]의 집을 지나가는데 몇 떨기의 긴 대, 새로 나온 가지가 난간에 밖에 나와 있었다. 공이 병풍 하나를 내어주며 그림을 그리게 하니, 즉시 두어 가지 끝만 그리고 쓰기를,

'누대 밑 대나무는 백 척이나 되게 깊은데, 누대가 높아 두어 가지 끝밖에 보이지 않네. 땅을 뚫고 솟아오른 옥 같은 대나무 순을 보려거든 사다리 밟고 이 누대를 내려다보라.'

고 하였다.

문원(文院) 이유지(李由之)는 이르기를,

'대의 참모양 그림으로 그리기 어려워서 아교와 분으로 색칠

---

5) 중국 당·송의 재상 이름.

하고 나면 대나무의 고등 기상은 이미 비는구나. 거사의 솜씨 달처럼 맑아서 듬성한 그림자를 병풍 위에 나타냈네.'
라고 하였다. 안기암(安棄菴)은 호방하고 이유지는 깨끗하고 맑다는 것이 사람들의 입에 오르내리고 있다.

  김개인(金盖仁)은 거령현(居寧縣) 사람으로 개 한 마리를 길렀는데, 매우 귀여워하였다.

  어느 날 외출하는데 개도 함께 나갔다. 개인(盖仁)이 술에 취해 길바닥에 누워 자는데, 들판의 불이 번져 몸에까지 이르렀다. 개는 곁에 있는 시냇물에 들어가 몸을 적시어 그 사람 주변을 돌면서 불을 끄고는 자기는 힘이 다하여 죽고 말았다.

  개인이 잠에서 깨어나 개의 죽은 모습을 보고 슬프게 여겨 노래로써 슬픈 마음을 기록하고, 무덤을 만들어 장사를 지내 주고 막대기를 꽂아 이것을 기록하였다. 그런데 그 막대기는 나무가 되었으므로 그 땅 이름을 오수(獒樹)라고 불렀다. 악보(樂譜) 가운데 견분곡(犬墳曲)[1]이 이것이다. 뒤에 어떤 사람이 시를 짓기를,

  '사람은 짐승이라고 불리면 부끄러워하지만, 공연히 큰 은혜를 저버린다네. 사람으로서 주인 위해 목숨을 바치지 않으면 어찌 개보다 낫다고 할 수 있겠는가.'
라고 하였다.

  진양공(晉陽公)이 문객들에게 그 전기(傳記)를 지어 세상에 널리 알리도록 하였으니, 세상이 남의 은혜를 입은 자들에게 갚을 줄 알도록 하기 위한 것이다.

---

[1] 개 무덤을 노래한 가곡.

십이사학의 성도²⁾들이 여름철마다 산 속에 모여서 학업을 익히다가 가을이 되면 헤어졌는데 용흥(龍興)³⁾·귀법(歸法) 두 절에 많이 왔다.

  어느 날 저녁에는 가을 하늘에 달의 밝고 서늘한 기운이 사람을 엄습하였다. 사직(司直) 함순(咸淳)·선달(先達) 이담지(李湛之)⁴⁾·선달 옥화우(玉和遇) 등이 생도 6, 7인을 거느리고 귀법사(歸法寺) 돌다리에 모여서 조그마한 술좌석을 마련하고 옛 사람의 운을 써서 시를 지었다.

  이담지가 읊기를,

  '여름 더위는 바람에 휩쓸리고, 가을 뜻은 달이 머금고 오는도다.'

라고 하였다. 함순과 옥화우는 모두 깜짝 놀라며 스스로 항복해 버리고 말았다. 이 말을 전해들은 자가 있어 웃으며 말하되,

  "그것은 임춘(林椿) 선생이 지은 시 중의 글귀다. 확실히 알 수 없으나 취리(醉李)가 몰래 표절해 써 먹은 것인지 아니면 우연히 뜻이 부합된 것인지, 어째서 독옥(毒玉)은 그것도 모르고 지레 겁을 먹어 항복하고 말았단 말인가."

라고 하였다. 이담지는 취기를 부려 함부로 술을 마시고, 옥화우는 고집이 세어 남과 타협하지 않았으므로 당시 '취리·독옥'이라고 불렀던 것이다.

---

2) 고려 문종 이후에 생긴 12개 사학의 생도들을 총칭하는 말. 12도는 최충의 문헌공도, 정배걸의 홍문공도, 노단의 광헌공도, 김상빈의 남산공도, 김무대의 서원공도, 은정의 문충공도, 김의진의 양신공도, 황영의 정경공도, 유감의 충평공도, 문정의 정헌공도, 서석의 서시랑도, 실명씨의 귀산도임.
3) 중국 하북성 정정현에 있는 절.
4) 고려 명종 때의 학자. 해좌칠현의 한 사람.

장원(壯元) 백득주(白得珠)가 완산 서기(完山書記)가 되었다. 안렴사(按廉使)가 때마침 대궐로 들어가면서 한 수 절구를 읊었는데 백장원이 이에 화답하기를,

'임금님의 사신이 임금님께 조회간 뒤에 장군의 진영에는 속절없이 봄이 온다네. 무정한 푸른 풀도 원망하는데 인정 있는 사람이야 오죽하겠소.'

하니, 안렴사는 의자에서 내려와 손을 잡고 답례하였다. 그가 벼슬에서 물러나 한가롭게 살게 되자, 진강공(晋康公)이 그의 재주를 전해 듣고 불러 부채에 글귀를 쓰도록 하였다. 백 장원은 글씨가 단정하고 우아하며, 붓을 놀리는 것이 번개처럼 빨랐다.

부채를 받고는 즉시 쓰기를,

'강산은 위(魏)나라 보배 아니니, 신릉군(信陵君)의 힘에 의지할 뿐이로다. 이문의 문지기 후영에게 예절 차리고 10만 군사를 한 손에 장악하였네.'

라고 하였다. 진강공이 좌우를 돌아보고 말하기를,

"참으로 붓 달림이 빠르구나."

라고 하였다.

학사 이미수가 금나라에 사신으로 가서 〈어양회고(漁陽懷古)〉[1]에 화답하기를,

'무궁화꽃은 푸른 산봉우리에 아련히 비치고[2], 아침 술은 백옥 같은 얼굴에 처음 취하는도다. 춤 파한 무지개 같은 치마,

---

1) 당나라 현종 때 안녹산이 반란을 일으킨 곳.
2) 아침에 피었다가 저녁에 시들어진다는 뜻. 따라서 영화가 오래지 않은 것에 비유함. 또 소인의 마음이 아침과 저녁에 다른 것에 비유하기도 함.

즐거움은 모자라는데 하루 아침 천둥비에 저룡(猪龍)³⁾을 보내도다.'

라고 하였다. 후에 사성(司成) 이백전(李百全)은 서장관(書狀官)⁴⁾이 되어 원나라에 사신으로 갔다가 이에 화답하기를,

'아모사(鵝毛寺) 뒷 봉우리에 한 번 오르니, 일찍이 녹산(祿山)이 여기서 군사 훈련하였네. 다만 양귀비(楊貴妃)만 빼앗으려 하였을 뿐인데, 어찌 다투어 자신이 임금 되기 바랐겠는가.'

라고 하고 또,

'여산(驪山)⁵⁾의 옥예봉(玉蘂峰)에 잔치를 여니, 부용(芙蓉)은 술에 취한 미인의 얼굴 같구나. 이제 양귀비의 낙타⁶⁾가 있어, 천리에서 은근히 서룡(瑞龍)을 보내 온 것을 명황은 모르고 있네.'

라고 하였다. 미수가 고사를 인용함에는 반드시 말을 청신하게 하였으나 무궁화꽃〔槿花〕을 인용한 것은 말은 새로워도 뜻은 절실하지 않고, 그가 운을 단 봉(峰)·용(龍) 두 글자는 매우 아름답다.

옥당(玉堂) 진화(陳澕)·봉산(蓬山) 이윤보(李允甫)가 같이 궁궐에서 숙직하게 되었다.

그때 전에 원나라에 서장관(書狀官)으로 들어갔다 온 어떤 사

---

3) 안녹산을 말함. 당 명황이 일찍이 안녹산과 함께 밤에 연회를 했는데 안녹산이 취해 누웠던 것이 한 마리의 산돼지로 화해 머리만이 용의 모습을 하고 있었다. 명황이 '이것은 저룡이다'라고 했다는 함.
4) 외국에 보내는 사신을 따라 보내던 임시 벼슬.
5) 중국 섬서성 서안부에 있는 산.
6) 당나라 때 역체제도의 한 가지. 낙타를 역마 대신 사용한 것. 이 제도는 처음에 양귀비가 안녹산과 서로 연락하기 위해 명황 모르게 만든 것이라고 함.

람이 말하기를,

"광녕부(廣寧府)의 길 옆에 십삼산(十三山)이라는 산이 있는데, 오가는 손님들이 지은 글이 매우 많았지만 모두 얕은 속되어 적절하게 표현하지 못하였으므로 이제 두 분에게 읊기를 부탁하는 것이오.'
라고 하였다. 진은 즉시 붓을 잡고 이르기를,

'열 두 무산(巫山)은 이름만 들었는데, 역로(驛路)에서 한가롭게 자는 낮잠 시원하여 뼈만 남은 한 봉우리 비구름 기운이 짙은데, 옆 사람들은 꿈이 너무 길다고 마땅히 웃으리.'
라고 하였다. 이(李)는 이르기를,

'예닐곱 산봉우리 푸른 옥비녀처럼 높이 솟았는데(사신들이 오가는 길에 다다라 있다), 밝고 푸르게 서린 기운은 사신 수레를 비춰 주네. 지금부터 숭악산(嵩嶽山)은 아름답다는 이름 줄어져, 기이한 봉우리는 두 세 개뿐이네.'
라 하였고 또,

'젊은 나이에 산에 오르기 좋아하여 형(衡)·무(巫)·태(泰)·화(華) 네 산 모두 다 밟았네. 오로(五老)·팔공(八公)[1] 들은 아직 유람 못 하였는데, 하늘이 이 속에 숨겨 두어 아끼는 줄 몰랐네.'
라고 하였다. 진은 주로 뜻으로 지었고 이는 주로 말로 지었는데, 말로 지은 한두 수의 시보다 뜻으로 지은 한 수의 시가 더 낫다.

낭관(郎官)[2] 최인전(崔仁全)이 국자감 박사가 되었을 때 〈동

---

1) 태백산맥의 남부에 있음.
2) 각 관아의 당하관의 총칭.

성종제견증시(同姓從弟見贈詩)〉에 화답하기를,

 '앞뒤로 과거에 장원급제한 재상이 셋이나 되고, 공신의 초상을 보관한 인각에서 네 공신이 잇따라 드날리구나. 한 문하에 거룩한 일 천고에 드문 일인데, 그 어느 누가 뒤를 이을까.'

라고 하였다. 대개 문헌공(文憲公) 최승은 문과에 장원 급제하여 정묘(靖廟)의 사당에 배향되고 또 공신이 되었으며, 그의 아들 문화공(文和公) 또한 장원으로서 문묘(文廟)에 배향되고, 그의 손자 중서령(中書令) 사추(思諏)는 숙묘(肅廟)의 사당에 배향되고, 현손(玄孫) 평장사(平章事) 윤의(允儀)는 의묘(毅廟)의 사당에 배향되고 7대손인 평장사 홍윤(洪胤)도 또 장원에 뽑혔으며, 그 외에도 장원은 아니지만 재상의 자리에 오른 사람이 10여 명이었다. 인전(仁全)도 역시 문헌공의 후손이다.

 사관(史館) 이윤보(李允甫)가 숙직을 할 때, 옥당(玉堂) 진화와 〈유월궁편(逾月宮篇)〉을 지었는데,

 '달은 긴 바람 수레를 타고 푸른 허공을 떠 가는데, 푸른 보석을 깎아 내어 날아가는 수레 만들었구나. 달빛 속의 넓은 궁전은 둥글어 천리인데, 선녀들 난새를 타고 뜰 아래 벌여 있네. 하늘 높이 신선의 노래 소리 번져 가고, 바람에 무지개빛 치마가 나부끼니 옥고리 소리 울리네. 옥토끼는 약 찧기 몇 년을 지냈던가. 약 만들어 항아(姮娥)[3]들에게 도둑 맞지 않았다네. 밤중에 내리는 이슬에 버물려 신선에게 바치고 하늘 목구멍〔天喉〕으로 씹어 내리니, 얼음인 듯하네. 신선은 하늘에서 영생하면서 인간 세상 향해 내뿜어서 흑심한 열 덜어 주네. 기이한 솜씨로

---

3) 달 속에 있다는 선녀.

다듬은 궁이 8만 가지나 되는데, 옥토끼는 늘어서서 빗장과 자물쇠를 지킨다네. 이리저리 거닐어 푸른 하늘 멋지게 유람하고, 하늘 표주박으로 백옥 가루 실컷 마셨네. 부러워라. 저 공원(公遠)은 은나라를 지나서 더듬어 올라가 별 만져 보고 북두(北斗)문을 뛰어넘나. 은하수는 내려와서 견우 어깨 치고는, 구슬나무 꽃잎을 밟아 쥐고 손수 꿰매는구나. 하늘의 수도는 바라볼 뿐 잡을 수 없어 밤마다 머리 돌리니 마음이 끊어질 듯 아프도다.'라고 하였다. 관각(館閣)[1]의 여러 학사들이 진화의 시는 맑고 웅장하여 훌륭하고, 이윤보의 시는 말은 비록 맑고 깨끗하나 자질구레하여 못하다고 하였다. 진의 시는 유실되고 없다.

운지(雲之)가 어떠한 스님인지는 알 수 없으나 장차 강남(江南)으로 돌아가려고 이유지(李由之)에게 시를 받고 사관과 한림원을 찾아가 뵙고 그 시에 화답해 주기를 청하였는데, 한림원의 여러 학사들이 각각 한 편씩 화답하였다.

사관 이윤보(李允甫)는 화답하여,

'한 조각 흘러가는 뜬구름은 집이 어디멘고. 골짜기에 들었다간 홀연히 다시 나오는데, 아침에는 태화산(太華山)[2]에서 헌구산(軒丘山)으로 나오고, 저녁에는 회계산(會稽山)[3]을 향해 신선이 산다는 우굴(羽窟)로 돌아가네. 바람 따라 만리를 한없이 즐기다, 소낙비 만들지 않고, 또다시 사라져 없어지네. 구름 스님, 구름 성품, 또한 구름 몸으로 변화한 서울 싫어서 월나라로 돌아가려 하는구나. 내 비록 강남(江南) 유람길 알지 못하나, 강

---

1) 홍문관과 예문관.
2) 충청북도 단양군과 강화도 영월군 사이에 있는 산.
3) 중국 절강성 소흥 남동에 있는 명산.

남의 빼어난 경치 말해 줄 순 있네. 푸른 옥 같은 대나무는 봄빛을 머물러 갖고, 황금빛 귤은 겨울을 넘기는구나. 스님은 젊을 때에 마음대로 유람하고 늙어지면 한 간 방에 편안히 사십시오. 훌륭한 글귀 손수 갖고 내게 보여 주시기에 그대 위해 졸필로 하나하나 화답하니 붓끝에 있던 입이 드디어는 사라져서, 부처가 마음이요, 마음이 부처라네.'
라고 하였다. 학사 이미수는 이것을 보고 이윤보의 시가 제일이라고 하였다.

조계종의 한 장로(長老)4)가 와서 묻기를,
"보궐(補闕) 이양(李陽)의 시격(詩格)과 문선사(文禪師)의 시격과 누가 더 낫습니까?"
하기에 대답하기를,
"서로 비슷하다."
고 하였다.

장로가 또 묻기를,
"이보궐의 시에 '새벽 종소리 울리니 동문(洞門)이 차갑구나'라고 하였고, 문선사는 '경쇠 소리는 맑게 월명봉을 넘어가네'라고 하고, 이평장(李平章)은 '경쇠 소리 맑게 끊어지고 돌문은 차갑구나'라고 하였는데 누구의 시가 제일 좋습니까?"
하고 물었다. 나는 대답하기를,
"모두 청한(淸閑)의 한 격식은 갖추었으나 보궐의 시는 평장과 같은 정도이다."
라고 말해 주었다. 장로가 말하기를,

---

4) 선종에서 한 절의 주직 또는 화상에 대한 경칭.

"그들이 시가 깊이가 없어서입니까?"
라고 하기에 나는 대답하기를,
"용렬한 말과 졸렬한 글귀는 얕다고 말할 가치도 없다."
라고 하였다. 장로는 또 말하기를,
"보궐의 문집은 이미 세상에 널리 퍼지고 있는데 그 문장이 보궐보다 더 뛰어나면서도 문집이 없는 사람이 누가 있습니까?"
하기에 대답하기를,
"중세 이상의 명현들은 셀 수 없이 많고, 금세기에는 오세재 형제·안치민·진화·유승단·김극기, 두 이씨 즉 이담지와 이윤보 등 많은 분들이 있어 보궐에 비해서는 천지간처럼 현저한 차이가 있다. 그런데 당시 사람들이 알지 못해 유고(遺稿)[1]가 모두 흩어졌다."
라고 하였다. 이 말을 듣고 장로는 석연하게 여기지 않았다.

대제(待制) 이순목(李淳牧)이 옥당에서 당직(堂直)[2]을 할 때에 한림원의 여러 학사들과 교서관에 모였다. 취기가 도도해지자 여러 학사들이 인(鱗) 자를 넣어 글을 써 주기를 청하니, 즉시 흰 병풍에 쓰기를,

'궁궐 안의 못 물결은 푸르게 넘실거리는데, 소나무 기슭은 천년의 세월 동안에 봄이 몇 번이나 지났던가. 임금님 수레를 따라 모시지 않은 지 30년이라, 꽃에 가린 아름다운 연기와 달의 모습 누구에게 맡기려나.'
고 하였다. 좌중의 모든 사람들은 다 그 뜻을 알지 못하였다.

---

1) 죽은 사람이 남긴 원고.
2) 의금부의 도사가 당직청에 번을 둠.

술이 깬 후에 이대제(李待制)도 그렇게 쓴 뜻을 몰랐다.

그 뒤 6년 만에 강화도로 도읍을 옮겨 이 시가 곧 효험을 드러내게 되었으니, 이는 아마도 신의 손이 그렇게 시켰을 것이다. 다만 30년이란 말의 뜻은 알 길이 없으니 마땅히 후일을 기다려 볼 수밖에 없다.

낭관(郎官) 이담지(李湛之)가 문상국(文相國)에게 올린 시에,

'달 아래 복숭아는 탐스럽게 피어 났고, 바람 앞에 살구꽃은 새로워라. 오직 얼음 골짜기에 남아 있는 오얏만이 파리한 모습으로 봄을 만나지 못하였네[3].'

라고 하였다.

정숙공(貞肅公)의 어릴 때의 이름 가운데 송(松) 자가 있었고, 급제(及第) 김태신(金台臣)의 어릴 때의 이름에는 죽(竹) 자가 있었는데 공이 재상이 되자 태신이 시를 지어 바치기를,

'듣자 하니 산 속의 소나무[十八公][4]가 근년에 새 대부(大夫)의 직함에 봉하여졌다네. 대나무의 친한 벗은 그대뿐이니, 은근한 정 갚기 위해 조룡(祖龍) 진시황에게 추천하여 주게나.'

라고 하였다. 근래에 급제 유보(柳葆)가 사인(舍人) 박훤(材暄)에게 시를 지어 올리기를,

'자미화(紫微花)[5] 아래 신선의 이슬로, 인간의 만 그루 나무, 붉은 꽃을 만들어 내지만, 동문(東門)에 한 가지 버들만은 해마다 불어오는 좋은 봄바람 헛되이 보내구나.'

라고 하였다. 예나 지금이나 성이나 이름의 글자로써 사물에 비

---

3) 이담지 자신을 비유해서 한 말.
4) 松(송)의 파자.
5) 백일홍.

유하여 시를 지은 사람이 매우 많다. 이것은 비록 이미 낡은 문체였지만 다시 대하니 마치 새로 구상한 듯하다.

태산이 진시황을 조롱이라고 말한 것은 쓰지 못할 글귀이다.

진보궐(陳補闕)이 옥당(玉堂)에 처음으로 당직할 때 한림(翰林) 손득지(孫得之)·사관(史官) 이윤보(李允甫)·동문(同文) 이백순(李百順)·전 한림 윤우일(尹宇一) 등 여섯 관청의 뛰어난 인재들이 모두 한 자리에 모여 앉아 있어 운을 내어 부채를 제목으로 글을 짓기도 하였다.

'서풍선(犀楓扇)으로 바람 일으키고자 하니, 불덩이 같은 하늘에 얼음 절로 어는구나. 더위 사라지니 파리는 얼씬도 못 하는데, 가을 돌아와도 기러기는 먼저 날지 않는데, 작은 연꽃은 손바닥 위에 뒤치고, 둥그스름한 달은 옷깃 앞에 떨어진다. 항상 군대를 지휘하던 장군은 일찍이, 수선의 그림을 따라 그렸다네. 새로 바른 깁은 눈송이같이 새롭고 낡은 자루는 아직 연기 머금은 새 나무 같더라. 왕안석(王安石)[1]은 어진 바람〔仁風〕이 멀고, 왕희지(王羲之)[2]의 취한 붓은 미친 장난이었네. 그림 희미해도 비단 같은 여자는 모습이 남아 있고, 은혜 없으니 서늘한 매미가 원망스럽구나. 차가운 삿자리에서 손 잡고 구경할진대, 양주(楊州)[3]의 백만전(百萬錢)을 원하겠노라.'

라고 하였다. 그 자리의 모든 사람이 진의 시가 아름답지 못하다 하고, 이에 각자가 입으로 읊어 시로 다듬어서 등급을 매기기로 약속하였다.

---

1) 중국 송나라 때의 정치가·학자. 자는 개보, 호는 반산. 당송 팔대가의 한 사람.
2) 중국 진대의 서가. 자는 일소.
3) 경기도 의정부의 옛 이름.

손한림은 이르기를,

'가지고 다니기에 잠시인들 쉴 수 있을까. 나들이에는 언제나 부채가 먼저 가네. 세로로 세워 그대 부르는 입술을 가리우고, 가로로 펼쳐 위한 무릎 가리우네. 대나무[汗靑]는 둥글어 거짓 달 모양을 만들었고, 푸른 물감으로 신선의 얼굴을 만들었구나.'

라고 하였다. 온 좌중이 모두 장난삼아 말하기를,

"가지다[携持]의 한 연구는 너무 평범하고, 대나무[汗靑]·종이[沫碧] 구절은 특별하나 생소하구나."

라고 하였다. 이동문(李同門)은 이르기를,

'글씨는 한나라 비연(飛燕)으로 인해 중해지고, 그림은 계룡(季龍)으로부터 시작되었네. 비단 장막을 흔들어 물결 뒤치는 듯하고, 낭포(浪苞)는 두드려 연기 날리는구나. 찬 기운 헤쳐 내니 더위에 쥐가 깨어나고, 서늘함 드날리니 깨끗한 매미 배불러 하네.'

라고 하였다. 윤우일은 이르기를,

'달은 둥글어 예나 지금이나 변함이 없건마는, 시의 대구는 맞추는 것이 앞뒤가 이어 있다네. 나부껴 떨쳐 내니 몸은 깨끗해지고, 서늘하게 바람 불어 뜻은 신선 되려 하는구나. 그림은 화가 고개지(顧愷之)[4])의 뛰어난 작품을 남길 것이나, 글씨야 초서에 능하였던 장욱(張旭)의 난필을 요구치 않으리.'

라고 하였다. 그 자리의 사람들이 말하기를,

"찬 기운 헤쳐내다[擺冷]와 서늘함 드날리다[揚冷]의 구절은

---

4) 중국 동진의 화가. 자는 장강. 화(畵)·재(才)·치(癡)의 삼절이라고 부르며, 인물·산수화에 뛰어남.

말뜻이 청신하여 윤우일이 지은 세 글귀는 원만하고 능숙하여 힘이 있다."
고 하였다. 이비서(李秘書)는 말하기를,

'푸른 달은 담소(談笑)하는 자리 위에 비치고, 맑은 바람은 효자 황향(黃香)이 부치는 부친의 베개[1] 앞에 불어 오는구나. 신선의 약을 달이는 부엌은 불길을 재촉하고, 무제의 청루(青樓)에는 사향(麝香) 연기 쓰는구나. 반(盤)[2] 위 파리는 그림자 따라 흩어지고, 들 말(馬)은 바람에 닿아 쓰러진다. 그림에는 갈대와 오리[蘆鴨]의 편안한 모습의 그림이 좋고, 사(詞)에는 버들과 매미를 그리는 것 금한다네.'
라고 하였다. 한유원(韓留院)은 이르기를,

'나비는 저녁 노을 밖에서 춤추고, 고기는 가는 물결 앞에서 뛰노는구나. 땅은 도리어 청서전(淸署殿) 같은데 사람은 곧 광한(廣寒)[3]의 신선 같구나. 나방이 나는 저녁에는 난촉(蘭燭) 불길 막고, 아침에는 혜초(蕙草)[4] 연기 옹위하는구나.'
라고 하였다. 그 자리에 있던 사람들이 말하기를,

"이비서의 시에 갈대와 오리는 어찌 작은 부채에 그리겠는가. 세 글귀마다 벌레와 새를 인용하였고, 푸른 달[碧月]의 한 글귀만이 구법(句法)이 맑고 좋을 뿐이다. 한씨의 나비와 고기와 달을 읊은 것이며, 부채는 없으니 사실을 잃었고, 청서(淸署)의 한 글귀는 사람과 땅을 바로 인용하였으므로 말과 사실이 멀

---

1) 황향이 효성이 극진해서 여름에는 어버이의 베개를 부채질했다고 함. 또 왕연도 그러했다고 함.
2) 소반·예반·쟁반의 총칭.
3) 달 속에 있다고 전하는, 항아가 사는 전각.
4) 콩과에 속하는 초본. 출혈·신통·결석 등에 약으로 쓰임.

다."
라고 하였다. 이동관(李東觀)은 이르기를,

'바람은 사국(史局)[5]의 땅에서 일어나고, 달은 고원(誥院)의 하늘에 움직이네. 문자 만들어 내기는 복희(伏羲)[6]와 헌원후(軒轅侯)의 일이고, 덥고 서늘함은 상제(象帝)보다 먼저라네. 믿음과 의리는 송백(松柏)[7] 뒤에 멀어지는데, 공은 쭉정이와 겨를 쓸어버리는 것처럼 작게 여기네. 긴 터리개 잡은 것보다 더 가볍고, 그네 놀이보다도 더 서늘하구나. 작은 파초는 봉우(鳳雨)인 양 의심스럽고, 휘젓는 백우선은 봉화불 쓸어 내네. 더운 열 깨뜨리니 살결은 씻은 듯 하고, 서늘함 드날리니 손은 엎드러지는 듯하네. 허리 부치니 띠의 봉황 흔들리고, 머리 부치니 선관(蟬冠)이 기울어지네. 바라건대 신선의 맑은 힘 빌어다가 세속 외 더러운 돈 몰아내고 싶구나.'

라고 하였다. 그 자리의 사람들이 또 말하기를,

"셋째 글귀가 더 한층 아름답다."

고 하고 이 시를 1등으로 삼았다.

윤은 말하기를,

"이 시의 뜻은 처음은 깊고 뒤는 얕으니 이것은 순서가 바뀐 것이다."

라고 하였다. 그때 문순공이 한림이 되었는데, 맨 나중에 달려와서 쓰기를,

---

5) 사관이 사초를 꾸미는 곳.
6) 중국 고대의 제왕. 삼황오제의 수위를 차지하며, 팔괘를 처음으로 만들고 그물을 발명해서 어렵의 방법을 가르쳤다고 전함.
7) 소나무와 잣나무.

'내가 답답한 열 씻기 위해 우물 속 하늘 속에 잠겨 볼까 하였더니, 두 손으로 잡아온 뒤엔 육관(六官)¹⁾들 앞으로 흔들며 들어가네. 높은 주방 아래 이미 가까워지니, 한(漢)의 의장(儀仗)²⁾ 앞에 벌여 놓을 만하도다. 휘갈긴 초서는 안개 서려 있는 듯하고, 푸른 종이 바탕에는 뽀얀 연기 그렸네. 모기 몰아내니 우레 소리 조용하고, 나비 없어지니 눈〔雪〕 장차 떨어지려 하네. 사람은 학처럼 흰 머리에 빠르게 나부끼는데, 살포시 묻어와 매미 날개 같은 머리에 하늘거리네. 문학관(文學館)의 여러 선비 읊기를 서로 다투는데, 어느 누가 1등 되어 청전(靑錢)³⁾이라 불리우리.'
라고 하였다. 온 좌중이 감탄하여 다시 나무라는 말이 없었다.

문순공은 말하기를,

"이동관의 풍생(風生)·제작(制作)·신소(信疎)의 세 연구는 참으로 두보의 시라고 할 만하다. 나의 시는 거기에 어림도 없다."

라고 하였다.

이사관(李史館)은 말하기를,

"그대의 우물 속의 부채로 비유한 것은 더욱 묘하고 고주(高廚)·한장(漢仗)을 인용하여 궁중의 부채를 말한 것도 또한 묘하다. 내 시가 어찌 그대의 시와 비교할 수 있겠는가."

라고 말하고 학사(學士) 이미수가 말하기를,

---

1) 고려 때 상서육부의 전 이름.
2) 의식에 쓰는 물건 또는 무기.
3) 청동전(靑銅錢)은 1만 번 골라잡아도 틀리는 일이 없는 것처럼 시험을 보기만 하면 반드시 합격하는 것을 말함.

"문을 닫아 걸고 깊이 들어앉아서 황정연〔송나라인〕· 소동파(蘇東坡) 두 문집을 읽은 뒤에라야 말이 힘이 있고 운이 뚜렷하여져서 시를 짓는 요령을 얻을 수 있다."
라고 하고, 문순공(文順公)은 말하기를,
"나는 옛날 사람들의 말을 그대로 답습하지 않고 새로운 뜻을 지어냈다."
라고 하였다. 또한 당시의 모든 사람들은 이러한 말을 듣고 말하기를 두 분의 학업한 길이 서로 같지 않다고 하나 이것은 잘못이다. 사물의 아주 깊은 경지는 비록 다르나 학업한 길은 모두 같은 것이다. 왜 그런가. 학자들이 경사백가(經史百家)를 읽는 것은 뜻을 깨달아 도를 남에게 전하는 데에 그치는 것이 아니라, 장차 그 말을 익히고 그 문제를 본받아서 마음속에 간직하고 짓기에 능숙하여져서 글 읊을 때에는 마음과 입이 서로 부합하여 말만 내면 바로 문장이 되도록 하려는 것이다.

그러므로 글을 써서 조금이라도 서투르고 어설픈 말이 없게 되고, 그 옛날 사람들의 말을 그대로 답습하지 않고 스스로 새로운 경구를 만들어 내는 것도 뜻을 구상하고, 문장을 구성하는 데만 그럴 뿐이다. 두 분이 말한 것이 같지 않다는 것은 이것뿐이다.

시문은 기(氣)를 주된 것으로 하는데 기는 성(性)으로부터 나오고, 뜻은 기에 의지하며, 말은 정에서 나오므로 정이 바로 그 뜻이 신기한 뜻은 말을 만들기가 더욱 어렵기 때문에 서두르면 더욱 생소해지고 뜻이 조잡해지기 쉽다.

그러나 문순공 같은 이는 경사백가를 몸에 배도록 많이 물들어 아름다워졌던 것이다. 그렇기 때문에 새로운 뜻으로 지극히 미묘하고 형용하기 어려운 곳도 남김없이 다 표현하였지만 모두 정숙(精熟)[1]하였던 것이다.

일찍이 '당나라 현종의 염노(念奴)[2]'를 읊기를,

'임금 뜻 오로지 양귀비를 돌보는 것이었는데, 아직도 기생 염노(念奴) 얼굴 예쁜 줄 알았네. 만일 사랑을 고루고루 나누어 남의 비방을 나누었더라면, 무장 노갈(老羯)[3]이 무슨 명목으로 난리 감히 지었겠나.'

라고 하였다. 비록 옛날 사람들에게 다행히도 이러한 새로운 뜻을 구상하게 하였다 할지라도 그 말 만드는 것이 이렇듯 교묘하지는 않았을 것이다.

대개 재주가 그 시정을 이기면 비록 아름다운 뜻은 없지만 말은 도리어 원만하고 능숙하며, 시정이 그 재주를 이기면 말이 낮고 촌스러워져 아름다운 뜻이 있음을 알지 못하게 된다. 그러므로 시정과 재주를 함께 얻은 뒤에라야 그 시는 볼 만한 것이다.

문안공(文安公)은 말하기를,

"오세재(吳世材)[4] 선생은 재주와 학식이 매우 뛰어났는데도 일찍이 유편(類篇)을 얻어서 보고 말하기를, 학문을 하려면 이 책을 읽는 것보다 더 급한 일이 없다면서 즉시 스스로 써서 모두 외었다."

고 하였다.

---

1) 사물에 정통하고 능숙함.
2) 당명황 때 창녀의 이름.
3) 안녹산을 말함.
4) 고려 후기의 한문학자. 자는 덕전. 해좌칠현이라 하고 죽림고회를 조직했음.

모름지기 모든 작자는 먼저 자본(子本)을 자세히 살펴보고 나서, 모든 경사백가에 쓰인 것을 참고로 하여 헤아려 붓을 들어야 곧 말이 자세하고 굳세어서 얻기 어려운 교묘한 말도 능히 써 낼 수 있게 한다. 말이 만일 자세하고 굳세지 못하면 아무리 고상한 정과 호탕한 기상이 있어서도 드날리는 바가 없어 끝내는 졸렬하고 조잡한 시와 문장이 되고 말 것이다.

사관 이윤보(李允甫)는 학식이 정밀하고 해박하여 시와 문장이 모두 기초가 있었다. 일찍이 후학들의 글자 쓰는 것과 말 만드는 것을 보고 웃기를,

"과거에 응하기 위한 버릇과 기상을 말끔히 씻은 뒤에라야 문장을 가르칠 수 있다."

고 하였다.

요즈음의 후배들은 옛날보다 훨씬 못하면서 독서는 일삼지 않고 급히 과거에 급제하려 애쓴다. 알기 쉬운 글을 익혀 다행히 과거에 급제하면 학업에 더 힘쓰지 않고, 오직 청과 백을 내어 짝지우고, 하나를 세워 둘로 대를 맞추며, 새로운 것은 다듬고 성긴 것은 잘라 아로새기는 것만으로 잘 지은 줄 안다.

그러므로 옛사람의 우아하고 바르고, 간단하고 예스러운 시문을 보면, 곧 질박(質朴)[5]하여 본받기 어렵다 하고, 웅장하고 깊이가 있으며 기이하고 험난한 것을 보면 곧 문장이 변화가 많아 알기 어렵다고 하고, 크고 부드럽고 유한 것을 보면 곧 소활(疎濶)[6]하여 묘하지 못하다고 하면서도 도무지 생각하기는 싫어한다.

---

5) 꾸민 데가 없이 수수함.
6) 서로 서먹서먹해서 가깝지 않음.

그런데 오늘날 사람들의 시문은 지금이나 옛날에 이미 발표한 말의 뜻으로 다시 엮어 놓고, 그 말이 생소하고 약하며, 천하고 촌스러운 것에 이르러서는 모두 청아하다고 이르며, 혹은 경고(警告)하다고 한다. 사뭇 보는 시문에 높은 데가 있어 제 마음에 들지 않는 것은 말하기를, 이것은 내가 도달하지 못한 경지라 하여 이리저리 자세히 열람하고 그 맛을 얻게 된 뒤에 비로소 그치게 된다.

아! 한 시대의 문장이 몹시 변하여 낮고 천하기에 이르고, 낮고 천한 것이 또 한 번 변하여 광대들의 농담거리에 이르렀으니, 마지막에는 어떻게 되는지 모르겠다.

근세에 동파(東坡)를 숭상하는 것은 대개 그 기상과 운(韻)이 호탕하고 뛰어나며, 뜻과 말이 깊이가 있고, 고사를 인용함이 크고 넓어서, 그 문체를 거의 본받을 만하기 때문이다. 그런데 지금 후배들은 《동파집(東坡集)》을 읽고 본받아서 그의 기풍과 격을 얻으려는 것이 아니라, 다만 그것을 증거로 삼아 고사를 인용하는 수단으로 하거나 표절하려고 하니 인도할 수도 없는데, 더구나 두보(杜甫)를 배워 그의 파란(波瀾)[1]을 터득할 수 있을까.

문안공(文安公)은 늘 말하기를,

"모름지기 우리 나라의 제술에 있어서 고사를 인용하려면 문장에는 육경(六經)[2]과 삼사(三史)[3]이며, 시에는 《문선(文選)》·

---

1) 문장의 기복이나 변화.
2) 중국의 여섯 가지 경서. 곧 《역경》·《서경》·《시경》·《춘추》·《예기》·《악기》 또는 《예기》 대신에 《주례》를 넣기도 함.
3) 중국의 세 가지 대표적인 역사책. 《사기》·《한서》·《후한서》의 총칭.

《이백집(李白集)》·《두보집(杜甫集)》·《한유집(韓愈集)》·《유종원집(柳宗元集)》이요, 이 외의 제가의 문집은 인용하지 말 것이다."
라 하고 또 말하되,

"지극히 뛰어난 말은 오랫동안 음미해야 그 맛을 알 수 있고, 속되고 천박한 문장은 한 번만 보아도 곧 즐겁다. 무릇 학자는 글을 볼 때에 깊이 읽고 생각하여 뜻을 얻을 수 있도록 기억하여야 한다."
고 말하였다.

문순공은 이르되,

"내가 전번에 《구양공집(歐陽公集)》을 처음 보고는 그 말이 풍부함을 보고 사랑하였고, 두 번째 보고는 아름다운 곳을 찾아냈고, 세 번째 보고는 손을 잡고 탄복하였다. 또 《매성유집(梅聖愈集)》을 보고는 마음으로 가볍게 생각이 되어 고금의 사람들이 그를 시옹(詩翁)으로 부르는 이유를 몰랐는데 이제 와서 보니 겉으로는 나약한 듯하나 그 가운데 뼈가 들어 있어 정말 시 중의 정수가 될 만하니, 매성유의 시를 이해한 뒤에야 시를 안다고 말할 수 있을 것이다."
라고 하였다. 또 이르되,

"점차 늙어 가며 옛 사람들의 시를 평론한 것을 음미해 보니 나의 마음에 들지 않는 것이 없었는데, 사공(謝公)의 '못에는 봄풀이 생겨나는구나'라고 한 시는 아름다운 곳을 잘 모르겠다."
라고 하였다. 공의 말이 오히려 이 같으니, 아는 사람이 누가 있겠는가.

지금 어떤 이가 자기 고집대로 마음대로 논평하기를,

"이 글귀는 말을 만드는 것이 자연스러워 새로 난 봄 뜻과 처음 돋아나 신록의 시상(詩想)이 다섯 글자 속에 그대로 들어 있다."

라 하고, 또 어떤 이는 말하되,

"봄빛이 가득히 흘러넘치고 만물이 호화롭고 순수하여, 따뜻하고 부드러운 말이 저절로 흘러나왔으니 이것을 취한 것이다."

라고 하였는데, 이 뜻을 어찌 공이 모르겠는가. 반드시 이해하기가 힘든 뜻과 기상이 그 사이에 있는 것이요, 그렇지 않으면 지나치게 시를 칭찬하여 말하였을 것이다.

이미수가 소년 시절에 지은 송춘시(送春詩)〈고석벽라정시기(孤石碧羅亭詩記)〉는 모든 사람들이 즐겨 읽었으므로 독보(獨步)[1]라는 이름을 얻게 되었는데, 그가 한림이 된 이후에 예전에 지은 것을 보고는 매우 낮고 천하게 여기고, 사람들이 그때의 시를 말하면 곧 부끄러워 다 태워 버렸다. 그래서 가집(家集) 속에 편집된 것이 없다.

문순공은 늘 사람들에게 말하되,

"나는 일생을 통해 지은 작품이 해마다 발전하여 지난해에 지은 것을 올해에 보면 참으로 우스웠다. 해마다 이와 같았다."

라고 하였다. 대개 공은 소년 시절에는 붓을 빨리 달려 구상도 하지 않고 즉시 쓴 것 같았다. 그래서 그 말이 혹시 시체(時體)가 가까워서 사람들이 모두 전해 베껴서 서로 외고, 늙고 귀하

---

1) 남이 감히 따를 수 없이 뛰어남.

게 되어 한가롭게 지내면서 조용히 읊조리고 깊이 생각하여 말을 만든 작품에 있어서는 학자들이 그 맛을 이해하는 사람들이 드물었다. 그렇기 때문에 시를 이해한다는 것은 어렵고도 어려운 일이다.

나는 소년 시절부터 춘방(春坊)[2]에 입시(入侍)[3]하여 지금까지 해마다 공무의 책임을 맡고 있었기 때문에 독서를 일삼을 틈이 없었고, 한낱 얕은 학문을 무릅쓰고 관리가 되어 벼슬이 학사에 이르렀다. 붓을 잡으니 부끄러워 얼굴에 땀이 흐르는데, 어찌 문장이 좋고 나쁨을 가려 망녕되게도 붓끝을 놀릴 수 있겠는가. 다만 노련한 분들의 남긴 의논을 듣고 그 들은 바를 대강 기록하여 후배들에게 전해 보이고자 할 따름이다.

---

2) 조선 시대 세자시강원의 별칭.
3) 대궐 안에 들어가 왕에게 알현하던 일.

하 권

　일을 벌여 놓기를 좋아하는 어떤 사람이 있었는데 칠언 글귀를 모아 이를 평하고, 이것을 상하(上下)로 등급을 매겨 나에게 보여 주면서 말하되,
　"이 연구는 웅장하고 깊이가 있으며 기이하고 교묘하며, 고아(古雅)[1]하고 그윽한 글이라, 반드시 반복하여 음미한 뒤에야 그 진미(眞味)를 맛볼 수 있으므로, 배우는 사람들은 즐겨하지 않고 마치 공부(工部)의 시와 같은 종류라고 합니다. 내가 지금 여기에 모은 약간의 글귀들은 모두 한 번 보면 쉽게 좋아할 수 있는 말들로서 한가로움을 메우는 자료들이니 그대는 이를 이어 뒤편에다 더 적어 주기를 바라오."
　라고 하였다. 그는 옛 사람들은 본떠서 평하지 아니하였고 새롭게 자기 소견으로 이를 논하였지만 오히려 취할 만한 점이 있어 다음에 나열하여 기록한다.

---

1) 예스럽고 아담하며 멋이 있음.

새로운 구절 문순공(文順公)의 〈만일사루(萬日寺樓)〉에,

'많은 사람 건너다 놓고 배는 홀로 떠 있고, 호랑이 으르렁거리고 나서도 새들은 오히려 지저귀는구나.'

와 같은 것이고, 또 학사(學士) 예낙전(芮樂全)의 〈한거(閑居)〉에는 함축성이 있는데,

'만리 나그네길 채비에 봄은 벌써 저물어 가는데, 장차 백 년 살아갈 계획에 어이 이리도 바쁜 긴가.'

와 같으며, 또한 곱고 아름다운 글은 문순공의 〈하일즉사(夏日卽事)〉인데,

'촘촘한 잎새에 숨겨 있는 꽃은 봄 지난 뒤도 있고, 흐린 구름 사이로 보이는 햇빛은 빗줄기 속에서도 더욱 밝구나.'

산뜻하고도 예리한 것은 황조(皇祖)의 〈북산사(北山寺)〉인데,

'솔방울 소리는 계단에 떨어저 밤을 쪼개는 듯하고, 허공에 기대고 있는 산마루는 쌀쌀한 가을을 재촉하는구나.'

준수하고 장대한 것은 한림(翰林) 김극기(金克己)의,

'굳센 천마(天馬)의 발은 천리도 가깝게 달리고, 힘센 바다 자라의 머리는 오산(五山)도 가볍구나.'

풍부하고 귀한 기상이 있는 것으로는 좨주(祭酒) 조백기(趙伯琪)의,

'꽃 사이로 꾀꼬리 날아드는 별원(別院)[2]엔 피리와 노래 소리 요란하고, 수레가 솟을대문에 당도하자 패옥(佩玉)[3] 소리 높게 들린다.'

---

2) 칠당가람 이외에 중이 주거하기 위해 세운 당사.
3) 금관조복의 좌우에 늘여 차는 옥. 여기서 금관조복이란 문무백관이 조하나 경사 등에 입는 최상급의 공복을 말함.

정교한 광채가 있는 것은 문순공(文順公)의 〈감로사(甘露寺)〉인데,

'서릿발에 해 비추어 가을이슬을 더하고, 바다 기운 구름까지 솟아올라 저녁 노을을 흩어지게 하는구나.'

표현이 빼어난 것으로는 진보궐(陳補闕)의 〈강상(江山)〉에,

'바람이 낚시꾼에게 불어오니 돛단배 가에 비를 내리게 하고, 산 그림자 갈매기를 물들이니 그림자 너머 가을이 물드네.'

청초하고 그윽한 것으로는 황조의 〈북산성거사(北山聖居寺)〉에,

'골짜기를 떠나는 흰구름 베개에 기대어 보내고, 산에 걸린 밝은 달은 걷고 맞이하노라.'

기이하고 공교로운 것은 문순공의 〈흥성사(興聖寺)〉에,

'뻗어 나간 등나무 덩굴은 꾸불꾸불하여 지팡이 만들기에 적당하네.'

다른 사물에 뜻을 비긴 것으로는 사성(司成)[1] 이백전(李百全)의 〈동산계정(東山溪亭)〉에,

'땅이 기울어져 거꾸로 흘러서 비록 북쪽으로 기울지라도, 편안 때가 이르면 가득한 물이 동쪽으로 흐를 수 있으리.'

한가롭게 즐기는 것을 읊은 것은 문순공의 〈걸퇴후(乞退後)〉에,

'중은 세상을 두루 돌아다니고 나서 한가롭게 앉아 쉬고, 늙은 기생은 많은 남자를 거치고 나서 쉬고 있네.'

감동한 회포를 읊은 것은 문순공의 〈병중(病中)〉에,

---

1) 고려 공민왕 18년에 좨주를 고친 이름. 종3품.

'병들어 옛 친구 생각하며 하릴없이 눈물만 짓고, 늙어서 임금님을 사모하며, 그리운 정을 주체 못 하네.'

호탕하고도 쉬운 글로 쓴 것은 이미수(李眉叟)의,

'몇 채의 집은 숲 사이로 들락날락하고, 산은 하늘가에 나타났다 사라졌다 하네.'

맑고도 달리는 듯 경쾌한 것은 문순공의 〈북사루(北寺樓)〉에,

'유유히 흘러가는 구름은 눈 깜짝할 사이에 천 가지 모양을 만들고, 흘러가는 물은 언제나 변함없는 소리로 흐르는구나.'
와 김한림의,

'다정한 변방의 달은 찼다가 또한 이지러지는데, 하찮은 산꽃들은 졌다가 또 피어나는구나.'

그윽하고도 넓은 것은 김한림의,

'황폐한 연못에 가랑비 떨어지는 개구리 개골개골 울고, 마른 나뭇가자에 바람이 스치니 까치 깍깍 우네.'
와 문순공의 〈흥성사(興聖寺)〉에,

'추위 타는 고라니는 눈을 싫어하여 다투어 시끄럽게 굴을 찾고, 숲 속의 새는 바람을 피하여 나지막한 가지를 찾아드네.'

아름답고 산뜻하기로는 김한림의,

'비 내리니 자줏빛 싹을 들 고사리에 돌아나고, 바람 불어 푸른 싹은 강가 매화나무에 돌기 시작하누나.'
와 문순공의,

'비 개니 풀빛은 하늘과 닿아서 푸르르고, 바람 훈훈해지자 매화 향기는 고개 너머까지 풍기는구나.'
와 같은 것인데, 이 두 글귀는 격은 같으나 앞의 연(聯)은 그 의지와 가성이 날아갈 듯 경쾌하다.

밝고 트인 것으로는 정사인(鄭舍人)의 〈영남사루(嶺南寺樓)〉에,

'한 시냇물 밝은 달빛은 난간에 기대인 밤이요, 만리의 시원한 바람은 발을 걷어 올린 하늘이리로다.'

와 문순공의 〈북산사(北山寺)〉에,

'벽에는 저녁빛 기우는데 날아가는 새의 그림자 어른거리고, 산에 가득 한 가을 달에 스산하게 원숭이 울어 대는구나.'

와 〈용담사(龍潭寺)〉에,

'수많은 버드나무 그늘 속에 남북으로 뻗은 길이 있고, 흘러가는 한 줄기 시냇물 소리 속에 두세 채의 집이 있구나.'

와 같은 것이니, 모두 격은 같으나 첫째 연의 만리의 시원한 바람[萬里淸風]이라고 한 말이 더욱 아름답다.

화사하고 고운 것으로는 외왕부(外王父)가 간의(諫議) 이순우(李純祐)에게 올린 시에,

'교서를 쓰는 붓은 홍약(紅藥)의 이슬에 살며시 젖고, 조의(朝衣)[1]는 천제가 있는 왕궁 바람에 가볍게 나부끼는구나.'

와, 또 기상국(奇相國)에게 올린 시에서,

'옷에 가득 찬 꽃 그림자는 더운 방으로 조회하고, 쪽 곧은 한가닥 소나무 그늘은 냉랭한 집으로 물러나는구나.'

한 것과 이미수의,

'바람이 살랑살랑 부니 패옥 소리는 궁중에 전해지고, 해가 솟아오르니 꽃 그림자 붉은 담벼락에 오르네.'

와 또한,

---

1) 공복. 대소 관원의 제복.

'꽃 벽돌에 비추인 햇빛은 취한 걸음 맞이하고, 연꽃 모양 촛불과 어울린 달빛 꼬부라진 골마루를 비추는구나.'
와 외왕부의,

'화원(花園)에 비 그치니 붉은 이슬 우는 듯하고, 대나무 숲 우거진 뜰에 해 퍼지니 푸른 서리 마르는구나.'

와 같은 것이니, 이 다섯 연은 모두가 격은 같으나 옷에 가득한 꽃 그림자〔滿衣花影〕라고 한 어구는 격조가 높아 더욱 빼어난다.

굳세고도 장한 것으로는 황조의 문열공(文烈公)에게 올린 〈서정(西征)〉에,

'한 북소리에 청산이 찢어지는 듯하고, 만리 뻗쳐 있는 깃발은 햇빛을 가리도다. 산하(山河)를 평정하여 거룩한 임금님께 돌리고, 풍월(風月)을 씻어 내어 시인들게 보내 주리.'

'선인이 산다는 삼오산(三鰲山)이 우뚝하듯 충성도 장하고, 오봉루(五鳳樓)가 높듯이 문장도 웅장하구나.'

와 문순공의 〈점운진강공제반송(占韻晋康公第蟠松)〉에,

'온 하늘과 땅이 한숨 속으로 다 들어가고, 초목은 오히려 돌보는 것이 무성하다.'

와 승제(承制) 최종번(崔宗蕃)의 〈등고망장안(登高望長安)〉에,

'열 냇물은 뱀처럼 구불거려 평장동(平章洞) 골짜기를 둘렀고, 세 고개(三峴)[2] 용이 트림하듯 학사가(學士家)에 서려 있구나.'

와 같은 것이니, 이 다섯 연은 모두 격은 같으나 문열공에게 울

---

2) 세상에서 일컫기로는 송경 다섯 집이 모두 학사의 집인데, 세 고개 안에 있다고 함.

린 세 연이 가장 맑고 우아하고도 웅장하다.

　웅장하고도 고운 것으로는 사성(司成) 유충기(劉沖基)의 〈초입신도(初入新都)〉에,

　'바다로 문을 만드니[1] 유리(琉璃)의 궁궐이 되었고, 산은 저절로 꽃을 피워 금수강산 도읍지 이루었네.'

와 한림(翰林) 김신정(金莘鼎)의 〈신도야직(新都夜直)〉에,

　'한 줄기 강바람과 달은 궁궐 문에서 멀리 있고, 온나라 태평하니 임금님 수레에 봄이 온 것 같구나.'

와 같은 것이니, 이것은 모두 같은 격이나 유충기의 것이 더욱 풍부하고도 씩씩하다.

　의묘(毅廟)가 서도(西都)에 거둥할 때에 학사 백광신(白光臣)이 황주(黃州)의 관기(管記)로서 노래를 올리기를,

　'동선(洞仙)의 시냇물은 천년이 되도록 그 빛이고, 절령(岊嶺) 솔바람은 만 골짜기에 퍼져 가네.'

와 진양공(晋陽公)의 손녀가 동궁(東宮)에게 시집가서 생남한 뒤에 공이 왕실의 여러 왕과 잔치를 베풀고 여덟 동리[2]라고 불렀고, 각기 마을의 풍악이 있었는데, 도읍을 옮기자 모두 없어지고 말았으며, 이에 진양공은 다시 여덟 동리를 만들어 풍악을 울리도록 하고 관람한 것이다.

　동산동(東山洞)에서 울린 노래에,

　'동산 곡조는 거듭 사방으로 퍼져 빛나고, 중악(中岳)[3] 소리

---

1) 임진년에 바닷가 화산으로 옮겼음.
2) 옛 서울 여러 거리(坊)를 열두골이라고 하며 각각 그 마을 풍악이 있었다. 도읍을 옮긴 후에는 모두 없어졌는데, 진양공이 다시 여덟 동리를 만들어서 그 풍악을 사열했음.
3) 현자산이 중악이고 그 동리에서도 또한 풍악을 바쳤음.

는 만세 삼창(三唱)을 하는구나.'
하였고, 화산동(花山洞)에서는,

'한 가문 고관이 온 삼한에서 모여들고, 여덟 고을의 피리 소리와 노래 소리는 만수(萬壽)를 기원하는 노래들일세.'
라 하였는데 이 셋째 연구는 같은 격조이다.

모름지기 고사(故事)를 인용하는 것도 똑같지 않아서 부르는 이름을 인용하기도 하고 또는 언어와 행실을 인용하기도 하는데, 대체로 고사를 인용한 글귀는 참신한 뜻이 있기가 힘들고, 잠깐 빌어 쓴 것이기 때문에 새로운 뜻이 있을 것 같으면서도 그 실상은 없다.

미수(眉叟)의,

'도잠(陶潛)은 늙어가면서 바야흐로 술을 끊게 되었고, 두보는 게을러져서 머리를 빗지 않는구나.'
라고 한 것은 옛날 사람의 이름을 인용한 것이며 또,

'열(熱)에 붙이노라 즐겨 얼음[4]을 따를 것인가. 교제를 끊고는 한낱 돈만을 원망하는구나.'
라고 하였는데, 이것은 명칭을 인용한 것이다. 또한 황조(皇祖)의,

'당나라 사부[빙청]에 거울을 걸어, 가난한 선비를 받아들이고, 어사대[상서]에 강기(綱紀)[5]를 내보여 사치한 고관들에게 충격을 주도다.'

---

4) 당나라 양국충이 정승이 되자 어떤 사람이 장전에게 부귀를 도모할 수 있으니 양정승을 가서 보라고 했다. 장전이 이르기를, '그대들은 양정승을 태산같이 믿으나 나는 얼음산이라 한다. 해가 나오면 그대들은 믿을 곳이 없게 될 것이다' 라고 했음.
5) 법강과 풍기.

라고 한 것은 벼슬 이름을 인용한 것이다. 또 문순공(文順公)의,
　'술에 취해 수레에서 떨어진 사람은 다만 술로 인해서 정신이 맑으며, 물독을 잡은 어른이 어찌 기심(機心)[1]이 있었겠는가.'
라고 한 것은 옛 사람의 말을 인용한 것이다. 황조의,
　'변변찮은 벼슬살이 한평생에 누가 천하를 얻을 수 있었겠는가. 천리 밖에 떨어져 있는 그대가 내 마음을 알겠는가.'
라 한 것은 옛 사람들의 말을 인용한 것이다. 천하를 얻는다고 한 말은 변변찮은 벼슬을 말한 것이 아니며, 고기의 마음을 안다는 것도 또한 그대와는 상관이 없는 것으로 이는 모두 인용한 것이다.'

　문순공의,
　'세상 맛 깊고 얕음은 일찍이 손가락을 솥 속에 넣어 국물의 맛을 보는 것과 같고, 인생을 얻고 잃는 것은 이미 토끼 올무를 잊어버림과 같도다.'
라고 하여 손가락을 적신다는 말은 옛 사람의 일을 인용한 것으로, 윗시의 고기의 마음을 안다는 것과 인용한 것이 똑같다. 토끼 올무를 잊어버린다는 말은 옛 사람의 말을 인용한 것이다.

　시인(詩人)은 차용하는 것을 귀하게 여긴다. 그러나 그 차용하는 것이 재치가 없으면 뜻은 반대의 의미가 되어 버리고 만다. 직강(直講) 윤우일(尹宇一)과 직강 조문발(趙文拔)이 함께 성균관 고시에 응시하였는데 조문발이 시를 짓되,
　'하늘이 비 올 듯 개일 듯하니 반만 웃는 것이고. 밤은 바람

---

1) 기회를 보고 움직이는 마음.

도 달도 없으니 온전히 귀가 먹었구나.'
라고 하였다. 윤우일이 이 시를 오래도록 음미하더니, 이것은 이미 다른 사람이 말한 글을 차용하였지만 대단히 재치 있는 것이라고 하였다.

　황조(皇祖)께서 9월 25일에 지은 〈야월시(夜月詩)〉에,
　'이미 가을이라 시원하게 해준 부채를 상자 속에 넣어 두고, 점점 차가운 갈고리〔寒鉤〕에 새벽 발을 걷는 것을 보누나.'
라고 한 것은 물체를 나타냄이 정밀하고 미묘하다.

　문순공(文順公)이 이수(李需)의 〈영백(詠白)〉에 재삼 화답하기를,
　'홀(忽)[2] 빛은 조회에서도 아니 물러났는데, 창 빛은 취하였다가 방금 깨어나는구나.'
라고 한 것은 또한 엉뚱하고 기발한 시이다.

　강일용(康日用)의 〈어시점운부설(御試占韻賦雪)〉에서 말하기를,
　'소리는 고기 잡는 늙은이들의 도롱이를 좇아 강태공이 낚시대를 드리우던 위포(渭浦)로 돌아가고, 자취는 중의 지팡이를 따라 천태산(天台山)[3]으로 들어가는구나.'
라고 하였는데, 이것은 달기 어려운 자를 단 것이 매우 훌륭하다. 내가 북조(北朝)에 들어갔다가 옛 연(燕)나라 땅의 시골집 벽 위에 써 놓은 것을 보았는데,
　'봄도 오기 전에 비가 내리니 꽃이 빨리 피어나고, 가을이 지나가는데도 서리가 내리지 않으니 잎이 떨어지는도다.'

---

2) 벼슬아치가 조현할 때에 조복에 갖추어 손에 쥐는 물건.
3) 중국 절강성 천태현에 있는 명산.

라고 하고, 옆에 대구(對句)가 잘 맞는다고 써 있었다. 이것은 사실대로 적은 것과 두 말을 나란히 하여 대구를 만든 것이 꼭 맞는다는 뜻이다.

정여령(鄭與齡)이 문의공(文懿公)의 위시(葦詩)에 화답하기를,
 '봄 싹이 푸른 날에 하돈(河豚)[1]이 올라오고, 가을 잎사귀 누렇게 익어 갈 때 변방의 기러기 날아드네.'
라고 하였다. 이것은 물체를 형용함이 꼭 맞는다는 말이다. 사실대로 적는 것(敍事)은 물체를 그려 읊은 것보다 못하다.

문의공이 정여령의 글귀를 보고,
 "나의 시는 이 시와 함께 현판에 걸 수가 없다."
라 하고, 마침내 자기의 시를 지워 버렸다고 전하여 온다.

그러나 이렇게 말한 것은 너무 지나친 표현이며, 정여령의 시는 비록 명백하고 꼭 들어맞는 표현이나, 이는 신진 시인이 지은 것으로 초에 금을 그어 놓고, 그 금까지 탈 동안 지은 자의 시체(詩體)라 볼 수 있다.

예전 동관으로 있을 때 여름 수련회에 들어가, 운을 정하여 토란(土卵)을 제목으로 급히 시를 지었는데,
 '씨를 뿌릴 때에는 비둘기가 처음으로 알을 낳더니 거둬들일 때에는 기러기가 처음으로 날아오네.'
라고 한 것은 또한 그와 같은 시체이다. 또한 앵도(櫻桃)란 제목으로 시를 지었으니,
 '여름 열매를 따오니 구슬이 천 알이고, 봄꽃을 생각해 보니 가지마다 눈송이구나.'

---

1) 복어.

라고 하였다. 이것은 또한 격은 같으나 시체는 다르다.

두 서생이 교상(絞床)을 두고 읊었는데, 한 사람은 말하기를,

'아래는 엎어질까 봐 염려되어 기둥을 엇비슷하게 세웠고 중간은 빠질까봐 끈으로 많이 얽었네.'

또 한 사람은 말하기를,

'선비들의 푸른 옷소매 그림자 속에는 나라 은혜 받음이 저으며, 무인들이 모인 화각 소리 가운데는 많은 뜻을 얻었도다.'

라고 하였다. 압전(壓顚)의 글귀는 뜻은 교묘하나 말이 자질구레하게 많으며, 청삼(靑衫)[2]의 글귀는 신진들이 황급이 지은 것이 아니라, 곧 노련한 선비의 글들이다.

이시랑(李侍郞) 수(需)는 사람들로부터 붓을 빨리 달려 초자(鞘子)를 읊으라는 부탁을 받고 이르되,

'가죽으로 쌌으니 아직도 장군의 기질[將軍箕]이 남아 있고, 칠한 빛은 오히려 국사(國士)의 당당한 위풍 남아 있네. 대롱은 끼이지 않을까 봐 걱정되어 가운데가 점점 좁아졌고, 먼지 많이 끼일까 염려하여 아래는 가늘게 트이어 있도다.'

라고 하였다. 공관(恐管)이라고 한 글귀와 압전(壓顚)이라고 한 글귀는 같은 격식을 갖고 있으며, 그 공(恐)·유(留)·오(惡) 세 글자는 더욱 낯선 것들이다. 그러나 보통 시속(時俗)[3]이 숭상하는 바 과피(裹皮) 착칠(着漆)[4]은 모두 예사로 쓰는 말들이다. 만일 과혁(裹革)·칠신(漆身)으로 고쳐 썼더라면 이 글귀는 아주 좋았을 것이다. 시평(詩評)에서 말하기를,

---

2) 나라의 제향 때에 입는 남빛의 옷.
3) 그 시대의 풍속.
4) 옻칠을 함.

"기상은 살아 있어 싱싱함을 숭상하고, 말은 원만하여 익숙함을 바란다. 처음 배울 때에는 그 기상이 살아 싱싱한 뒤라야 장한 기상이 넘치고, 장한 기상이 넘친 뒤에라야 기상이 호탕해진다."
라 하였다. 문순공(文順公)이 소년 시절에 붓을 빨리 달려 쓴 글은 모두 그 기상이 싱싱하게 살아 있는 글귀였으므로 많은 사람들의 입에 오르내렸다.

그는 문장로(文長老)의 증시(贈詩)를 보고 화답하여 말하기를,

'잠이 달콤할 때는 깊숙한 거리에 비 내릴 때인데, 밤 차가운 소식은 한 병의 얼음이었다.'

또한 이르기를,

'두어 편의 시구를 짓느라 한가한 가운데서도 바쁘고, 한 판의 바둑 소리는 조용한 가운데서 시끄럽게 울려 나오네.'

또 이르되,

'한 골짜기의 아름다운 경치〔煙露〕는 중들의 부귀(富貴)이고, 두 봉우리[1]의 소나무와 달은 학새의 살림이로다.'

'새소리는 아침 저녁으로 문 밖 나무에서 들려오고, 사람의 그림자는 예나 지금이나 옆문에서 비치네.'

또한 이르기를,

'섬돌 아래 대나무는 그늘에 가리여 순이 자라지 못하고, 정원의 매화는 비에 젖어 열매 이제 살찌우네.'

또 이르되,

---

1) 그 절(寺)이 두 봉우리와 마주했음.

'얼굴은 맛난 술을 만나 쉬 붉어지고, 눈은 여인을 보니 한 번 흘기기 어렵구나. 숲 속 가득한 흰 눈은 원숭이가 뛰어서 헤쳐 놓고, 벽 반만큼에 지는 해는 새소리에 남았도다. 대 뿌리는 땅을 갈라 놓아 용 허리처럼 굽었는데, 파초 잎사귀는 뜰 위에서 너풀거려 봉의 꼬리처럼 길구나. 두꺼비 모양의 벼루가 차가와 글씨가 쉽사리 어는데, 사자 발굽 같은 화로가 따뜻하니 자리 옮기기 싫구나. 바둑 구경하다 남은 흔적 옷에 구김살졌는데, 술 줄인 기이한 효과는 시끄러운 소리 죽였구나.'
라고 한 것 등이다. 반벽사양(半壁斜陽)이란 말은 격식이 맑고 조촐하며, 성주기공(省酒奇功)이란 말은 그 기상이 싱싱하고 말이 익숙하며, 고금인영(古今人影)이란 말은 비록 낡았지만 뜻은 새로우며, 한중박(閑中迫)의 글귀는 말은 얕으나 뜻은 깊다.

무의자(無衣子)가 태학생(太學生)[2]이었을 때에 들길을 가면서 말하되,

'뽕 따는 여인이 낀 바구니에는 봄볕을 가득 담고, 고기잡이 늙은이의 삿갓 위에는 빗소리를 이고 가네.'
라고 하였다.

진보궐(陳補闕)은 또 이르기를,

'나무는 돌에 부딪쳐 울퉁불퉁하고, 못에 들어간 물 주기는 소리내어 흐르지 못하네.'
라고 하였다. 비광(臂筐)의 구절은 그 기상과 말이 모두 싱싱하게 살아 있어 시속에서 승상하는 바이고, 촉석(觸石)의 구절은 그 기상은 비록 살았으나 말은 오히려 노련하여 비록 시로 늙은

---

[2] 조선 성균관의 장의 이하 생원·진사의 총칭.

사람이라도 또한 놀랄 만한 일이다.

　무릇 시란 아름답고 자연스럽게 기술해야 되지만, 사실에 맞도록 써야 한다. 고사(故事)를 인용하는데, 이는 정밀하고 해박하다고 말한다.

　조문정공(趙文正公)이 최(崔)·금(琴) 두 재상이 부른 시에 화답하여 말하기를,

　'귀한 계통으로는 매〔鷹〕를 제목으로 글을 쓴 최현의 후이며, 신선 근원〔仙源〕으론 잉어를 타고 나온 금고의 자손이로다.'
라고 하여 같은 성씨의 고사를 인용하였다. 또 이르기를,

　'같은 골짜기 속에서 꾀꼬리는 함부로 나왔고, 나이 다르니 두 사람이 다 급제한 은혜를 나누었네.'
라고 하였다. 이것은 서술한 것이 아름답고 또 사실인즉, 최와 금은 다 같이 충숙공(忠肅公)의 문하생으로 같이 장원 급제하였기 때문이다.

　최상국은 다시 화답하여 말하되,

　'뜰의 난초는 옛날의 향기를 그대로 하고 있고, 문앞 대나무는 새 순을 어루만지는도다.'
라고 하여, 서술한 것이 자연스럽고 사실대로다. 또,

　'글을 지어 새벽 별을 읊었고, 전쟁에 임하여서 임금의 은혜를 갚기 위해 오래 날이 계속되기를 바라네[1].'
라고 하여 같은 성씨를 인용한 동시에 또한 사실대로 썼다.

　고원(誥院) 손득지(孫得之)가 화답하여 말하기를,

　'많은 것을 잃어 득이라는 이름을 저버렸고, 아이가 적으니

---

1) 효자는 어버이가 오래 살기를 바라므로 해가 긴 것을 좋아한다는 것임.

손(孫)이라는 성은 부끄럽구나.'
라고 하였다. 이것은 똑같이 이름을 인용하였고, 그 서술한 것이 자연스럽다. 직강(直講) 하천단(河千旦)이 나를 찾아와서 말하되,

"강일용(康日用)이 해오라기〔白鷺〕를 읊기를 '푸른 산허리를 날아와서 두동강내 버리고' 하고는 오래도록 속으로 생각해 보았으나, 그 다음 대구를 얻지 못하였소. 그 말을 듣고 위에 미수(眉叟)가 대구로 화답하기를 '높은 나무 위에 자리잡고 둥우리 들었네'라고 하여 이것을《파한집(破閑集)》에 수록하였소. 대구를 이어서 메우는 것도 좋은 일이지만 좋은 글귀를 짓지 못할 것이면 아예 그만둘 일이지, 어째서 미수는 스스로 자기 단점을 드러냈는지 모르겠소. 그러니 그대는 그것을 지우고 빼 버리시오.'
하는 것이었다. 나는 대답하여 말하기를,

"《파한집(破閑集)》에 수록된 글에 정사인(鄭舍人)이 도문(都門)에 당도하였다가 돌아가니 황빈연(黃彬然)은 목을 놓아 울며 누각을 내려왔다고 한 것은 지나친 듯하오. 그러나 먼저 깨달은 사람의 말을 어찌 함부로 비난할 것이며, 더구나 점소교(占巢橋)란 말로 비할벽(飛割碧)에 대구를 한 것은 노련한 표현인데 어찌 지우고 빼 버리겠소?"
라고 하였다. 하직강은 나의 거절에 화를 벌컥 내고 뛰쳐나가 버렸다.

그때 마침 자리에는 두서너 명 손님이 있었는데 한참 동안 음미하고 나더니,

"우리 각자 대구를 채워 보세."

라고 하였다. 이어 한 사람이,
 '푸른 풀잎에 서서 주먹질하는구나.'
라고 하였고, 또 한 사람은,
 '붉은 여뀌에 기대어 졸고 있네.'
라 하였고, 또 어떤 이는,
 '높은 소리로 밝은 달 옆구리를 뚫었네.'
라 하고서는 저마다 자기의 것이 낫다고 서로 다투었다. 나는 희롱하여 말하되,
 "강(康)이나 이(李) 두 노인이 어찌 자네들의 이 정도의 글귀를 쓸 줄 몰랐겠는가."
라고 말하니 손님들은 껄껄거리면서 헤어지고 말았다.

 승선(承宣)[1] 조백기(趙伯琪)는 문정공(文正公)의 아들인데, 스무 살도 못 되어 과거에 급제하였고, 몇 해 후에는 서대(犀帶)[2]를 차는 어사가 되어 청풍현(淸風縣)을 지나게 되었다. 그 마을 현감 정종후(丁宗厚)가 슬슬 기어와서 엎드려 절하고 말하되,
 "나는 당신의 부친과 함께 과거에 급제하였는데, 불행하게도 묻혀 지내다가 나이 70에야 비로소 이 고을 현감의 직책을 얻었소."
라고 하였다. 이에 조승선은 깜짝 놀라며, 자리에서 일어나 두 번 절하고는 시를 지어서 주기를,
 '문 밖 푸른 옷소매의 백발 노인, 일찍이 돌아가신 부친과 함께 급제하였다네. 같이 급제한 이들 모두 재상이 되었는데, 가련하도다, 70에 청풍 현감이라니.'

---

 1) 승정원 승지의 별칭.
 2) 정1품·종1품의 벼슬아치가 두르는 띠. 서각으로 장식했음.

라고 하였다. 그때 승선의 나이 겨우 스무 살 남짓하였는데, 시구는 벌써 능숙한 경지에 도달해 있었다.

상국(相國) 최보순(崔保淳)이 성랑(省郞)으로 있을 때, 가난하나 청렴결백한 선비 황보관(皇甫瓘)이 가서 뵈었는데, 상국은 소나무 그림이 그려진 시권(詩卷)을 그에게 보여 주었더니, 황보관은 즉석에서 운을 따라 짓기를,

'푸른 수염 한 늙은이〔蒼髯叟〕구름 봉우리 속에서 늙었는데, 묵으로 그 모습 그려 소나무라 불렀네. 대개 손손이 고을 하나 가득인데, 대부(大夫)의 남긴 덕 그 누가 입을 건가.'

라고 하였다. 이에 상국이 놀라 말하되,

"이 사람은 틀림없이 장원으로 급제할 것이로다."

라고 하였는데, 그 후에 그는 정말 성균시(成均試)에서 두 번째로 급제하였고, 또 얼마 뒤에는 금방(金榜)에서 장원으로 급제하였다.

기유(己酉)년 봄에 볼일이 있어 옛 서울에 도착해 보니, 다 황폐한 땅에 외로운 오동나무 한 그루가 대관전(大觀殿) 옛터에 자라고 있었는데, 굵기는 한 아름이나 되었다.

석양 무렵 서쪽 산기슭에서는 두견새〔子規〕가 슬피 우는데 흐르는 눈물을 감당하기가 어려웠다. 내가 중수도감서리(重修都監胥吏)에게 누가 지은 것이냐고 묻자, 그는 바로 부사(副使) 안진(安搢)이 지었다는 것이다. 그중 하나에,

'일 만이나 되는 집은 모두 타고 남은 것이 없는데, 대관전 옛터의 오동나무, 세월의 흐름을 말해 주는구나. 내가 늙었으나 대관전 재조를 다시 보게 되면, 태평세월을 노래할 훈풍금 만들 때에 마땅히 너를 사용할 것이다.'

라 하였고, 다른 하나에는,

'서울에 뜻밖에 두견새 있어 밤새도록 달을 보며 울어 사람의 마음을 슬프게 하네. 지난 일 생각하니 눈물만이 주르르 흐르고, 새벽엔 오동나무 곁에서 망국의 슬픔을 회고하며 읊조리네.'

라고 하였다. 이 시들은 비록 깨우쳐 알게 하는 글은 되지 못하지만 당시의 일을 묘사한 것이 자세하여 구슬픈 맛을 자아내 준다.

나는 상락(上洛) 장서기(掌書記)[1]로 있다가, 후에 그곳 태수로 부임하였는데, 임지에 가서 내가 거처하던 청사(廳舍)를 헐어 버리고 난간을 작은 연못가에 닿도록 하여, 그것을 불로정(不老亭)이라 부르고 그 정자 앞에다가 꽃과 대나무를 심었다.

임기가 차서 4년 만인 정미년 봄에는 임금님 명에 따라 옥띠를 띠고 동남로(東南路)로 나아가게 되었고, 상락을 순시하였는데, 목사(牧使)·군수(郡守)로부터 향교(鄕校)의 여러 유생들까지도 노래와 시로써 인계(引啓)를 바치는데 온 길거리를 가득 메웠다.

상원사로(尙原四老)라고 스스로 부르는 데 노인이 있는데, 나이는 70이나 80쯤 되었을 듯한데 짧은 곡조와 절구시(絶句詩) 네 수를 바쳤다.

그 한 편에는,

'예전에는 남빛 옷의 생원이시더니 이제는 붉은 깃발의 장군으로 오셨네. 정사에 으뜸이 되시는 공(公)과 같은 이 일찍이

---

1) 조선 세자궁에 속한 종8품. 궁인직의 하나.

들어 보지 못하였네. 감옥에 풀이 돋아나고, 호랑이가 새끼를 낳았다고, 지금까지 아름다운 숨은 이야기로 전하여 온다네.'
라고 하였으며, 그 둘째 편에는,

'불로정 가에 피어난 온갖 꽃들은, 이 고을 목사(牧使)일 때 스스로 가꾼 것이라네. 봄볕까지도 떠나시고 나서는 괴로워하더니, 무심한 것들도 당신이 다시 오심을 기뻐하는구나.'
라고 하였다.

나는 이에 말하기를,

'호랑이가 새끼를 업고 강을 건너가는 것을 옛날 사람들은 아름답게 생각하였는데, 이제는 호랑이가 새끼를 낳았으니, 좋은 일은 아니다. 그러나 감옥을 텅비게 한 것은 취할 만하다.'
라고 말하였다.

고금을 통하여 사람들을 깜짝 놀라게 할 만큼 뛰어난 시구는 많지 않다.

초당(草堂)은 강상(江上)에서 이르기를,

'아무런 공을 세우지 못함을 생각하면서 홀로 누각에 기대었도다.'
라고 하였으며 〈민(悶)〉이란 시에는,

'발[簾]을 말아서 기대어도 푸른 산밖에 보이는 것 없구나.'
라고 하였다. 진보궐(陳補闕)이,

"두보의 시는 비록 다섯 글자로 쓴 오언시라 할지라도 그 기상이 상외(象外)²⁾를 삼킨 듯하다."
고 말한 일이 있는데 그것을 아마도 이러한 시구를 두고 말하였

---

2) 범속과 떨어진 경계.

을 것이다.

그러나 백수(白水)의 글귀에서 유(唯)·역(亦)의 두 글자를 쓴 것이 참 묘하다고 할 만한데, 그 묘한 맛은 마땅히 답답한 가운데 처하여 음미해 보지 않고는 느끼지 못할 것이다.

장원(狀元) 최기정(崔基靜)은 〈사시사(四時詞)〉에,

'눈 무릅쓰고 원추리가 돋아나며, 서리 내리는데 보리꽃이 피어나는도다.'

라고 한 것은 초당의 시어(詩語)를 그대로 인용한 것이고, 오세재(吳世才) 선생의 자서(自敍)에,

'골짜기에 있어도 외로운 충정(忠情)은 붉기만 하고, 재주와 명성이 있었으나 귀밑머리 희어지기만 하였네.'

라고 한 것도 초당의 시격(詩格)을 인용한 것이다.

황조(皇祖)께서 처음 금규(金閨)[1]에 처음 드셨을 때 〈봉사강남유제(奉使江南留題)〉란 글에,

'구름낀 하늘가에 띠풀과 연이어 있는데, 들에 펼쳐진 쑥풀 사이에는 뿌리가 끊어져 널려 있도다.'

라고 한 것을 시인(詩人)들은 두보의,

'해와 달은 조롱(鳥籠) 속의 새와 같고, 하늘과 땅은 물 위에 뜬 마름[萍]과 같도다.'

라고 한 시와 더불어 그 글귀를 정밀하고도 교묘하게 매만진 것이 비슷하다고 말하였다. 혹 어떤 이는,

"이러한 격을 다섯 글자로 만들었다면 아주 교묘할 것인데 일곱 글자라 교묘하지 못하다."

---

1) 조정을 말함.

고 말하기도 하였다.

미수는 《파한집(破閑集)》에서,

"고금을 통해 글귀를 다듬는 법을 터득한 사람은 두 소릉뿐이다. 그의 '해와 달은 조롱 속의 새와 같다'라고 한 것을 음미해 보면 과연 사탕수수를 씹는 맛과 같다."

고 하였고, 또 진보궐은,

"'3년 동안 나그네의 베갯머리에는 달이 비추이고, 만리 길 나그네의 오깃에는 풀나무 바람이 스쳐가는구나'라고 한 것은 초당이 '3년 동안 피리 소리 속의 관산(關山)에는 달이 떠오르고 만국(萬國)의 군대 앞에는 풀나무 스치는 바람이 이는구나'라고 한 것보다 말의 기상이 예리하지 못하고 뜻이 깊지 못하다."

고 하였다.

사관(史館) 이윤보(李允甫)는 일생 동안 두보의 시를 즐겨하여 때때로,

'전쟁 속에서 늙어 버린 선비를 보았다.'

라는 한 구절을 읊으면서,

"이 글귀는 자연스러우면서도 박력이 있어 평범한 재주로는 도저히 이끌어 낼 수가 없다."

고 칭찬해 말하였다.

한림(翰林) 송창(宋昌)이,

"공부(工部)의 시에 '봄풀 너머 구강(九江)[2]이 있고, 삼협(三峽)[3]은 저물어 가는 돛 앞에 있도다'는 것은 말이 쉬우며, 또한

---

2) 중국 강서성 북부의 도시.
3) 중국 양자강 상류에 있는 세 협곡. 파협과 무협과 명월협.

뜻이 매끄러우니 혹시 그렇게 쓸 수가 있겠습니까?"
라고 물었더니 사관은 웃으며 말하기를, 그 말의 뜻은 워낙 넓고도 원대하여,

"그대 알 바가 아니다. '옛스런 담장에는 오히려 대나무 빛이 그대로 남아 있는데 텅 빈 누대에는 솔바람 소리 들려오는구나' 같은 것은 공부의 평범한 문체에 속하는 것이나 고금을 통하여 두보의 문체를 배운 사람이 여럿 있어도 그와 비슷하기에 이른 사람이 없었고, 오직 설당(雪堂) 한 사람뿐이었다. 그의 '베갯머리에 기대니 낙화는 몇이나 남을까? 문을 닫아도 새로 돋은 대나무는 스스로 천장대로구나'와 같은 것은 말의 격이 맑고 긴함은 같으나 그 한가롭고 우아한 정취(情趣)[1]는 한결 낫다고 한 바, 바로 '의침폐문(依枕閉門)'이라는 말 같은 것이다."
라고 하였다.

일찍이 사관(史館)이 이한림(李翰林=文順公)과 더불어 안화사(安和寺)에서 유숙하면서 시를 썼는데, 한림의 시에,

'흥망의 자취는 없어졌어도 늙은 나무는 남아 있으며 예나 지금이나 차가운 물만이 홀로 흘러가는구나.'
라고 하였는데, 사관은,

"'홀로'라는 말을 '오히려'라는 말로 고치면 바로 초당의 글귀와 같게 될 것입니다."
라고 하였다.

귀정사(歸正寺) 벽에 '새벽 종소리는 구름 밖까지 울려 젖어드는데, 정오(正午)의 범패(梵唄)[2] 소리는 말라 있구나'라고 한

---

1) 정조와 흥취.
2) 여래의 공덕을 찬미하는 노래.

시는 공부(工部)의 '새벽 종소리 구름 밖까지 울려 젖어드는데 절경인 석당(石堂)에는 고운 아지랑이 인다'라고 한 글귀를 빼앗아 사용한 것이다.

'새벽 종소리가 젖어든다'고 말한 것은 아주 기발하나 '범패 소리 마르는구나'라고 한 것은 비어 있고 버성긴 듯하다. 그러나 대구는 저촉되어도 '석당의 아지랑이'라는 시구도 '그 기상이 상외(象外)를 삼킬 듯하다'라는 표현과 같은 종류에 속한다.

《보한집(補閑集)》에서는 다만 본조(本朝)[3]의 시(詩)만 수록하였다. 그런데 시를 말하면서 두보의 시를 말하지 않는다는 것은, 유학자를 말하면서 공자(孔子)를 말하지 않음과 같으니 그 책 끝에 간략히 말하였다.

무릇 시를 매만지기를 공부처럼 한다면 교묘하기는 교묘하다고 할 수 있다. 그러나 솜씨가 서투른 사람들은 아무리 매만져도, 매만지면 매만질수록 졸렬하고 난잡하여져서 쓸데없이 속만 태우게 된다. 그러니 이렇게 하는 것이 어찌 각기 있는 재주 그대로를 잘 갈고 다듬어 흔적이 없도록 하는 것과 같겠는가? 요즈음 수련하기를 일삼는 자들이 다 정숙공(貞肅公)을 스승으로 삼고 있는데, 이미수는 말하기를,

"장구(章句)를 만드는 방법은 이것을 벗어나지 않는데 만일 옛날 사람들이 보면 어설프고 옹졸하고 졸렬하다고 말할지 어찌 알겠는가?"

라고 하였다.

글이란 것은 빼어나며 웅장하고 뛰어난 것을 그 기상으로 삼

---

[3] 현존하는 왕조.

고, 굳세고 준수하며, 밝은 것을 그 뼈대로 삼고, 정직하고 정밀하여 상세한 것을 뜻으로 삼고, 풍부하고 넓은 것으로 말을 만들며 간결하고도 힘 있는 것을 채로 삼는데 만약 재주가 설고 떫거나 또는 쇠약하고 거칠어 깊지 못한 것은 병통이며, 시(詩)에 있어서 가장 최상의 것은 신기하고, 빼어나게 묘하며, 뛰어나고 함축성 있으며, 험상하면서도 준수하며, 호탕하고 장대하면서도 부귀스럽고, 웅장하고 아담한 것이며, 그 다음은 정밀하고도 긴하며, 활발하고도 청초하며, 표연히 뛰어나 곧으며, 넓고도 부드러우며, 빛나고 격절하며, 평이하고 담담하고도 높으며, 한가롭고도 넓으며, 깨끗하고도 고운 것이며, 병통은 어설프고 졸렬하고 성글며, 어렵고 메마르고 속되고 복잡하며, 쇠약하고 음란한 것이다.

 대개 시를 평하는 사람들은 우선 기상과 뼈대, 뜻과 격조를 먼저 보고, 말과 성률(聲律)은 그 다음에 본다. 시격이 같아도 그 운과 말에 때로 훌륭한 연과 못한 연이 있어서 운과 말을 맞추어 잘 지은 자는 매우 드물기 때문에 평하는 말도 또한 번잡하여진다.

 시격(詩格)에 구(句)가 노련하여 익숙하면서도 글자는 천하지 않고, 뜻이 번잡하지 않으면서도 이치가 깊고, 재주는 방자하여 그 기상은 성나지 않아야 하고 말은 간결하면서도 사실대로라면 비로소 국풍과 이소에 끼어들 수 있다 하였으니, 이 말은 모범으로 삼을 만하다.

 '명(命)'을 지은 것은 《서경(書經)》의 '필명(畢命)'과 '경명(冏命)'에서부터 시작되었던 것으로, 진(秦)나라에서는 '명'을 '제(制)'로 고치고, '영(令)'은 '조(詔)'라고 고쳤으며, 한(漢)

나라 때에는 그것을 그대로 썼다.

　주관(周官)의 육사(六辭)에 '세 번째는 고(誥)'라 하였는데, 《춘추(春秋)》가 나오자 '고(誥)'는 없어지고 말았다. 한나라 무제 6년에 처음으로 고를 지어 대신(大臣)들에게 고시(告示)하고 '교(敎)'라고 불렀는데, 이것은 진(秦)의 제도였다. 업적을 기록하는 것을 '책(冊)'이라고 하여 어떤 직책에 봉하고 지위를 세울 때에, 또 임금이나 태자가 죽은 후 그 공적을 기록하는 '애책(哀冊)'이란 것이 있었는데, 이는 반드시 간결하고 진실하게 써야 하였다.

　위(魏)·진(晋)·제(齊)·양(梁) 때에는 임금의 말씀을 대신하여 글을 지었는데 사실보다 번거롭게 쓰는 것을 숭상하였다.

　당(唐)이 일어난 뒤에 원진(元縝)은 번거로운 말들을 없애 버리고, 옛 뜻을 취하였고, 제한(齊澣)은 옛날의 '모(謨)'·'고(誥)'를 기준으로 삼았고, 상곤(常袞)은 임관의 사령장에 익숙하였고, 양염(陽炎)은 임금의 덕을 찬양하는 글을 잘 지어, 모두 임금의 명령을 글로 쓰는 '제고(制誥)'는 예전에 전칙(典則)이 있었는데 예종(睿宗) 때에 와서 한번 변하여 화려하게 되었고, 오늘날에 와서는 세 번이나 변하여 번거롭게 말이 많아졌고, 쓸데없이 아름답게만 꾸며, 심한 것은 광대의 희롱이나 푸념 같은 것도 있다.

　문의공(文懿公)은 〈예대 내외제 약간장(睿代內外制若干章)〉을 지어 본조의 고를 짓는 규칙으로 삼았다.

　당의 제도에서 안은 한림(翰林), 바깥은 증서라 하였고, 본조에서는 안은 성랑(省朗), 바깥은 고원(誥院)이라 하였다.

　한대(漢代)의 제도로서 제서(帝書)에 네 가지가 있는데 '책

(冊)'·'제(制)'·'조(詔)'·'계칙(誡勅)' 등이고, 당대(唐代)의 왕언(王言)에 일곱 가지가 있는데 사령서 조칙의 한 종류인 제서 임금의 칙명을 적는 칙서·칙첩 등이다(오늘날의 비답·회조 등의 여러 조서는 모두 칙서에 속함).

 대개 공(公)·상(相)을 제배(除拜)하고 장수를 명하는 것을 '제(制)'라고 하고 모두 백마(白麻)를 사용하였는데, 당 태종 정관(貞觀) 연간에 혹 황마(黃麻)를 사용하기도 하였고, 온 관료들에게 선고(宣告)하는 것은 '선마(宣麻)'라고 하였다[1].

 우리 나라는 1년 동안에 많은 제배가 있는데, 이를 모두 한 마(麻)로 한다. 그래서 제서(制書)[2]의 첫 장과 마지막 장에, 행적(行蹟)을 모두 총론하고, 끝 장에서는 '어희(於戱)'[3] 또는 '희(噫)'자로서 그 시작을 표시하고, 가운데 장만은 여러 공들의 업적을 기록하기 때문에 제각기 다르다. 각 장의 염률(簾律)과 첫머리와 끝 두 장은 서로 어울리도록 되어 있고, 각 편에다가 여러 공들의 임명장〔告身〕을 각각 한 통씩 만드는데 이것이 바로 4품 이상의 벼슬의 사령장인 대관고(大官誥)이다.

 당나라에서 고를 쓸 때 처음에는 종이나 비단에다 썼는데 정관(貞觀) 후에는 무늬 비단에다 썼고, 교서(敎書)에도 그 행적을 써서 각각 그 편 머리에다 붙였다. 종실(宗室)은 비록 대고(大誥)에 속하지만 조정에서 선고(宣告)하지 않기 때문에 선마(宣麻)[4]에 끼일 수가 없다.

---

1) 원화 초년에는 우수날에 기초했다가 기수날에 온 관료가 선정전 아래에 반차대로 서면 사인이 제서를 받들고 빨리 걸어와 선포했음.
2) 조서. 제왕의 선지를 일반에게 알릴 목적으로 적은 문서.
3) 감탄하거나 탄미할 때에 나는 소리.
4) 임금이 신하에게 궤장을 내려 보낼 때 함께 껴서 주는 글.

옛 제도에 추밀원 복야(樞密院僕射)의 팔좌(八座)⁵⁾와 상장(上將)은 함께 소관고(小官誥)이다.

근래에 와서야 비로소 추밀사가 선마(宣麻)에 끼이게 되었고, 승직에 대한 사령고는 경상(卿相)⁶⁾과 비교하면 크고 작음에 차이가 있다.

문의공이 지은 중서(中書)·문하(門下)·총성(摠省)·이조·병조 및 행원(行員)의 성명·초압(草押)의 규식(規式)은 영문(令文)과 다르며, 중서에 간직된 송(宋)·요(遼)·금(金) 세 나라의 고(誥)의 형식도 또한 달라서, 마땅히 판본(板本)의 영문을 따르도록 해야 할 것이다.

원정(元正)·동지(冬至)·팔관회 및 임금의 절일(節日)⁷⁾에 양계(兩界) 병마사와 여러 목(牧)의 도호부에서 하표(賀表)⁸⁾를 울리면, 중서에서 그 높고 낮음의 등급을 매겨 방(榜)을 붙인다.

옛날의 상주 목사(尙州牧使)가 〈팔관표(八關表)〉를 울렸는데,

'섭(葉)에서 한(漢)의 대궐로 날아가려고 하였으나, 두 마리의 오리⁹⁾가 없어 부끄럽게 생각하며, 순(舜) 임금의 조정에서 소악(韶樂)을 들으며 춤추기에¹⁰⁾ 온갖 짐승과 같이 하기를 기원합니다.'

라고 하였는데, 그때 사람들은 이것을 잘 지은 글이라고 생각하

---

5) 위·수·당이 모두 육상서와 양복야로써 팔좌라고 했는데, 지금은 육상서와 좌우산기로써 팔좌라고 함.
6) 육경과 삼상.
7) 임금이 탄생한 날.
8) 나라 또는 조정에 경사가 있을 때 신하가 임금에게 바치던 축문글.
9) 동한 때 왕교가 섭현 현령으로 있으면서 매달 초하루와 보름에 조정에 왔는데 한 쌍의 오리처럼 보이는 신발을 타고 왔다고 함.
10) 내가 돌을 두드리고 돌을 만지니 온갖 짐승 죄다 춤춘다'《서경》〈순결〉편).

였지만, 어떤 자는 두 마리의 오리는 현령(縣令)의 고사(故事)로 그것을 목사(牧使)에다 쓴 것은 잘못된 일이라고 하였다.

도읍지를 옮기고 나서 울린 신축년의 팔관표에,

'의관(衣冠)이 잘되어 새 도읍지가 옛 도읍지보다 낫고, 통소・악기 소리가 울려 퍼지니 오늘의 풍악 소리가 옛날의 풍악 소리와 똑같다.'

라고 하였고, 〈동지표(冬至表)〉에는,

'왕자의 덕이 성대(盛大)할 때에 다시 송도(松都)의 임금의 땅이 늘어났고 메마른 땅이 살찌니 이미 화산(花山) 왕기(王氣)가 되었습니다.'

라고 하였는데, 방이 나붙을 때 두 표문이 모두 으뜸이었다. 또 〈원정표(元正表)〉에,

'천체를 모방하여 만든 기형이 도수(度數)를 바꾸니 경사스러움이 낙수(落水)의 새 도읍지에 엉기었고, 옥백(玉帛)[1]이 대궐로 달려 나가니 예(禮)가 도산(塗山)의 옛 모임보다 성대하여, 또 임금의 바람〔風〕이 온화한 기운을 펴니 동국 농상(農桑)[2]의 봄이 일찍이 오고, 거룩한 태양 빛이 멀리까지 비추이니 북녘 몽고 병란의 눈도 녹고 말았네.'

라고 하였고 〈절일표(節日表)〉에는,

'외성(外城)을 둘러 비단 물결이 흐르니, 제왕(帝王) 만세의 도읍이요, 비단에 수를 놓은 듯한 봉우리에 궁전을 열어 또다시 천추절(千秋節)을 다시 노래하는도다.'

라고 하였는데, 방이 나오자 두 표문이 모두 으뜸이 되었다.

---

1) 옥과 비단.
2) 농사일과 누에 치는 일.

선숙공(宣肅公) 최종준(崔宗峻)은 타고난 성품이 맑고 절개가 곧다. 20세도 못 되어 벼슬 자리에 올랐으나 한 번도 법에 어긋남이 없었고, 시중(侍中)으로 있다가 총재(冢宰)에 오른 지 15년이나 되었지만 문간과 뜨락이 물처럼 맑았고, 만년에 이르러 퇴직할 것을 청하니 임금은 안석과 지팡이를 하사하시어 조회(朝會)에 나오지 말고 그 전과 다름없이 정사를 돕도록 하였다. 상주 목사(尙州牧使)가 하동지장(賀冬至狀)에,

'귀하면서도 소탈하고, 담백하고 강직하며 사리에 밝아서 문간과 뜰에는 티끌이 끼어들지 못하고, 종들도 오히려 얼음 구슬처럼 맑았습니다. 청렴결백한 위엄으로 화내지 않아도 사람들은 두렵게 바라보았으며, 빛나는 태도는 본받을 점이 많아 자연스러우며, 조금도 꾸밈이 없습니다. 끝까지 절개를 지켜 다섯 임금을 보필하였고, 벼슬길에 오른 이후 유사(有司)에 탄핵당한 때가 한 번도 없었고, 사대(四代)에 걸쳐 평장사를 시냈으니, 매미 깃으로 만들었다는 선관(蟬冠)보다 높은 것이 없었습니다. 10년 동안 총재를 맡는 것도 드문 일인데 하물며 평생의 구장(鳩杖)을 하사받았음에랴…….'

라고 하였다. 공(公)이 특별히 화답하기를,

'청렴하고 정직하며, 사사로운 마음이 없고 충성과 절개로써 스스로 허락하였습니다. 고을 서기가 입는 남포의 뒤를 수령이 입는 자포로써 뒤를 이었고[3] 자수가 있는 영각으로써 황각(黃閣)[4]의 옛 발자취를 찾았습니다. 들리는 바에 의하면 정사를 잘 하시며 문장의 값도 귀히 생각하시고 친구에게도 보내지 않는

---

3) 그 고을 원이 일찍이 이 고을 서기로 있었는데 그 후에 이 고을을 맡았음.
4) 의정부의 별칭.

다고 하였습니다. 또한 외팔이 안부를 물으시니, 상락(上洛)에 그윽한 향기의 매화(梅花)는 목사(牧使)를 따라 녹야당(綠野堂)[1] 노인에게 다다르고, 중서(中書)의 붉게 핀 작약(芍藥)은 주인이 없어 자미사인(紫薇舍人)을 기다리오니, 마땅히 비단같이 아름다운 글을 지으시어 바로 윤음(綸音)[2]을 부연하는 지위에 오르십시오.'
라고 하였다. 대개 재상이 축하하는 글에 화답할 때에는 한두 줄에 불과한 짧은 편지가 보통인데, 이제 이 답장은 지극히 보통 것과 달라 다른 고을의 목사들도 귀기울여 듣고 모두 영화롭게 여겼다.

금방(金榜) 세 번째 사람인 정당(政堂) 김창(金敞)은 진양공(晋陽公) 문하(門下)의 상객(上客)으로서 날마다 어진 사람을 천하여 나라를 돕는 것을 그의 직책으로 삼았다. 곧 재상에 오르고 해마다 과거를 관장(管掌)[3]하였다.

같은 해에 진사였던 한유선(韓惟善)도 같은 문하에서 과거에 올랐다. 이해 동지(冬至)에 상주 목사가 축하하여 쓰기를,

'백의로 성균관 시험에 올라 같은 방이었는데, 지금은 어찌 문생이며, 청삼(青衫)으로 진양(晋陽)의 객이 되어 공은 공과 같은 때에 상국이 되었습니다.'
라고 하였다.

오늘날 여러 고을의 목사들이 쓴 축하 글에는 옛것을 모방한 글이 많으나, 이 상주 목사의 축하 글에는 하나도 모방한 것이

---

1) 당나라의 배도. 녹야당은 그의 별장임.
2) 임금의 말씀.
3) 맡아서 주관함.

없이 사실대로 썼는데 다만 말이 원만하여 익숙지 못할 뿐이다.

예로부터 한유(韓愈)·유종원(柳宗元)·송기(宋祁)는 사륙문(四六文)의 본보기였는데, 삼현(三賢)에는 미치지 못하나 문열공(文烈公) 김부식(金富軾)을 본보기로 해도 무방하다.

문순공(文順公)은 표연히 빼어난 기상과 호매한 재주로써 글을 넓고도 길게 구사하였는데 전(箋)·표(表) 문에 이르러서는 말을 간략하게 구사함으로써 염률(簾律)에 어긋나지 않았다.

근래에 와서 몽고(蒙古) 황제가 우리 나라를 문책하는 조서에 뜻이 곡진하였고, 공(公)이 표문을 지을 때 한두 장으로 짧게 쓸 수가 없어 간혹 말을 풀어 썼지마는 염률은 그대로 남아 있었다. 그 후의 몽고 표문을 쓰는 사람들은 으레 말을 풀어 썼고 심지어는 관직에서 퇴직하는 사람들까지도 점점 그것을 본받아 더욱 법이 아니었다. 모름지기 전(箋)·표(表)는 사륙염대(四六簾對)에 제한되어야 하므로 겸손하고 단속하여 넘어서지 않아야 하며, 간단한 말로써 뜻을 다하는 것을 첫째로 삼는다.

수(隋)·당(唐) 이전에는 말을 멋대로 구사하여 염률이 없었지만, 당나라 이후에는 대구와 염률이 생겼는데 대구가 무리하게 길면 오히려 예의에서 벗어나는 것이 있는데, 하물며 그 말을 염률도 없이 풀어 썼음에랴. 이것은 공손한 태도가 아니다.

나는 일찍이 정숙공(貞肅公)이 지은 〈장옥부(場屋賦)〉를 보고 칭찬하고, 한번 흥내라도 내기를 바랐는데 과거에 오른 후에는 임종비(林宗庀)와 정지상(鄭知常)이 비호하여 지은 사륙문을 흠모하여 몰래 '호랑이를 그리려'고 하였더니, 지금 와서 옛날에 지은 것을 돌이켜보니 모두 어설프고 거칠고 헛되어 호랑이는

커녕 도리어 개를 닮아 버렸다.[1]

그래서 그 당시 삼현(三賢) 및 문열공을 닮아 고니[鵠]를 그렸더라면 비록 그대로 그리지는 못하였어도 거의 따오기[鶩]는 비슷[2]하였을 것이다.

정미(丁未)년에 나라에서는 오랑캐의 침입을 막기 위해 삼품관(三品官)으로 진무사(鎭撫使)[3]를 세워 세곳으로 갈라 파견시켰다. 그때 장원(壯元) 김지대(金之岱)는 형부시랑(刑部侍郎)이 되어 동남로안렴사겸부행(東南路安廉使兼副行)이 되었다. 정월 초하루 아침에 진무사에게 축하장을 보냈는데,

'계인(鷄人)이 제사지내는 날 새벽을 알리니 초호(楚戶)의 닭에게 다투어 풀[糊]을 칠하고 천자의 조서로 봄을 알리니 순지(荀池)[4]에 목욕하는 봉황새까지 재촉하는구나. 생각해 보니 패도(覇道)[5]와 왕도(王道)[6]의 지략을 가슴에 품고 천지(天地)에 통하는 이를 선비[儒]라고 한다. 문화(文和)·문헌(文獻) 양 공이 같은 집안에서 일을 쌓았으니, 반드시 경사가 있을 것이며, 사업(司業)[7]·사성(司成)이 여섯 달 동안 승지하는 데에 어려움이

---

1) 계량을 본받고자 하다가 그와 같게 되지 못하면 천하에 경박한 사람으로 될 것이니, '호랑이를 그리고자 하다가 도리어 개를 그린 것과 같게 된다' 라는 마원의 말에서 따온 것임.
2) '백고를 본받는다면 그대로 되지는 못하더라도 오히려 삼가고 조심하는 선비로는 될 것이니, 이것은 고니를 만들려고 조각하다가 성공하지 못하더라도 오히려 따오기와는 같게 된다' 는 마원의 말에서 따온 것임.
3) 조선 진무영의 으뜸 벼슬. 강화 유수의 겸직임.
4) 진(晋)나라 순욱이 수상서령의 벼슬을 그만두게 되자, 어떤 사람이 그에게 복잡한 일을 그만두고 조용히 있게 됨을 치하했더니 순욱은 '나의 봉황지(鳳凰池)를 빼앗겼는데 그대는 축하하는가' 라 했다고 함.
5) 인의를 무시하고 무력이나 권모로써 천하를 다스리는 일.
6) 임금이 마땅히 행하여야 할 길.

없었다. 아침에 선석(選席)하는 저울 추(錘)와 대〔衡〕를 미처 거두지도 못하였는데, 저녁 문득 군문(軍門)의 부절(符節)[8]과 부월(斧鉞)[9]을 받았으니, 적을 누른 위명(威名)은 2년 동안에 물고기와 새들까지도 서로 알았으며, 변방을 편안하게 한 업적에는 만국(萬國)이 피리 불고 노래하며 태평에 추한다.'
라고 하였다. 이를 뒤에 제서(除書)가 왔는데, 진무사를 우복야(右僕射)로 삼는다는 것이었다. 이에 김(金)은 또 긴 글로 축하하였는데,

'새로 내린 조서(詔書)에 검은 먹 글씨가 천리까지 왔으니 지난번 글의 '목욕하는 봉황새'의 말이 사흘 만에 증명되었습니다. 공손히 생각해 보니, 세상은 뛰어난 인재의 이름으로 뒤덮이고 모든 사람 가운데서 덕스러운 행동은 뛰어나 황각(黃閣)·사대(四代)에 걸쳐 부자(父子)가 다 재상이 되고, 문장가로 칠세(七世)를 이어 왔는데 조부에서 손자까지 다 문장에 능하였습니다. 일찍이 청반(淸班)에 올라 요직(要職)에 있었고, 성균관에서 경전(經典)을 토론하면 여러 노선생(老先生)도 말에 끼지도 못하였고, 홍문관〔玉堂〕에서 붓을 들어 쓰면 옛날 사인(詞人)[10]들도 따르지 못하였습니다. 상락(上洛)에는 아직도 정사에 능하다는 명성이 남아 있고, 서원(西垣)에는 부판(浮判)이 또한 전해지

---

7) 고려 때 국자감 또는 성균관의 종4품 벼슬.
8) 돌이나 대나무로 만든 부신. 여기서 부신이란 나뭇조각, 두꺼운 종이 등에 어떤 글자를 쓰고 거기에 도장을 찍은 뒤에 이를 두 조각으로 쪼개어, 서로 한 조각씩 갖고 있다가 뒷날 그것을 서로 맞춤으로써 서로간에 약속한 증거로 삼은 물건을 말함.
9) 작은 도끼와 큰 도끼. 옛날 출정하는 대장에게 또는 중요한 군직을 띠고 지방에 나가는 사람에게 임금이 손수 주던 것임.
10) 시문 등을 짓는 사람.

고 있습니다. 두 곳을 절제하는 영광이 떠나기도 전에 아홉 대신의 대열에 올랐습니다. 저울대로 선비를 뽑으니 봄에 복사꽃, 오얏이 핀 대문을 여는 듯하고, 큰 도끼〔鉞〕로써 전쟁에 나감에 여름에 연꽃 핀 연못을 여는 듯합니다. 천자는 이미 남쪽 돌아보실 것을 잊으셨고 백성들은 다투어 중흥(中興)을 위해 힘쓰고 있습니다. 과연 멀리 가까이에 비린내, 노린내가 가득 차서 세 곳이 다 소란한데, 이야기하고 웃으며 지휘하여 진정시키니 국경이 온전합니다. 제 자신도 이미 그대를 착하다고 생각하고 있는데, 전하께서도 차례를 보시지도 않고 상을 내리셨습니다. 성균관에서 여러 번 옮겼으나[1] 얼음처럼 깨끗한 행실은 달이 바뀌는 대로 따라 맑아졌고, 어사대에 들어가니 서리 같은 법도 바람이 불 듯 더 빛났습니다. 오직 중한 자리에는 덕 있는 사람을 먼저 추천해야 하는 것이 마땅하거늘, 하물며 뛰어난 인재는 반드시 품계(品階)를 따를 것이 있습니까? 그러므로 광록대부(光祿大夫)에 제수하였다가 이어 한림학사(翰林學士)를 겸하였사오니, 어찌 다만 현명하신 전하의 사람 씀을 경하할 뿐이고 또한 우리 도(道)가 크게 시행될 것을 기뻐합니다.'

이 글은 비록 출하하여 찬미하는 것이 사실보다 과장되어 있으나, 그 말로써 사실을 서술한 것이 모두 정확하고 상세하다. 그러나 '만국이 피리 불고 노래한다'는 대구(對句)가 허황되고 가소로울 뿐이다.

세상에서는 사륙문(四六文)의 시(詩)와 문(文)을 별개의 것으로 생각해서 시에는 누가 능하고, 문에는 누가 능하다고 말하여

---

1) 1년 안에 여러 차례로 좨주·사성·지대복야에 옮겼음.

이 모두를 겸해서 잘 할 수는 없다고들 알고 있다. 그러나 이것은 문장(文章)의 방에는 들어가 보지도 못하고 문 앞에서 한쪽만 엿본 자들의 말이다.

원래 대가(大家)란 모든 것을 다 잘 아는 법인데 어느 것은 못 한단 말인가. 더구나 이 사륙체(四六體)는 문(文)에서 따로 발생한 것이 아니라 대개 위(魏)와 진(晋)나라의 글 쓰는 이들이 글을 지어 관장에게 올릴 때에 쉽게 읽을 수 있도록 구절을 나누어 넉 자와 여섯 자씩 짝을 맞추어 사륙체로 만들고 이것으로 전(箋)·표(表)·계(啓)·장(狀), 즉 오늘날의 서간 문체로 삼았으니, 이곳은 역시 글에 대구를 하기 위한 것이 후에 이것이 염각(簾角)과 외형률을 갖는 부(賦)로 변해서 과거(科擧) 보는 곳에서도 사용되었으니, 이것은 임금님께 올리는 글을 대신 짓는 재주를 시험해 보기 위함이었다.

그러나 임금님께 올리는 글을 짓는 것이라면 글을 대구 없이 풀어 써도 무방하다. 그런데 오늘날은 이 사륙문(四六文)을 별도로 한 유파(流破)로 생각하고 있고, 옛 사람의 말 중에서, 7, 8자 내지 10여 자까지 인용해 쓰다가 다행히 그 대구가 잘 맞게 되면 공교롭게 잘 되었다고 생각한다. 그러나 자기가 독창적으로 만들어낸 말은 하나도 없으니 어찌 참신한 뜻이 있겠는가.

미수 이인로가,

"임종비(林宗庇)의 곤륜강상(崑崙崗上)이라고 한 구절을 《파한집(破閑集)》에 수록하였지만 나는 이것을 취하지 않는다."

라고 하였다.

급제(及第) 유화(柳和)가 남쪽 섬으로 귀양가서 서울 친구들에게 부친 글에,

'우뢰 치는 연못에 바람이 몰아치고 소나무 서 있는 강 위로 빗발을 뿌리는데, 돛단배는 점점 불어오는 물에 처음으로 배가 불러오고, 남관(藍關)은 눈에 휩싸였고, 구름은 진령(秦嶺)을 비껴 흘러가는데, 말[馬]은 전진하지 않고 집은 어느 곳인가.'
라고 하였다. 이것을 보고 이제 겨우 붓을 잡기 시작한 어린아이들까지도 이 체(體)를 좋아해서 본받았으므로 말이 길어 어수선하고, 자세하거나 실리가 없으며, 근본 뜻에서 벗어나 간절하지 못하였다.

심지어는 한림(翰林)에서 부처님이나 신에게 올리는 글을 으레 번잡스럽게 말을 늘어놓았는데, 이것은 비단 번잡한 글귀뿐이 아니라, 혹은 부처님이나 신(神)의 인과응보(因果應報)[1]에 관한 것이나 국가의 길흉이나 또는 오랑캐의 침입에 대한 글들을 거론하여 일을 과장되게 벌여 표현하는 것으로 자기의 재주를 삼았으니 이는 부처님과 사람을 속이는 망령된 소행이다.

옛 사람들의 문장이 간단하였던 것이 어찌 그들의 재주가 글을 늘어놓기에 부족하여 그리하였겠는가. 이는 헛되고 들뜬 것을 버리고 진실한 것을 취해서 사실대로 나타내고자 함이니 글을 쓰는 사람들은 삼가 조심해야 할 것이다.

일찍이 《문열공집(文烈公集)》을 읽다가 고려 명승 대각국사(大覺國師)[2]는 왕자로서 출가하여 송나라에 가서 불도를 닦고, 현수(賢首)·달마(達摩)·천태(天台)·자은(慈恩)·남산(南山) 등 선종의 5가 법문을 배웠다. 사수 근방에 이르러 승가탑(僧伽

---

1) 사람이 짓는 선악의 인업에 응해서 과보가 있음.
2) 고려 때의 고승. 이름은 후. 자는 의천.《속장경》을 조판해서 4천 여 권을 간행하고, 한국에 처음으로 천태종을 세웠음.

塔)과 천축사(天竺寺)³⁾를 찾아 절하고, 관음상(觀音像)을 보니 후광이 비치고 있었다.

북쪽 요나라의 천우제(天祐帝)가 그의 명성을 듣고 대장경 제종소초(大藏經諸宗疏抄) 6천 900여 권을 보내 왔다. 연경법사(燕京法師) 운서고창국(雲諝高昌國) 사리시라바디(闍梨尸羅嚩底)도 역시 모두 책서(策書)⁴⁾와 법복(法服)⁵⁾을 보내 와 그의 안부를 물었고 요나라 사신들은 누구나 모두 대각국사 만나 보기를 원하였다.

우리 나라 사신이 요나라에 가면 반드시 대각국사의 안부를 묻고 일본 사람도 국사(國師)의 비지(碑誌)를 지어 줄 것을 청하였으니 그가 외국에서도 숭앙을 받음이 이러하였다.

국사는 여가를 선용하여 경사백가서(經史百家書)를 탐구하여 모두 그 근본을 발견해 냈고, 붓만 들면 그대로 문장이 되었는데, 글이 평범하고 담담하면서도 맛이 있었다.

이제 그의 시 몇 편을 음미해 보니 문열공(文烈公)이 평범하고 담담하여 맛이 있다고 한 말이 그럴 듯하다. 오대산 비래방장(飛來方丈)에 가서 보덕성사(普德聖師)에 절하고 시를 짓기를,

'열반경(涅盤經)⁶⁾ 같은 가르침을 우리 대각국사가 전수하니, 두 성사(聖師)⁷⁾가 경문을 펴던 날이 바로 고승이 홀로 거닐던 때였네. 인연이 있어 남쪽과 북쪽으로 가고 도(道)에 있어서는 맞이하고 따르지 않게 하였네. 아깝도다, 비방(飛房)이 가 버린

---

3) 봉은사의 말사. 여기서 말사란 본사에서 갈려 나온 절을 말함.
4) 임관의 사령서.
5) 제왕의 예복.
6) 대반열반경. 석가세존이 돌아가실 때 하신 설법을 기록한 경전.
7) 원효와 의상이 열반경과 웅마경을 성사에게 배웠음.

뒤에, 동명(東明)의 옛 나라 위태롭구나.' [1]라고 하였다. 그가 금석암(錦石菴)에 시를 쓰기를,

　'묵은 이끼의 아롱진 무늬는 비단과 같고, 구슬 같은 돌들은 병풍처럼 둘러 있네. 가끔 여기 고승이 기대 서서, 한참씩 졸면서 신령스러운 기운을 기르는 듯하네.'
라고 하였다. 또 용암원(龍岩院)에 시를 쓰기를,

　'시들어 떨어진 꽃 잎사귀 밟으면서 산에 올라, 두루두루 경치를 구경하노라니 돌아갈 것도 잊고 있었네. 먼 훗날에 만일 내 뜻을 말하라 하면, 고요한 산수의 연기와 저녁 노을에 잠겨 속세의 일 잊었다 하겠소.'
라고 하였다.

　고려의 무애지국사(無㝵智國師)[2] 계응(戒膺)은 불도(佛道)를 강론하면서도 문장에도 뛰어났다. 예왕(睿王)이 그를 대궐 안〔大內〕으로 맞아들이다가 함께 머물기를 간청하니 이에 국사(國師)가 시를 짓기를,

　'전하의 엄명을 사양할 방법이 없으니, 바위 원숭이와 소나무의 학이 강 동쪽에서 이별함 같구나. 여러 해 동안 다행히도 물고기가 미끼를 문 것 면하였더니, 하루아침에 갑자기 새장 속에 갇힌 새가 되어 버렸구나. 끝없는 나그네 설움 궁궐에 달만 비추일 뿐, 때때로 돌아가는 꿈을 옛 마을 바람에 실려 보네. 어느 때에 임금님 은혜를 갚고, 바리때와 지팡이 짚고 다시 돌

---

1) 성사는 본래 고구려 반룡사 사문으로서 비방해서 백제 고대산에 갔다가 그 후에 신인이 고구려 마령에 나타나서 사람에게 알리기를 '너의 나라가 패망할 날이 얼마 남지 않았다' 고 했음.
2) 고려 숙종 때의 국사·대각국사가 열반에 들자, 그 뒤를 이어 나라에서 법해용문이라 범호를 내리고 국사를 봉했음.

아가 푸른 산봉우리 다할까.'
라고 하였다. 국사는 이 시를 읊고 곧 태백산(太白山)으로 들어가 나머지 생애를 마쳤다. 그 후 임금은 사신을 보내서 부르고 여러 번 조서(詔書)를 내렸으나 받지 아니하였다.

　대감국사(大鑑國師) 탄연(坦然)[3]은 그 필법이 정밀하고 묘하여 시의 격조가 높고 담박하여 곳곳마다 여러 가지 제목으로 읊은 시가 많았다.

　그의 〈삼각산문수암시(三角山文殊岩詩)〉에,

　'어이 이리도 한 집은 쓸쓸한가, 만 가지 인연 모두 고요하네. 돌 틈으로 뚫려 길이 나 있고 구름 사이로 샘물은 떨어지는구나. 흰 달은 처마 밑에 걸려 있는데, 서늘한 바람 숲 골짜기를 흔드네. 어느 누가 저 상인(上人)을 따라, 조용히 앉아 참 즐거움 배우겠는가.'
라고 하였다. 그는 또 〈사위의송(四威儀頌)〉을 지어 송(宋)나라의 개심선사(介諶禪師)에게 보냈는데 선사(禪師)는 이 시를 보고 기이하게 생각하고 스님 의복과 바리때를 멀리서 전해 왔다.

　안신거사(安信居士)가 비슬산(琵瑟山) 백운암(白雲菴)에 있을 때 국사(國師)가 일찍이 찾아와서 그곳 현관에 시를 썼는데 후에 어떤 이가 이 현관을 훔쳐 가려고 산밑에까지 갖고 내려갔는데 이 소식을 현풍(玄風) 관리가 듣고 현관을 떼어 관부(官府)에 두었다는데 그 글씨가 지금도 남아 있는지는 알 길이 없다.

　구산(龜山)의 담수선사(曇秀禪師)가 곽여 처사(郭璵處士)와 김부철(金富轍) · 홍관(洪瓘)의 두 학사 등과 함께 글벗으로 사귀

---

3) 고려 인종 때의 중으로, 속성은 손. 불교의 선풍을 크게 중흥함.

게 되었다.

그때 예왕(睿王)이 서도(西都) 행차 길에 나섰는데 곽·김·홍의 세 사람은 모두 임금을 수행하였으나 담수만이 가지 못하게 되었다. 담수가 시를 지어 보냈으되,

'높고 푸른 이상을 품은 두 학사요, 밝은 해 아래 선옹일세. 나란히 붓을 들어 시를 짓고 노닐면서, 소매 맞잡고 임금님을 수행하네. 대동강 수양버들 가지에는 비 내리는데, 장락궁(長樂宮) 모란꽃엔 바람이 이네. 그들은 제목에 응하여 아름다운 시 많이 지었을 테니, 그 글을 역마(驛馬)편에 부쳐 주고 싶구나.'
라고 하였다.

승(僧) 무기(無己)는 스스로 호를 대혼자(大昏子)라고 하며, 30여 년 동안 지리산(智異山)에 숨어살며 장삼 하나를 걸친 채 이것을 벗지 않고 살았는데, 겨울이나 여름이나 항상 산 속에서 나오지 않고 있었으며, 배를 움켜쥐고 허리띠를 졸라매었다.

봄과 가을에는 배를 두드리면서 산을 유람하고 하루에도 서너 말의 식사를 하였다. 한번 앉으면 열흘이 넘어야 일어나고 거기에서 떠날 때에는 큰 목소리로 산을 두고 지은 시를 읊었다 한다.

암자 70여 개가 산 사면으로 둘러 있었는데 한 암자에서 하루를 묵을 때마다 한 산게(山偈)를 읊어 남겼다.

그의 〈무주암시(無住菴詩)〉에 보면,

'이곳에는 본래 사람이 거하고 암자가 없었더니 누가 이 집을 지어 놓았는가. 오직 이 무이(無己) 같은 사람은 가거나 머물거나 무슨 상관 있느냐.'
라고 하였다. 이 말은 버성기고 평이한 것 같지만 속에 든 뜻은

높고도 깊으니 이는 과연 당나라 중 한산·습득과 같은 이가 아니겠는가.

고려(高麗) 초기에 무명(無名) 선비가 지리산에 숨어살고 있었는데, 그는 행실이 높고 깨끗하여 속세의 일은 알려고도 하지 않았다. 왕이 이 소식을 듣고 청하려 하였더니, 그는 사양하여 이르기를,

"왕궁 밖을 떠나 멀리 있는 신하는 아무것도 아는 바가 없으므로 전하의 명령을 쉽사리 받아들일 수가 없사옵니다."
하고는 방문을 닫고 나오지 않았다. 이에 문을 살짝 밀고 들여다보니 벽 위에 시 한 구절이 써 있었는데, 그 시는,

'한 가닥 임금의 말씀이 골짜기에 들려온 것을 보니 비로소 내 이름 속세(俗世)에 떨어짐을 알겠구나.'
하는 내용이었다. 그의 종석을 찾았으나 그는 북쪽 문으로 도망쳤으니 참으로 은자(隱者)라 할 만하다.

참정(參政) 정국검(鄭國儉)이 남원(南原) 땅에 부임하여 이웃고을에 봄나들이를 가다가 원천동(原川洞)을 지나게 되었다. 골짜기 좌우의 석벽 위에 송림사(松林寺) 중 정사(正思)가 지은 절구 한 수가 씌었는데,

'고불암(古佛岩) 앞으로 흐르는 물은, 서럽게 울다가 다시 목메이도록 흐른다. 속세에 이르게 되면, 영영 구름낀 아름다운 산과 헤어지는 것이 한스럽구나.'
라고 하였다. 그 이튿날 노유(老儒) 양적중(梁積中)과 함께 그를 방문하여 자연을 즐길 벗으로 삼았다.

그 후 그는 인물을 평할 때가 되면 언제나 정사(正思)를 시인 중의 으뜸이라 하였다.

회암사(檜巖寺)[1]에 원경국사(圓鏡國師)의 필적이 남쪽 누각 동서 벽과 객실 서쪽 작은 다락에 남아 있었는데 절의 중이 이르기를,

"대정(大定) 갑오(甲午)년에 서도(西都)에 반란이 일어나 대금(大金)의 사신이 우리 나라에 왔는데 서북쪽 길이 막힌 것을 걱정하여 춘천(春川)길로 해서 안내하여 보내게 되었는데, 일행이 모두 회암사에 들러 부처님께 절하고 그 글씨를 보게 되었다. 그때 한 사람은, 이것은 귀한 사람의 필체라 하고 또 한 사람은, 이것은 산인(山人)의 필체로, 그 글씨에는 아직도 산나물 냄새가 풍긴다고 하였다. 이 때 옆에 있던 승통(僧統)[2] 종려(宗呂)가 그 사실을 말해 주니 두 사람은 모두 자기가 맞았다고 하며 즐거워하였다."

하고 말하며 그때 남긴 시를 들려 주기를,

'왕자의 귀한 풍모 아직도 반쯤이나 남아 있고, 산의 중 나물 먹던 자취도 오히려 남아 있는데, 초서를 잘 쓰던 전장(顚張)[3]과 취소(醉素)[4]의 문체는 온전한 기골 없고, 당시에 머리 깎고 중된 것이 한스럽구나.'

라고 하였다.

의왕(毅王)은 풍악과 여자와 더불어 놀기를 좋아하였다. 충숙공(忠肅公) 문극겸(文克謙)이 이 때 정언(正言)으로 있으면서 소(疏)를 올려 이를 애써 간하였으나 왕은 그의 말을 따르지 않

---

1) 경기도 양주군에 있는 봉선사의 말사. 고려 말기에 지은 큰 절.
2) 승군을 통솔하는 승직의 하나.
3) 당나라의 장욱. 초서를 잘 썼음.
4) 당나라의 회소. 현장법사의 제자로서 초서를 잘 썼음.

다. 경인(庚寅)년 가을에 무신들의 난이 일어나자, 임금은 가마에 올라 남쪽으로 피신하였다.

계사(癸巳)년 겨울에는 정산현(定山縣) 유구역(維鳩驛)에 새로 공관(公館)을 수리하여 짓고, 그림 그리는 사람을 청해다가 벽에 채색을 칠하도록 하였는데, 그때의 화공은 성은 박(朴)씨이나 이름은 알 수 없고, 묘한 재주를 가진 사람이었다[5].

침실의 서쪽 벽에는 한 폭의 그림이 그려져 있는데, 흰옷 입은 사람이 머리에 삿갓을 쓰고 말에 올라 말고삐를 놓아 둔 채 천천히 산길을 따라 걷고 있는 모습이다.

그 모습이 하도 쓸쓸해서 그를 따라가는 아이종들도 서로 붙잡고 쓰러질 듯 힘없이 가는 것이었는데, 그것이 무슨 그림인지 이해할 수 없었다.

임오년 가을에 전라북도 송광사(松廣寺)[6]의 무의자(舞無子)가 명을 받아 수도하던 중 천 여 명을 인솔하여 서원으로 가는데, 이 역(驛)에 와서 유숙하다가 이 그림을 보고 탄식하여 말하기를,

"이것은 임금님께 애써 간하는 신하가 나라를 떠나가는 그림이다."

라고 말하며 계속하여 벽에다 시를 썼는데,

'누가 벽 위에 이 그림을 그렸는가, 애써 간하던 신하가 나라를 떠났으니 일이 어찌 되었을까. 중도 한 번 보고 오히려 슬퍼지거늘 하물며 나랏일을 맡은 사대부(士大夫)에게랴.'

---

5) 지금 그 역 아전이 사실을 갖추어서 말했음.
6) 전라남도 승주군 송광면 조계산에 있는 절. 신라 말기에 혜린선사가 창건하고 고려 명종 때 보조국사가 크게 중창했음.

라고 하였다. 아아! 그 화공(畵工)은 옛날 마음에 느낀 바가 있어 이 그림을 그렸고, 중은 옛 그림의 뜻을 이해하고 이 시를 지어 남겼으니 이는 옛날 풍아(風雅)하였던 군자(君子)와 다를 바가 없다.

그 뒤에 두 객이 이곳을 지나가다가 그 시를 보고 운을 따라 벽에 쓰기를,

'곡진한 말을 하기 전에는 일찍이 그리려 하지 않았으니 일 잘못 되면 후회한들 무엇하리. 어느 누가 이 간하는 신하의 떠나가는 그림을 그려 놓았는가. 벽 가득히 맑은 모습이 이 게으른 사람 격리시키네.'

라고 하였다. 또 한 사람이 운에 따라 시를 쓰기를,

'흰옷을 입고 누를 띠를 띤 신하의 간하는 모습, 굴원(屈原)[1]의 그림인가, 미자(微子)의 그림이던가, 임금의 그릇됨 바로 잡지 못하고 속절없이 나라를 떠나가니, 무릇한 털끝만큼도 공부함을 허비하지 말 것이로다.'

라고 하였다.

혜문선사(惠文禪師)가 〈천수사시(天壽寺詩)〉에서 이르기를,

'길은 문 밖에 멀고 사람은 남북으로 가는데, 바윗가의 소나무는 늙었어도 달빛은 예나 지금이나 다름이 없구나.'

라고 하였다. 또 그의 〈천룡사시(天龍寺詩)〉에는,

'땅이 풀리자 꽃에는 새 뜻이 생겨나고, 얼음 녹자 물소리는 옛 소리를 들려주네.'

라고 하였다. 또 노끈을 엮어 만든 신을 읊은 시에는,

---

1) 중국 전국 시대 초나라의 시인. 작품은 모두가 울분의 감정에 넘쳐 고대 문학 중 드물게 서정성을 띰.

'중심이 푸르니 푸른 쪽 심은 밭두렁 같고, 둘레는 희어서 눈으로 성을 돌린 듯하구나.'
라고 하였다. 이 '바윗가의 소나무는 늙었어도 달빛은 예나 지금이나 다름이 없구나'라고 한 글귀는 정사인(鄭舍人)이 지은 '들머리에 소나무 늙어 가는데 한 조각 달이 걸렸구나'라고 한 것을 그대로 인용한 것인데, 이는 노련한 도둑이라, 사람이 사로잡을 길이 없는 것이다.

개태사(開泰寺)[2]의 승통(僧統)을 계승한 수진(守眞)은 학식이 많고도 정밀하여 왕명을 받들어 대장경(大藏經) 번역의 옳고 그름을 감정하는데 그는 마치 평소에 몸소 번역하였던 것처럼 자세하게 해냈다.

이에 직강(直講) 하천단(河千旦)이 겨자씨 한 포대와 함께 시를 지어 보내 왔다.

도사(道師)는 그 시운을 따라 화답하기를,

'겨자씨는 우리 종(宗)에서 가장 귀한 것으로 생각하니 수미산(須彌山)도 큰 바다도 모두 삼킬 듯하네. 그대가 나에게 감사하게도 보내 온 뜻 알겠구나. 일로써 실천하고 현묘한 이치를 설명하여 부처님 은혜 보답하라는 것일세.'

이것은 참으로 노련한 평이었는데 지금은 오교(五敎)의 도승통(道僧統)이 되었다.

수선사(修禪社)의 탁연법사(卓然法師)는 재상의 아들로서 필법이 뛰어나 갑진(甲辰)년 봄에 서울로부터 강남으로 돌아가는

---

2) 고려 태조가 지은 절. 태조 19년에 후백제를 황산에서 쳐부셔 삼국을 통일한 후 이곳에 절을 짓고 태조가 친히 글을 지어 백제의 대적을 물리친 것은 부처의 힘과 산신령의 은혜라고 해서 감사했음.

중 계룡산(鷄龍山) 아래 한 마을을 지나게 되었는데 그때 흰 몸집에 붉은 가슴과 검은 꼬리를 한 마리의 까치가 나무 위에 앉아 있었다.

그곳 주민(住民) 장복(長福)이 말하기를,

"이 까치가 여기에다 둥우리를 튼 지 7년이나 되었는데, 까치는 새끼를 치면 늘 올빼미가 잡아먹어 버려서 계속 지저귀어 호소하였더니, 1년 후에는 머리가 희어지기 시작하여 2년 후에는 온 머리가 희어지고 3년째는 온몸이 희어지더니 올해는 다행히 그 액운을 면해 꼬리가 점점 검어졌습니다."

라고 하였다. 이에 탁연선사가 이상히 여겨 같은 절의 천영사(天英師)에게 말하자 그가 말하기를,

"이는 이른바 새의 머리를 한 사람이라는 뜻이다."

라고 하며 시를 짓기를,

'머리에 한스런 기운이 맺혀 눈 고개를 이루었고, 가슴에는 핏자국 스며들어 붉은 밭을 이루었네. 그가 만일 딴 집 새끼를 염려하지 않았다면 세상에 서릿발 같은 머리털이 하루 만에 검어질 것이다.'

라고 하였다. 천영사는 진양공에게 매인 몸이었으나 속세와 인연을 끊었으니 이 때 선사의 나이는 30여 세 남짓하였다.

학사(學士) 권적(權適)이 중국 조정에 들어가서 갑과(甲科)에 뽑히니 천자께서 가상히 여기시어 화관(華貫) 벼슬을 내리고 양구(楊球)에게 관고(官誥)를 쓰도록 하고 또 옥자루와 금방울을 하사하였다.

이듬해 표문(表文)을 올려서 고국으로 돌아가기를 청하니 황제가 이를 허락하여 떠날 즈음에 관상 보는 이가 이르기를,

"그대의 재주는 뛰어나지만 운명이 기박하여 40을 넘기기 힘들고 4품 이상의 벼슬에는 오르기 힘드니 마땅히 대승경(大乘經)[1]을 외어 운수와 복록을 높이라."
라고 하였다. 이에 학사도 마음속으로 그렇게 생각하고, 약 3일 동안에 《법화경(法華經)》을 외우었더니 황제가 그를 불러 앞에서 실제로 시켜 보니 틀림이 없었다. 이에 황제는 감탄하여 관음상(觀音像)과 법화서탑(法華書塔) 한 족자씩을 하사하였다.

학사에게는 2남 1녀가 있었는데 그 딸은 바로 나의 할머니가 되며 관음상(觀音像)은 우리 가운데 대대로 내려오고, 맏아들인 권공(權公) 돈례(敦禮)가 관고를 전하였으며, 둘째 아들은 불도(佛道)를 닦아 중이 되어 법화 서탑(書塔)을 전하였지만 다 죽고 난 다음에는 이것이 남에게 전해져서 지금은 어디에 있는지 아는 사람이 없다.

내가 상락(上洛)에 있을 때 미면사(米麵社)를 개축하고 만덕산(萬德山) 스님들을 초대하여 회의를 가졌는데, 어느 날 저녁에 한 노승이 서탑을 가지고 와서 문간에서 아뢰기를,

"나는 권학사의 손자로 사군(使君)과는 친척이 되는데, 내가 이 서탑을 오랫동안 간직하고 있었는데 그대가 절을 창건하였다기에 이에 바치는 것이오."
라고 하였다.

그때 마침 중들이 영재(鈴齋)에 모여 있었는데 만덕사 주지(住持) 천인(天因)이 거기 끼어 있다가 그 말을 듣고 놀라 감탄하여 시를 지어 찬양하기를,

---

[1] 대승의 교법을 해설한 다섯 가지의 불경. 《화엄경》·《대집경》·《반야경》·《법화경》·《열반경》.

'석가여래가 옛적 영취산(靈鷲山)[1]에 있었는데, 연화묘법(蓮花妙法)을 세 번이나 설법하셨노라. 이때 보탑(寶塔)[2]이 땅에서 솟아오르니, 옛 부처님 찬탄하심이 얼마나 정성스러웠던가. 어느 누가 붓을 들어 마음을 한 곳에 집중시켜, 정묘하게도 탑 모양을 그려 냈는가. 금언(金言)[3] 6만 9천 글자는, 글자마다 개미가 곰실곰실 움직이는 듯하고, 아계(鵝溪)[4] 한 폭은 높이가 반 길이나 되는데 마치 높이 솟은 수미산 봉우리를 바라보는 듯, 그대는 어느 곳에서 그림을 얻었으며, 남쪽 나라에서 몇 해나 방황하였던가. 대답하여 이르되 서송(西宋)에 유학하면서 3일간 정신을 가다듬어 《법화경(法華經)》 외고, 황제의 책상 앞에서 낭송하니 흘러가는 물처럼 낭낭하게 들려오네. 심오한 뜻은 다보탑 같아서, 황제께서 이 탑으로 그의 어지심을 가상히 여겼네. 학사께서 돌아가신 이후로 절에 두었을 뿐 전한 이 없네. 아! 사군(使君)이 우연히 오도록 하였는데, 괴이하고 황당무계한 일이니 그 누가 평론하여 밝혀 낼까. 나무 밑에 구슬 찾으니 양자(羊子)[5]인 줄 알고, 옹기 속에 그림 찾으니 영선(永禪)[6]인 줄 알겠네. 지금 사람이 어찌 옛 사람 일을 알겠는가. 평생 소원을 이루지 못해 속세에 얽매어 있네. 법도를 돈독히 믿어, 절을 창건하여 원만한 공 세울 것을 기원하니, 하늘도 기쁜 마음

---

1) 중인도 마갈타국. 왕사성 동북쪽에 있는 산.
2) 다보여래를 안치한 탑.
3) 부처의 입에서 나온 불멸의 법어.
4) 중국 사천성 근방인데 깁(絹)을 생산하는 곳으로 유명함.
5) 진(晉)나라의 양우. 양호가 어릴 때 업혀서 어떤 고목 아래에 갔다가 나무 등걸 구멍에 손을 넣어 고리 하나를 끄집어냈는데, 그것은 양호가 전생에 잃었던 고리였다고 함.
6) 당나라 사람으로, 죽어서 후생에 방관으로 태어났다고 함.

을 나타내어, 신령한 기운으로 옛 물건을 바칩니다. 원래 남의 것이고 내 것이 아니지만 제대로 참 주인이 되어 권리를 갖게 되었으니, 얻으나 잃으나 무엇을 즐거워 하고 슬퍼하랴. 눈에 보이는 모든 것이 바람과 연기처럼 변하니, 보아라 그대는 이 탑이 별도로 딸린 데가 있으니, 온 천지가 바뀌어도 옮겨지지 않는 것이다.'
라고 하였다. 고려 스님 천인사(天因師)는 17세에 진사과(進士科)에 급제하여 성균관에 들어갔고 그해 겨울 과거에 장원이 되어 세상을 하직하고 만덕사에 들어와 머리를 깎고 수도를 하니 날로 발전하여 일가(一家)의 법을 세웠다.

직강(直講) 윤우일(尹宇一)이 말하되,

'승려의 시격에는 세 가지가 있는데, 말이 경론(經論)[7]과 부처의 공덕이나 교리를 기록하는 계송에 간섭되면 이를 일러 팥죽의 흔적이 있다 하고 시큼한 말을 쓰기 좋아하는 시체를 구정물[8] 방우리라 하며, 말씨가 싸늘하고 가냘프면 채소(菜蔬) 기운이 있다고 말한다.'
라고 하였다.

서백사(西伯寺) 승통(僧統)을 이은 시의(時義)는 사관(史館) 이윤보(李允甫)의 친아우인데 그가 시에 능숙하여 형이 일찍이 귀정사(歸正寺)에 머무르도록 허락하였는데, 그 절간에 질그릇장이가 있어 안융 태수(安戎太守)가 질그릇으로 술 항아리를 만들어 달라는 말을 듣고, 법사는 시를 지어 보내기를,

'이 두 물건 몸체가 구워 낸 질그릇으로, 흙은 아버지고 불은

---

7) 부처의 말을 적은 경과 이를 해석한 논.
8) 중들이 밥을 먹고 난 다음 바리때 씻은 물을 구정물이라고 한 것을 이름.

어머니라, 태어날 때부터 술과 친하여 아무데나 다 사용하였으니, 견고한 모습이 가죽 술병과 같지 않네. 배가 차면 서 있고 비면 누워 있으니, 불룩한 배의 텅빈 속은 마치 성현의 모습 같고, 평생에 근심을 잊어 즐거워할 만하니 비단 자리 위에서 호걸 선비 모심이 마땅하도다. 어찌하여 죽기를 무릅쓰고 나를 따르는가. 산승(山僧)은 표주박 물이면 생계 족하니, 무엇을 너에게서 더하랴. 더구나 이제 술은 금하고 있으니, 너의 굶주림을 채워 줄 것이 없구나. 차를 끓여 너의 굶주린 배를 채우려 하나, 네 목구멍이 습관이 아니되어 넘어가지 아니할까 걱정이로다. 너는 이 세상에 오직 입과 배밖에 가진 것이 없으니, 내가 소중히 여겨 너를 떨어지지 않게 한다. 융성 태수(戎城太守) 만호후(萬戶侯)가 와서, 침 흘리며 새로 담은 술을 즐겨 마신다는 소문이 들리니, 과연 술 마시는 것을 즐기며, 그 은혜로 백성의 주림을 위로하고, 공사를 한 연후에 많은 손과 더불어 옥 술잔을 기울이리라. 아아! 그대는 다행히 태평 세월에 생겨나서, 어질고 영리한 태수와 함께 하게 되었으니, 태평스레 술 마시고 취하여 영원히 태평가(太平歌)를 부르며 즐기리라.'
라고 하였으니 비록 윤공(尹公)이 이 시를 보더라도 반드시 세격조를 희롱하는 말은 없었을 것이다.

  진보궐(陳補闕)이 나랏일로 인하여 치악산(稚岳山) 서쪽을 지나가게 되었는데, 소나무와 수석(水石)이 그윽히 우거진 아름다움에 마음이 끌려 동네 속으로 들어가니 초가집 두 세 채가 수풀 속에서 은은히 비쳐 오고 한 노승(老僧)이 어린아이와 함께 시냇가 바위 위에 앉아 있었는데, 보궐이 말에서 내려 말을 해 보니 말씨가 보통이 아니었다.

마침내 같이 앉게 되었는데 종이 부채에 노승이 그려진 것을 보고 보궐이 부채 후면에 시를 쓰기를,

'노승은 늘 푸른 수염의 늙은이[소나무]와 벗하여 즐기는데, 무엇 하러 또다시 정말 부채 속으로 들어가는가.'
라고 하자, 노승은 그 자리에서 화답하여 말하기를,

'봄바람이 아미산[1] 고개에 불어오지 않으니, 교룡(蛟龍)[2]은 땅에 엎드려 푸른 부채 모양이 되었네.'
하니 보궐이 크게 감탄하자, 그는 다시 10운을 읊어 주었는데 말의 뜻이 모두 청아하고 뛰어났지만 그가 어떤 사람인지는 알 수가 없다.

삼중사(三重寺) 공공(空空)은 성품이 까다롭지 않으며, 시와 술을 좋아하고, 늘 서울에서 살고 있었다. 또 비록 늙었어도 어린이들과 놀기를 좋아하고, 술에 취하면 화초를 희롱하면서 스스로 호탕하다고 생각하였다.

일찍이 포천(布川)을 지나면서 돌미륵[石彌勒]을 찬양하는 시를 지었는데,

'금빛 높이 솟아난 육장신(六丈身)이나 되는 몸이여! 청산에 홀로 서서 몇 해나 지났는가. 내가 와서 머리 조아려 인사하는데 너는 어찌하여 한 마디 말도 없는가. 오랜 옛날부터 같이 배우던 바로 옛 친구인데.'
라고 하였다. 후에 장원(壯元) 유석(庾碩)이 중도안렴사(中道按廉使)가 되어 이곳을 지나다가 이 시를 보고 미륵을 대신하여 장난삼아 쓰기를,

---

1) 중국 사천성 서부에 있는 산. 4대 명산 중 하나임.
2) 전설 속의 용의 한 가지.

'허리 위는 중 모습이고, 허리 아래는 속인의 몸뚱이로다. 오랜 옛날에 함께 수도하였단 말 하지를 마라. 우리들에게는 일찍이 계율을 깨뜨린 사람이 없었다네.'
라고 하였다. 공공(空空)이 이에 조소하는 시를 지어 상국(相國) 최공(崔公)에게 올리기를,

'전에 포천원(布川院)을 지나다가 여유가 있어 시 한 수를 지었더니 미륵에 대한 요란한 말에 쓸데없이 희롱한 시가 사람 의심케 하는도다.'
라고 하니 이에 최공은 이 시를 대하고는 크게 웃었다[1].

화엄사(華嚴寺) 월수좌(月首座)는 여가를 이용하여 힘써서 문장에도 조예가 깊었는데, 사림(士林) 사이에 초고가 전하고 있으며 일찍이 《해동고승전(海東高僧傳)》[2]을 지은 일도 있다.

그때 동관(東觀) 이윤보(李允甫)가 이르기를,

"말없이 도를 닦는 사람이 있어 이름은 알 수 없으나, 나이는 50쯤 되었는데, 어떤 때는 머리를 빡빡 깎았다가 어떤 때는 더벅머리 그대로 독경도 아니하고 부처님께 예도 드리지 아니하고 종일토록 편히 앉아 명상에 잠기는 듯하기도 하다. 누가 와서 이름을 묻거나 어디서 왔느냐고 물어도 귀한 사람이거나 천한 사람이거나 대꾸도 하지 아니하여 묵행자라고 부르게 되었다."
고 한다. 내가 마침 구성(龜城)에 가게 되었는데 도인(道人) 존순(存純)이 나에게 묵행자에 대해서 말하여 주기를,

"겨울에도 방석 하나만을 깔고 있으며, 장삼 한 벌만을 입고

---

1) 풍속에 말이 많아 요란한 것을 다담(多談)이라고 함.
2) 고려 고종 2년에 왕명으로 지은 책. 우리 나라 고승의 전기가 실렸음.

다녔으나 옷 속에 이나 서캐가 끼지 아니하였고 구들에 앉아 있어도 조금도 추워하는 기색이 없었다. 후배들이 불도를 배우려고 책을 안고 와서 질문을 하면 모두 상세히 설명해 주었고, 어느 때는 굉장히 추워 그가 얼어 죽을까 염려하여 그가 나가고 난 후 사동을 시켜 나무를 때서 방을 데웠다. 묵행자는 돌아와서 이것을 보더니 기쁘거나 화를 내는 기색도 없이 슬그머니 밖으로 나가 돌을 주워다 아궁이를 메우고 회를 이겨 틈을 막아 버리고 들어가 여전히 앉아서 선(禪)을 하였다. 그런 후로는 방을 데우려 하지 않았다. 재(齋)를 올릴 때는 채소는 먹어도 간장은 먹지 않았으며 또 오후에 먹기도 하는데 혹 때가 이르면 먹고 그렇지 않으면 7, 8일이 지나도 먹지 않았다."

 그는 스스로 말하기를,

"무릇 이름난 산에 불성이 있는 데는 안 가 본 곳이 없는데, 만나 보긴 하였으나 한 마디도 말은 못 해 보았다."
라고 하였다.

 을축년 겨울 10월에 굴암사(窟巖寺)에 유람할 때 중이 이르기를,

"요즈음 묵행자가 와서 전암(鸇岩)에 올라가 보고 좋아하더니 친히 석굴에다 작은 암자를 짓고 돌을 날라다가 난간을 마련하고 깊을 만들었다. 산밑에서부터 석굴까지는 층계가 300여 개가 되었으나, 움직이는 것은 하나도 없었다. 가끔 재를 올린다는 북소리가 울리어 식사를 하는데 열흘이 지나도 내려오지 않았다. 그래서 올라가 보니 돌 조각 위에 칠언송(七言頌)을 써 놓았는데 이것은 묵행자가 지은 것으로 그 말씨는 마치 신선의 일을 두루 섭렵한 것 같았다.'

라고 한다. 경오년에 정융사(定戎使)가 되어 길을 따라 말을 타고 구성에 들렀는데, 묵행자의 해앙을 물으니 성 사람들이 말하기를,

"얼마 전에 봉주(奉州) 삼각산(三角山) 문암(門巖)에 가서 살고 있었는데 지난 여름 굴암사에서 살 때 중에게 말하기를 '귀신이 북쪽으로부터 와서 이 성에 모일 것이므로 산을 내려와 성으로 들어간다'고 말하고 성 위를 타고 순행하여 성을 나가는 것을 사람들이 모두 보았습니다. 후에 도깨비불이 나타났는데 낮에는 없다가도 밤이면 보였으되 그 빛깔이 푸르고 크기가 똑같지 않았습니다. 이것이 어떤 때는 인가에 들어오고 어떤 대는 뜰에 있는 나무에 붙기도 하고 어떤 때는 공중에 날아다니기도 하여 사람들이 그릇을 두드려 울려서 떠들썩하게 하는 통에 밤새 잠을 이룰 수가 없었으며, 이처럼 하기를 수일이 지난 후에야 비로소 그쳤습니다."
라고 말하였다.

그때 나의 처자가 이 성에서 살고 있었는데 그 사실에 대하여 물었더니 정말이라고 하였다. 그 후 중 익분(益芬)이 나를 찾아와 이르기를,

"내가 요사이 삼각산에 갔다가 북행자를 만났는데 아무런 병도 앓지 않고 잘 있으며, 그 근처 주민들은 묵행자가 떠나갈까 염려하여 서로 거처하는 초가집을 수리하고 아침저녁으로 식사를 대접하며 잘 보살피고 있답니다."
라고 말하였다. 이별할 때에 묵행자가 익분에게 말하기를,

"무릇 도를 닦는 사람은 춥고 고달픈 것으로써 그 뜻을 바꿔서는 안 된다. 오늘날의 도를 닦는 사람들은 꼭 높은 다락과 우

뚝 솟은 불전(佛典)을 지어서 중의 무리들을 보살피고 맛난 음식과 가는 모시 옷을 입기 위하여 공경사대부(公卿士大夫)의 집에 드나들면서 사원을 지어 이익을 구해야 복을 많이 받는다고 하며 평민을 괴롭히니 그것이 어찌 도를 닦는 일의 참뜻이 있는가. 그래도 이를 힘써 지키고 소홀히 하지 말아라."
라고 하니 익분도 감탄해 마지않았다. 동관(東觀)의 말이 이와 같았으므로 전기(傳記)를 엮어 승사(僧史)[1]의 빠진 것에 보충하는 것이다.

칠양사(漆陽寺) 중 자림(子林)은 말할 수 없이 어리석었는데, 어느 날 서울에 놀러 왔다가 임진강(臨津江)을 건너게 되었을 때, 중류에 얼굴이 흰 한 어린 중이 딴 배로 먼저 건너가고 있는 것을 보고 마음속으로 흐뭇해 하였다.

배가 서로 마주 보듯 가까이 내려가게 되었을 때 미처 그 거리를 짐작해 보지도 못한 채 몸을 날려 건너 뛰다가 물 속에 빠지고 말았다. 같이 가던 사람들이 그가 죽었다고 알려 오자 문인(門人)들은 재를 올리고 명복을 빌어 주었다.

삼칠일이 지난 어느 날 저녁 갑자기 자림(子林)이 돌아왔다. 문인들은 이상하게 여겨 까닭을 물으니 자림이 이르기를,

"물에 빠져 밑바닥에 가라앉았는데 다시 떠오르니 마침 지나는 배의 사람들이 구해 주었다. 뭍에 올라와 어린 중의 행방을 물어 삼각산 계성사(啓聖寺)로 찾아들었는데, 가서 만나 보니 너무나 기뻐서 차마 그대로 돌아올 수 없어 20여 일을 묵고 왔다."

---

1) 승지와 사관.

고 하니 듣는 사람들이 몹시 웃었다고 한다. 또 달 밝은 밤 뜰에 두꺼비가 나타나 모든 중들이 이를 보고 있었는데, 자람이 뒤에서 묻기를,

"이것이 무슨 벌레인가?"

하고 물으니 거짓말로 답하기를,

"이곳에는 이런 벌레는 없다. 요즈음 송(宋)나라 장사꾼에게서 기르려고 샀는데 모양은 비록 두꺼비와 유사하나 두꺼비는 아니니 법사(法師)가 완상용으로 사서 키워 보는 것이 어떻겠나."

라고 말하였다. 자람이 은그릇을 주고 이것과 바꾸니 시중드는 아이가,

"두꺼비를 무엇하러 사십니까?"

하고 물으니 자람은,

"망령된 말로 내 일을 방해하지 마라."

고 하며, 쑥대로 이것을 묶어 가지고 가 버렸다.

이에 시랑(侍郞) 정자직(鄭子直)이 듣고 시를 짓기를,

'때에 따른 풍속이 해마다 간교해지니, 하늘이 바보같이 어리석은 이를 인간 세상에 보냈네. 두꺼비 사들이고 뛰어든 것은 참으로 우스운 일이나, 친구를 사랑하여 재물을 가볍게 여기는 뜻은 또한 볼 만한 일이구나.'

라고 하였다.

인주(麟州)에 기생 백련(白蓮)이 있었는데 정숙공(貞肅公)이 일찍이 사신으로 이곳을 지나다가 백련을 사랑하게 되었다.

이별한 후에 시를 짓기를,

'북쪽으로 흘러 가는 조각 구름아, 너는 응당 대화봉(大華峰)

을 지나가겠지. 봉우리 위에서 옥같이 밝은 샘 위의 연꽃〔백련〕을 만나거든, 너를 그리다 파리해진 나의 모습 전해 주렴.'
이라고 하였다. 그 후 병마사(兵馬使)가 되었을 때 기생이 그 시를 바치니 공이 또 한 시구를 짓기를,

 '남쪽과 북쪽의 성이 온통 푸르니, 마치 무산 열 두 봉우리 같구나. 백발이 되어도 봄꿈을 이루지 못하는데, 옥같이 고운 얼굴은 도무지 봄 기운이 그대로 남아 있네.'

 용만 사군(龍灣使君)이 기생 백련을 사모한 것을 이미수가 희롱하는 시에,

 '바람은 따뜻하고 뻐꾸기 애교떠는데 나그네는 천만 가지 꽃들이 울긋불긋 아름다움을 자랑하듯 길가에 섰는데 사군(使君)은 어찌하여 화려한 봄꽃을 싫어하고, 홀로 가을 연못에 피어난 연꽃을 좋아하는가.'
라고 하였다. 이(李)의 시가 이처럼 화려해도 김(金)의 맑은 시보다는 못하다.

 승안(承安) 3년 무오(戊午)년에 사천감(司天監)[1] 이인보(李寅甫)가 경주도제고사(慶州都祭告使)로서 산천에 두루 제사 지내고 돌아오는 길에 부석사(浮石寺)에 이르니 중 하나가 마중나와 객실로 맞아들였다.

 온 집안에는 아무도 없이 쓸쓸한데 웬 여자가 홀연 골마루에 잠깐 보였다. 사천감은 그 고을 목사가 보내 온 기생일 것이라고 생각하였다. 그런데 조금 후에 뜰에 나와 사뿐사뿐 춤추며 인사를 하는 모습이 창기와는 아무래도 달라 보였다.

---

1) 고려 예종 11년에 사천대를 고친 이름.

인사를 마치고 섬돌 위로 해서 방으로 들어가는데, 주의 깊게 보니 화식(火食)하는 사람 같지는 않았다. 사천감은 비록 괴상하게는 생각되었으나 아름다운 모습에 그만 거절할 수가 없어 이에 옷을 입고 문 밖에 나가 두루 돌아보니, 한 곳에 오래된 우물이 있는 것을 괴이히 여기며 어리둥절한 채 앉아 있었다. 한참 후에 어린 중이 주지의 명을 받고 와서 말하기를,

"대감께서는 매우 피로하신 모양인데 다행히 여기에 오셨으니 욕실에 드시면 다탕(茶湯)으로 모시고자 합니다."

라고 하여 할 수 없이 들어가니 강제로 여자를 시중들도록 하였다. 굳이 사양하였으나 할 수 없어 밖에 나와서 주지와 밤늦도록 은근한 환담을 즐기다가 돌아오니, 아까 왔던 그 여자가 다시 오므로 천감은 농담을 걸어 말하였다. 이에 여자가 대답하기를,

"대관께서 이미 저를 아셨으니 의심하지 마십시오. 첩이 이곳 가까이 거처하고 있어 높은 덕을 사모하여 이렇게 왔을 뿐이옵니다."

라고 하였다. 그 대하는 모습이 슬기롭고 영리하여 몹시 사랑스러웠다. 마침내 동침하여 즐거운 하룻밤을 보냈다. 사흘 동안 머무르고 난 다음 나와서 우정(郵亭)에 이르러 자는데 그 여자가 살며시 들어오는 것이었다. 천감이 이르되,

"내 이미 떠났거늘 어찌하여 다시 왔는가?"

하니 여자가 이르되,

"당신의 시를 배에 하나 품었사온즉 다시 하나를 더해 줍시사 하고 찾아왔습니다."

하면서 전과 같이 동침하고 새벽이 되어 이별하니 정의가 더욱

깊어졌다.

　홍주(興州)에 가서 잘 때에 여자가 다시금 찾아왔다. 천감은, 만일 옛정으로 다시 이를 만나면 후환이 있을지도 모른다고 생각하여, 마침내 그 여자를 본 체도 아니하니 여자가 눈을 부릅 뜨고 한참 동안 쳐다보더니 잔뜩 화를 내어 얼굴빛까지 변하면서 말하기를,

　"잘 되었습니다. 이후론 다시 뵙지 않겠습니다."
하고는 곧장 밖으로 나갔는데 땅을 휩쓸어 회오리바람이 일어나며 청사(廳舍) 사이의 사립문 한 짝을 부수고 나뭇가지를 부러뜨리면서 갔는데 마치 도끼로 잘라 버린 듯하였다.

　대강 말하면 천감이 이미 그것이 사람이 아닌 줄을 알면서도 어째서 더불어 즐겼으며, 곡진한 정을 다하여 사람과 귀신이 만나 더구나 뱃속에 씨까지 남겼으니 괴이하기 짝이 없음을 어찌할 것인가?

　한자(韓子)가 말하되,

　"형체와 소리가 없는 것을 귀신이라 하는바, 사람으로서 하늘의 뜻을 거역하고 백성을 어기며 만물에 어긋나고 윤리(倫理)를 거스르면 물건에 감동된다. 이에 귀신이 형태와 소리로써 나타나 응하게 되는 것이니 이 모두가 백성이 하는 짓이다. 그러므로 귀신에게 현혹되는 것은 스스로 자신이 속는 것이다."
라고 하였다.

　변산(邊山)에 있는 한 노승이 스스로 말하기를, 예전에 고창현(高敞縣) 사람이 연등회(燃燈會)를 베푼다는 얘기를 듣고 보러 간 적이 있었다.

　보통 사람들과 다른 한 소년이 있어 좌우 사람에게 물어 보니

모두 누구의 아들인지 모른다고 말하였다. 연등회가 끝나 돌아갈 때 그의 뒤를 따라가 산기슭에 이르자 소년이 말하기를,

"우리 집은 심히 누추하여 유숙할 수 없으니 나를 따라오지 마십시오."

이에 법사가 말하기를,

"해도 저물었거늘 어디로 돌아가겠느냐?"

고 하니 소년이,

"이미 동행하였으니 집이 누추하다고 하여 사양할 도리가 없어졌습니다."

고 하였다. 그때 마침 한 노파가 길까지 마중을 나왔다가 보고 말하기를,

"야, 이놈아! 만일 너의 두 형이 보는 날이면 법사는 그들의 밥이 되고 말지 않겠느냐?"

라고 하였다. 법사는 이에 거기가 호랑이굴임을 알아차리고 나가려 하자 노파가 이르기를,

"두 아들이 벌써 와 있으니 만약 억지로 가다가는 반드시 위태로울 것이오."

라고 말하며 붙들고 안으로 들어갔다. 소년이 이르기를,

"나는 심히 두려우니 바라건대 어머니 뒤에 감춰 주십시오."

하였다. 잠시 후에 호랑이 두 마리가 토끼 한 마리를 잡아 가지고 들어왔다. 할머니는 그들이 오랫동안 머물지 않도록 하기 위해 말하기를,

"내가 너희들과 더불어 토끼 한 마리를 갈라 먹으면 어디 요기가 되겠느냐? 멀리 나가서 빨리 먹을 것을 다시 구해 오너라."

하니 호랑이가 사람의 말로 흉내내어 말하기를,

"어머님에게는 먹을 것이 있는데 어찌 다시 구해 오라 하십니까?"

하고 곧 나갔다. 한참 뒤에 다시 돌아와 말하기를,

"우리는 신령님께 빌어 각자 양식을 구하였으니 누이동생도 따라오너라. 어찌 배고픔을 참으며 스스로 고생을 사서 하겠느냐?"

하고 다시 나가 버렸다. 조금 뒤에 누가 와서 부르더니 말하기를,

"그대의 자녀가 마음을 왔다갔다하며, 떠들고 놀랐기 때문에 신령님께서 벌하고 명하셨으니, 마땅히 내일 아침에 고창현에 있는 우리 함정(陷穽)¹⁾에 빠져 죽어야 한다."

고 하였다. 이에 소년이 나서서,

"신령님의 명이니 거역할 수 없습니다. 이제 다행이 법사를 만난 것도 숙명입니다. 막 내가 우리 속에 들어 가면 많은 이들이 나를 막을 것인데 그때에 내가 참지 못하고 화를 낼까 두려우니 법사께서는 마땅히 오셔서 많은 이들에게 일러 물러나게 하시고 혼자서 나를 죽여 버리겠다고 말하면서 짧은 창을 가지고 앞으로 나오십시오. 그러면 그때에 내가 한마디 말이라도 하고, 죽으면 그것이 법사의 은혜가 아니겠습니까."

하였다. 이튿날 아침 고을에 닿아서 우리 속에 호랑이가 나타났다는 소문을 듣고 법사가 가서 어제의 말대로 많은 사람들을 모두 물러나게 한 다음 짧은 창을 가지고 곧장 그의 앞으로 나아

---

1) 짐승을 잡기 위해 파 놓은 구덩이.

가니 호랑이가 말하기를,

"나는 어느 마을 아무개 집의 아들로 환생[1]할 것이온즉 12, 3세가 되면 법사를 찾아 뵐 터이니 머리를 깎아 저를 중이 되도록 해주십시오."

하고 창 끝으로 스스로 가슴을 찔러 죽고 말았다.

그 후 15년이 지난 어느 날 법사가 우연히 굴 입구에서 한 아이를 만났는데 절을 하기에 누구냐고 하자,

"나는 어느 마을에 사는 아무개입니다."

라고 하자 법사는 전에 우리 속의 호랑이가 하였던 말을 생각해 내고 그를 데려가 머리를 깎고 어린 중을 만들었는데 아주 영특하고 사랑스러웠다.

그런 뒤 곧 사라져 행방을 몰랐더니 후에 들은즉, 일암사(日岩寺)의 한 중이 비방주문(秘方呪文)을 열심히 공부하고 지닌 법력을 더하여 날로 많은 사람을 감복시켰고, 경기도 내에 있는 절로 부임하라는 명을 받아 갔다고 하여 법사가 가서 알아보니 바로 옛날의 어린 중이었다.

이 이야기는 몹시 괴상하고 허황되지만 세상에서는 미래를 예언한 기록에 호승(虎僧)의 이야기가 있는데, 이에 오직 일암사의 법사(法師)만이 해당된다고 하니 또한 믿을 수가 없다.

광화현(光化縣) 북쪽에 순나물이 나는 연못이 있는데, 순나물을 따라 가는 사람들은 종종 해를 입었다.

금동(今同)이라는 이름을 가진 한 백성이 낫을 쥐고 뛰어들어가 연못 밑바닥까지 다다라 더듬어 찾다가 한 비슷한 곳에 들어

---

1) 다시 태어남.

갔는데, 물이 하나도 없고 대개 집처럼 밝아서 모래나 돌까지 측량할 수 있을 정도였다.

흙 한 무더기가 쌓여 있어 이것을 헤쳐 보니 주먹만한 큰 조개가 있었다. 이것을 주워 나와서 연못가의 논에 놓아 두고 다시 조개를 주우러 가니 갑자기 언덕 위에서 금속이 부딪치는 듯한 요란한 소리가 들려와 뛰쳐 나가니 우레 소리가 나고 비가 쏟아졌다. 이에 마침내 무서워져 낫을 휘두르며 도망가 버렸다.

진사(進士) 양국원(梁國元)이 친히 그 사람을 만나 그 이야기를 듣고 다른 사람들에게 전하니 모두 이상하게 생각하였는데 말석에 앉은 한 선비가 웃으며 절구(絶句)를 지어 양진사(梁進士)에게 주었다.

그 시에 말하기를,

'교룡(蛟龍)의 굴은 창해(蒼海)에 있는데 순나물 나는 연못에도 있는 줄을 몰랐구나. 이미 밑바닥을 더듬어 해침을 없애려 하였다면 무슨 일로 평지에서 무서워 돌아갔는가?'

라고 하였다. 이 선비는 지조와 절개가 곧아 허망되지 않고 괴상한 일에 미혹되지 않았는데 뒤에 무슨 벼슬에까지 올랐는지는 알 길 없다.

서백사(西伯寺)의 승통인 시의(時義)가 학사였을 때 진사(進士) 박인후(朴仁厚) 및 두 세 친구와 함께 봉영사(奉靈寺)[2]에 거하고 있었는데 밤에 술을 마시며 연구(聯句)로써 한 편의 시를 지을 때에 갑자기 창 밖에서 소리가 들려오기를,

"밤이 깊어가는데 술 손님들 그만하시지!"

---

2) 경기도 양주군에 있는 봉선사의 말사.

라고 하였다. 그 소리가 하도 사나와서 방 안에 있던 모든 사람들은 마치 손으로 머리끝을 잡아 올리듯 머리털이 곤두섰다. 또 선비 이식(李植)이 불갑사(佛岬寺)에 가다가 풍채가 당당한 한 노인을 만나 몇 리를 함께 가며 시를 읊어 서로 즐거워하였다. 어깨를 나란히 걷다가 서로 헤어져 산으로 올라가며 시를 읊었다.

'소나무에 부는 바람 끝이 없고, 쓸쓸함도 다함이 없구나. 그 아래 버섯은 아득한 옛날부터 있건만 오고가는 나무꾼 일찍이 알지 못하는구나!'

그 시를 음미해 보니 뜻은 비록 맑고 아름다우나 한적하여 쓸쓸함에는 미치지 못하였으니 그것 역시 속세의 말로 쓴 것이다.

또한 이름을 알 수 없는 법천사(法泉寺)[1]의 한 중이 밤에 다락에 올라 동파(東坡)의 시를 읽고 있는데, 갑자기 누가 문을 두드려 열고 보니 한 사람은 갓을 쓰고 한 사람은 머리를 풀어 헤쳤는데 서로 잘 아는 사람처럼 손을 잡고 누에 올라왔다.

갓을 쓴 사람이 읊기를,

'새로 떠오른 달은 눈썹 같은데 높아서 볼 만하고.'

하니, 중이 한참이나 대답을 못 하고 머뭇거리자, 머리를 풀어 헤친 사람이,

"어찌 말을 못 하고 그러고 있소?"

하고는,

"길이 천리나 떨어져 옛 친구와 기약하기 힘들구나."

라고 하며, 주고받고 하더니 갑자기 사라졌다. 서백(西伯)은 화

---

1) 강원도 원성군 부론면 법천리에 있는 절.

엄종(華嚴宗)의 종장(宗匠)[2]으로 이 일을 자세히 말해 주었으나, 법사는 본래 세상 일을 좋아하지 않고 귀신을 믿지도 않았다.

급제(及第) 유공기(柳公器)의 아들 원(源)은 5세에 글귀를 지을 줄 알았는데 진양공(晉陽公)이 불러서 '화로〔爐〕' 자를 부르니 즉석에서 화답하기를,

"화로에는 봉황 같은 숯불이 무더기처럼 쌓이니 공후의 집안이 따뜻하도다."

라고 하였다. 공이 기특하게 여겨 비단을 상으로 주고 소원을 물으니 이렇게 말하였다.

"원컨대 아버지께 벼슬을 내려 주십시오."

이에 즉시 그의 아버지를 포주(甫州)의 원님으로 임명해 주었다. 뒤에 선종(禪宗)에 뛰어들어 중이 되었으며 법명(法名)은 여수(汝髓)였는데 일찍이 죽었다. 동인홍(動人紅)은 팽원(彭原) 기생으로 글을 잘 알았다.

어느 한 병마(兵馬)가 편을 갈라서 태수(太守)와 더불어 장기를 두는 중 너무나 술에 취해 갈팡질팡 제대로 하지도 못하니까 시를 읊기를,

'도호(都護)는 박주(博州)에서 천 잔의 술에 취하여 동서를 가리지 못하노라.'

고 하니 옆에 있던 동인홍이 시를 짓기를,

'태수가 편을 갈라 한 판의 장기를 두는데 정신이 없어 죽는 것과 사는 것조차 가리지 못하는구나.'

라고 하였다. 일찍이 한 서생(書生)에게 한퇴지(韓退之)의 글을

---

2) 경학에 밝고 글을 잘 하는 사람.

배우라 하니 서생이 이르기를,

　'비단 치마를 벗어 술을 사고, 옥 같은 손 흔들어 님을 부르노라' 고 하였다.

　또 조거자(趙擧子)에게 시를 지어 주었는데,

　"다행히 진수와 유수에서 만났는데 왜 작약(芍藥)을 주시는가?"

라고 하였다. 스스로 서술하되,

　'창녀와 양가집 규수와의 마음 차이는 얼마나 되는고? 가련하도다. 백주(栢舟)의 절개는 스스로 맹세하노니 죽어도 다른 곳으로 가지 않으리라.'

하였다. 이 서술한 뜻은 정렬(貞烈)을 말한 것 같다.

　학사(學士) 송국첨(宋國瞻)이 감찰사가 되어 서북방 융막(戎幕)을 보좌하게 되었는데, 우돌(于咄)이라는 용성(龍城)의 관기(官妓)가 있어, 술자리에서 시와 노래를 잘 불러 늘 손님들을 즐겁게 하며 총애를 받았다. 송학사만은 유독 그에게 가까이 하지 않자 기생이 시를 지어 바치기를,

　'넓고 무쇠 같은 강한 심장이 견고한 줄 일찍이 알았으니, 아예 처음부터 잠자리 같이 하며 하지 않았네. 다만 하룻밤 술자리를 마련하여 풍월 읊고 즐기는 꽃다운 인연이나 맺었으면……'

이라고 하였다.

　당(唐)나라 이조(李肇)가 국사보(國史補) 서문에서,

　'귀신이 음란한 곳에 가까이 나타났고 서술한 것은 모두 없애 버렸다.'

라고 하였다. 구양공(歐陽公)이 《귀전록(歸田錄)》을 지을 때 이

조의 말을 근본으로 하여 지었다. 예로부터 지금까지 저술하는 데 정당한 규례가 되었으며, 이제 이 글이 감히 문장으로서 나라의 문화를 돕자는 것도 아니고, 또 거룩한 조정의 빠진 일들을 보충하는 것도 아니며, 다만 매만지고 다듬어서 글귀를 모아 웃음거리 자료로 삼으려는 것이다. 그러므로 책 마지막 편에 음란하고 괴상한 것 몇 가지를 수록하여 신진 학자를 이 공부할 때에 오락 겸 휴식하도록 하였다.

또 멋대로 쓴 글 속에서도 감동시키는 내용의 글을 몇 자 두었으니 독자들이 자세히 알아보기 바란다.

작품 해설

작품 해설

고려 고종 때 사람 최자가 지은 것으로, 이인로의 《파한집》을 보충한 것이다.

최자(1188~1260)는 고려 왕조의 대표적 유학자인 최충의 후손으로 자는 수덕, 호는 동산수, 초명은 종유, 또는 안이었고 시호는 문청이다. 태어나면서부터 성품이 순후·소박하고 겸손해서 오만스럽게 남의 앞에 나서는 일이 없었다. 그리고 학문에 힘써서 문장에 일가를 이루었다. 강종 때 문과에 급제하여 상주사록에 부임하면서 관계에 진출했다.

이 때 그의 정치적 수완을 인정받아 국학의 학유로 올랐으며, 이규보의 추천으로 문한에 대한 일을 맡아보았다. 이어 급전도감록사로 성적을 올렸고, 1250년인 고종 37년에 사신으로 몽고에 다녀와, 전중소감·보문각대제를 거쳐 중서시랑 평장사 등을 역임했다. 시문에 뛰어나 당대에 문명을 떨쳤으며 학식과 행정력을 겸비하여 많은 업적을 나타냈다.

고종 때에 최충헌의 아들 이(최우)가 정권을 잡고 자기 집에 정방을 설치하고 그 안에 문사(文史)에 관한 일을 관장하는 필도지를 두었다. 최이가 한번은 이규보에게, "공은 이미 나이가 많으니, 누가 공의 뒤를 이어 문한을 맡아볼 수 있겠는가" 하고 물었다. 이규보는 대답하기를, "지금 학유 벼슬에 있는 최안과 급제 김구가 있습니다" 했다. 최이는 그 실력을 시험하려고 문사를 모아놓고, 서표를 저술하게 했다. 전후 10회를 뽑았는데, 최자의 글이 장원 다섯 차례, 나머지 다섯 차례는 부선이었다.

최이는 곧 최자를 정방에 들어오게 하고 최자에게 이재를 시험하기 위해 급전도감록사를 시켰는데 역시 민첩하고 근면했다. 최자는 고려 만년에는 지공거가 되어 많은 명사를 과거로 뽑았다. 그러나 최자는 그 당시 문사의 일반적 조류에 따라서 경학은 익히지 않고 사장에만 힘써 절조와 의리감이 적었던 듯싶다.

그는 고종에게 몽고에 빨리 항복하기를 권한 적이 있었고, 최충헌의 노속으로 있던 김준이란 자가 최이의 신임을 받는 것을 보고 그의 아들을 초청해서 잔치를 열었다가 당시에 웃음거리가 된 적도 있다.
　그의 저서로는 《가집》 10권과 《보한집》이 있는데, 지금까지 전하고 있는 것은 《보한집》뿐이다. 《보한집》이란 책이름은 이미 다른 저서가 있어서 그것을 보완한다는 뜻을 지니고 있다. 보통 상식으로는 이미 출간한 자기의 저서에 미비한 데가 있어서 그것을 완벽하게 하기 위해 다시 책을 펴낼 때에 붙이는 이름으로 해석된다. 그런데 최자의 《보한집》은 이런 상식적 해석과는 달리, 이미 이인로가 저술한 《파한집》의 속편이란 뜻에서 붙인 이름이다. 그래서 그 원명은 《속 파한집》이었다. 그 저작 동기가 《파한집》을 보충하는 것이라고 《속 파한집》 서문에도 분명히 밝혀져 있다.

최자는 이인로보다 나이가 30여 세나 아래이기 때문에 이와 같은 겸손도 있었겠지만, 사실은 당시의 집권자인 진양공 최우의 명에 의해 《보한집》의 집필을 서둘렀다. 그런 의미에서 《파한집》과 《보한집》은 작자가 다른 자매편이라고 할 수 있다.
 내용은 《보한집》이 《파한집》의 속편이라서 그런지 《파한집》과 같으며 시평과 수필이 그 중요한 내용으로 되어 있다. 상·중·하의 세 권으로 되어 있는데, 상권에 52화(話)·중권에 46화·하권에 57화가 수록되어 있다. 그런데 이 150여 편 중에는 제왕·군신의 일화도 있고 문인재사의 술타령, 기생·선비·관료 들의 삽화도 있어서 사실상 폭넓고 다양한 수필집이라고 할 만하다.
 그 당시 고려의 시단은 임춘과 이인로를 중심으로 한 수사에 치우치는 일파와 시의 정신을 중요시하는 이규보의 두 갈래로 구성되었다. 요컨대 시의 형식과 시의 내용을 중시하는 두 개의 시관이 병립되어 있었다. 그런데 이인로의 《파한집》은 시의 형시미에 중점을 두는 것이요, 최자의 《보한집》은 시의 내용을 중시하는 시관을 갖고 있다. 두 작품이 자매편의 시화집이면서도 서로 다른 문학관을 갖고 있는 특징이 있다.

우리는 《보한집》을 통해 당시의 문학의 이론과 감상, 간단한 평을 음미할 수 있고, 또 당시 선비들의 대화, 이인(異人)들의 행장을 통해서 사회상과 풍습을 엿볼 수 있다.

┃구 인 환┃
서울대학교 사범대학 국어교육과 졸업
서울대학교 대학원 국어국문과 수료(문학 박사)
서울대학교 사범대학 교수
국어국문학회 대표이사 및
한국소설가협회 이사
문학과문학교육연구소 소장
서울대학교 명예교수

판 권
본 사
소 유

우리 고전 다시 읽기

보한집

초판 1쇄 발행 2003년 9월 25일
초판 7쇄 발행 2018년 2월 23일

지은이 최　　자
엮은이 구 인 환
펴낸이 신 원 영
펴낸곳 (주)신원문화사

주　　소 서울시 구로구 가마산로 27길 14 (신원빌딩 10층)
전　　화 3664-2131~4
팩　　스 3664-2130

출판등록 1976년 9월 16일 제5-68호

* 잘못된 책은 바꾸어 드립니다.

ISBN 89-359-1108-9 04810